위대한 개츠비

위대한 개츠비

The Great Gatsby

by

F. Scott Fitzgerald

위대한 개츠비 | F. 스콧 피츠제럴드
김경일의 심리로 읽는 고전 시리즈

저녁달

『위대한 개츠비』를 추천하며

※ 제 추천의 글이 스포일러가 될 수 있으니, 온전히 자신만의 감동을 느끼고 싶은 분은 소설을 다 읽은 후에 이 글을 읽는 것을 추천합니다.

모든 게 가짜인 시대에
진짜는 무엇인가

심리학을 오래 하다 보면, 사람들에게 가장 자주 듣는 질문 중 하나가 있습니다.

"요즘 사람들은 왜 이렇게 다들 불안하고 지쳐 보일까요? 예전보다 더 잘 먹고, 더 좋은 데서 살고, 더 많이 아는 것 같은데 말이죠."

그럴 때면 저는 최신 심리학 논문 대신 소설을 권하고 싶어지는데 그중 한 권이 바로 F. 스콧 피츠제럴드의 소설『위대한 개츠비』입니다. 출간된 지 100년이나 된 이 소설이 오늘날 우리의 마음을 설명해주는 데 여전히 유효하다는 사실은 꽤 흥미롭습니다.

많은 분들이 이 작품을 학교나 시험을 통해 처음 만났을 것입니다. '아메리칸 드림의 허상', '비극적인 사랑 이야기'

라는 요약도 많이 들으셨을 겁니다. 물론 맞는 설명이지만, 인지심리학자의 눈으로 천천히 다시 읽어보면 이 소설은 훨씬 더 많은 것을 담고 있습니다.

이 소설에는 우리가 요즘 고민하는 주제들이 거의 다 등장하는데요.

'되고 싶은 나'와 '지금의 나' 사이의 간극, 상류층에 대한 동경과 모욕감, 순수한 사랑과 집착의 경계선, 스스로 만든 허구의 자아에 빠져드는 리플리 증후군적 요소, 꿈의 시대에서 좌절의 시대로 넘어갈 때 느끼는 감정의 폭풍…. 현대 심리학에서 다루는 핵심 키워드가 인물들의 삶과 말, 공간 속에 모두 담겨 있습니다. 무엇보다 흥미로운 점은, 배경이 1920년대 미국인데도 이 소설을 읽는 많은 독자들이 현재 자신의 처지나 감정과 비슷하다고 느낀다는 점입니다.

이 글에서 저는 인지심리학과 몇 가지 대표적인 심리 이론들을 바탕으로 『위대한 개츠비』를 다시 읽어보려 합니다. 그리고 소설 속 인물들을 통해, 지금 이 시대를 살아가는 우리가 어떤 사고와 감정의 패턴 속에서 살고 있는지 함께 살펴보겠습니다.

꿈의 시대와 좌절의 시대

1920년대 미국은 흔히 '재즈 시대(Jazz Age)' 혹은 '광란의 20년대(Roaring Twenties)'라 불렸습니다. 제1차 세계대전이 끝난 뒤, 미국은 전례 없는 경제 호황을 겪습니다. 도시에는 새로운 빌딩이 올라가고, 자동차와 전기가 보급되고, 밤에는 재즈와 술, 파티가 끊이지 않습니다. 표면적으로는 매우 활기차고, 자유로운 시대처럼 보이지만 그 화려함 뒤에는 심각한 계층 격차, 인종차별, 여성과 소수자에 대한 이중 잣대, 범죄와 부패가 들끓고 있었죠.

이 시대를 지배하던 핵심 신화가 바로 '아메리칸 드림(American Dream)'입니다.

어디서 태어났든, 얼마나 가난하든, 올심히 노력하면 누구나 부와 성공을 이룰 수 있다.

꿈과 희망이 모두 이루어질 것 같은 매력적인 슬로건입니다. 심리학적 관점에서 보면, 이런 성공 신화는 한 사회의 '집단적 자기 이미지' 역할을 합니다. 개인이 자신의 삶을 이해하고 설명할 때, 이 신화를 기준점으로 삼게 되는 것인데요.

문제는 이 믿음이 현실의 구조적 장벽을 종종 가려버린다는 데 있습니다. 부와 교육, 인종과 성별, 출신 지역에 따라 시작선 자체가 다를 수 있다는 사실은 뒤로 하고 '성공하지 못한 건 그 사람이 덜 노력해서'라는 식의 정서가 강화되기 쉽습니다.

실제로 아메리칸 드림의 허상을 비판하는 연구들에서는 계층 이동의 가능성이 생각보다 제한적이라는 점이나 부와 기회가 상층에 집중된다는 점이 반복적으로 지적됩니다. 지금 우리 사회도 조금 다른 방식이긴 하지만 비슷한 구조를 갖고 있습니다.

> 열심히 공부하면
> 좋은 회사에 들어가면
> 집만 마련하면
> 내 자식만 잘 키우면

열심히 공부해서 좋은 대학, 좋은 직장에 들어가고, 집을 사고, 가족을 꾸리고, 아이에게 더 나은 교육을 제공하면 '괜찮은 삶'이라고 여깁니다. 마치 행복의 공식이 존재하는 것처럼 말합니다. 물론 안정감을 주는 계획이긴 합니다. 다만 현실이 점점 더 복잡해지고 있습니다.

부동산 가격, 자산 격차, 비정규·플랫폼 노동의 확대, 기대수명 연장과 노후 준비의 불안, 경쟁이 보편화된 교육 환경 등이 겹치면서, '노력하면 된다'는 말은 점차 설득력을 잃어가고 있습니다. 이런 상황에서 사람들은 '그래도 해보면 되지 않을까?'라는 희망을 품으면서도, '어차피 안 되는 판이 아닐까?'라는 냉소와 무력감을 느끼게 됩니다.

이런 환경에서 개인이 경험하는 감정은 대체로 두 가지 방향으로 갈라집니다. 하나는 '언젠가는 나도 저기까지 갈 수 있을 거야.'라는 동경, 다른 하나는 '그런데 왜 나는 아직도 여기 있지?'라는 좌절입니다. 이 두 감정이 동시에 존재할 때 마음은 굉장히 피곤해집니다.

『위대한 개츠비』는 바로 이런 피로를, 한 인간의 삶을 통해 압축적으로 보여줍니다. 개츠비는 아메리칸 드림을 신봉했던 사람입니다. 피나는 노력을 했그 커다란 부를 쌓기도 했습니다. 하지만 결국 그가 실패하는 모습을 보면서 우리는 '어떤 꿈을, 어떤 방식으로, 어떤 대가를 치르며 꾸고 있는가'에 대해서도 중요하게 생각해야 한다는 사실을 깨닫게 됩니다.

아메리칸 드림의 허상

개츠비의 본명은 제임스 개츠(James Gatz)입니다. 개츠는 가난한 농가 출신 청년입니다. 어느 날 그는 자기 인생을 새로 쓰기로 결심합니다. 이름을 버리고, 과거를 지우고, 자신이 되고 싶은 사람의 모습을 상상한 뒤, 그 상상을 현실로 이루겠다고 선언합니다. 그 결과 탄생한 인물이 바로 '제이 개츠비(Jay Gatsby)'입니다.

닉 캐러웨이는 개츠비를 처음 보고 이렇게 묘사합니다.

만약 인격이라는 것이 끊임없이 이어지는 성공적인 몸짓들의 연속이라면, 개츠비에게는 분명 어떤 화려함이 있었다.

여기서 말하는 '몸짓(gestures)'은 말투, 옷차림, 집, 자동차, 사람을 대하는 태도, 자기 과거를 이야기하는 방식까지 포함한 하나의 '연속된 연출'을 뜻합니다.

개츠비는 자기 자신을 곧 '프로젝트'로 삼았던 사람입니다. 열심히 돈을 벌고, 엄청난 규모의 저택을 짓고, 음악과 술이 끊이지 않는 파티를 매일 밤 엽니다. 예전에 사랑했던 데이지를 다시 만나려는 목적으로 말이죠.

그런데 여기서 질문을 던져보겠습니다. 개츠비는 데이지라는 사람을 사랑한 것일까요, 아니면 데이지가 상징하는 세계를 사랑한 것일까요?

데이지의 집은 강 건너 이스트에그에 있습니다. 개츠비의 집은 웨스트에그에 있지요. 그는 밤마다 자신의 정원 끝에서 강 건너 데이지 집 앞 부두에 켜진 초록빛 불빛을 바라봅니다.

소설 마지막 부분에서 닉은 이렇게 말합니다.

개츠비는 초록빛을, 해가 바뀔수록 우리 앞에서 점점 멀어져 가는 황홀한 미래를 믿었다.

이 초록빛은 '이상적 자기(ideal self)'가 가진 환상의 색깔입니다. 지금 여기의 나와는 다른, 언젠가 도달하고 싶은 나. 언제나 가까이 있는 것처럼 보이지만, 막상 다가가려 하면 살짝 뒤로 물러나는 목표. 이런 대상을 향한 추구는 우리의 삶에 동기를 주기도 하지만, 동시에 끝없는 결핍감을 낳기도 합니다.

E. 토리 히긴스(E. Tori Higgins)의 자기 불일치 이론(self-discrepancy theory)에 따르면 사람은 마음속에 최소 세 가지 종류의 자기상을 가지고 살아갑니다. 실제의 나(actual self), 이상적 나(ideal self), 그리고 '이렇게 해야 한다'고 느끼는 당위적 나(ought self)입니다. 이들 사이의 간극이 클수록 우울, 불안, 수치심 같은 부정적 정서를 많이 느끼게 된다는 것이 여러 연구에서 확인되었습니다.

개츠비의 삶은 이 이론을 거의 교과서처럼 보여주는 사

레입니다. 실제의 그는 제임스 개츠지만, 그는 이 이름을 부정합니다.

이상적 자아는 제이 개츠비입니다. 전쟁 영웅, 명문대 출신, 상류사회와 교류하는 부자. 그는 실제와 이상 사이의 간극을 인정하는 대신, 실제를 지우고 이상만을 진실처럼 붙들고 살죠.

사람들은 종종 이렇게 생각합니다.

'지금의 나는 진짜 내가 아니야. 원래의 나는 더 괜찮은 사람인데, 아직 그걸 못 보여줬을 뿐이야.'

이 믿음은 한편으로는 우리를 지탱해줍니다. 아직 가능성이 남아 있다는 위로가 되니까요.

하지만 이 믿음이 현실의 나를 계속 부정하는 방식으로 작동하면, 어느 순간 '지금 여기의 나'는 완전히 무시되고, 존재감이 희미해지기 시작합니다.

리플리 증후군이라는 용어도 여기서 함께 떠올릴 수 있습니다. 이는 현실의 자신을 부정하고, 자신이 지어낸 허구의 삶을 진실이라고 믿으며 살아가는 심리 상태를 말합니다. 현실을 인정하지 않고, 거짓된 자아와 세계에 자신을 가두는 패턴입니다.

개츠비를 임상 진단으로 규정할 필요는 없지만, 적어도 '허구의 자아를 실제 자아처럼 믿는 인물'로 읽을 수는 있습니다. 그는 가난했던 과거의 모욕과 결핍을 통째로 지우고 자신이 상상한 인물로 살아갑니다. 그리고 그 허구의 자아에 알맞은 세계를 만들기 위해 엄청난 에너지를 쏟습니다.

사실 우리도 각자의 방식으로 이와 비슷하게 행동하고 있습니다. SNS에서, 직장에서, 모임에서, 우리는 '보이고 싶은 나'를 구성합니다. 물론 이 자체가 나쁜 건 결코 아닙니다. 누구나 사회적 자아를 가지고, 역할에 따라 자신을 다르게 표현하니까요. 그러나 어느 순간 이 질문이 떠오른다면 한 번쯤 멈춰서 생각해볼 필요가 있습니다.

나는 지금, 내가 만든 버전의 나에게 설득되어 살고 있는 건 아닐까?

개츠비의 비극은, 아메리칸 드림의 실패뿐 아니라 '자기 자신에 대한 감각을 잃어버린 사람의 결말'이라고 볼 수도 있습니다.

사랑과 집착의 경계

이제 개츠비의 사랑 이야기를 해볼까요?

단순하게 보면, 이 소설은 한 남자가 과거의 연인을 잊지 못해 평생을 준비한 끝에 다시 만나고, 결국 비극을 맞는 이야기입니다. 상당히 로맨틱한 것 같지만 자세히 보면, 이 사랑은 꽤 복잡하고 모순적입니다.

개츠비에게 데이지는 한때 진심으로 사랑했던 사람입니다. 그러나 세월이 흐르는 동안, 그의 마음속에서 데이지는 실제의 데이지가 아니라 기억 속에서 미화된 데이지, 그리고 계급 상승과 인정, 안정된 세계를 상징하는 아이콘으로 변해갑니다.

개츠비는 어느 장면에서 이렇게 말합니다.

"그녀의 목소리는 돈으로 가득 차 있어요."

이 짧은 문장에서 개츠비의 인식이 고스란히 드러납니다. 그는 데이지의 목소리에서 늘 부와 특권, 상류층 사회의 기류를 느끼고 있었던 것이죠. 개인의 인격보다 그녀가 상징하는 자본과 계급의 향기에서 데이지의 매력을 발견했던 것 아닐까요?

심리학에서는 사랑이라는 감정 안에 종종 '자기 보상 욕구'가 함께 들어 있다고 봅니다. 나에게 결핍된 무언가를 가지고 있는 사람에게 더 강하게 끌리고, 그 사람을 통해 나 자신을 보완하려는 심리가 작동하는 것입니다. 이러한 관계는 때로 서로를 성장시키기도 하지만, 한쪽이 다른 쪽을 자신의 결핍을 메우는 도구처럼 느끼기 시작하면 사랑은 집착과 통제의 방향으로 변질되기도 합니다.

개츠비의 사랑은 이 경계에 서 있습니다. 그는 데이지를 향해 깊은 애정을 가지고 있지만, 그 애정에는 '내가 잃어버린 과거를 되찾고 싶다'는 욕망, '나도 당신과 같은 세계에 속하고 싶다'는 계층적 갈망, '당신이 나를 선택해줌으로써 내가 가치 있는 사람이 되었으면 좋겠다'는 자기 인정 욕구가 한데 뒤섞여 있습니다.

그래서 그의 사랑은 한 번도 현재형이 되지 못합니다. 항상 과거형이거나 미래형입니다.

"그때 우리는…."

"언젠가 우리는…."

지금, 여기, 이 순간의 데이지는 거의 보이지 않습니다.

우리 역시 연애든 결혼이든, 혹은 우정이나 동료 관계든, 상대를 있는 그대로 보기보다 '내가 기대하는 역할'로 바라보는 경우가 많습니다. 상대가 조금만 그 역할에서 벗어나도 실망하고, 분노하고, 거리를 두죠. 이때 우리가 사랑한 것이 정말 그 사람이었는지, 아니면 그 사람이 해주길 바랐던 역할과 상징이었는지 돌이켜볼 필요가 있습니다.

개츠비는 데이지를 끝까지 포기하지 못합니다. 그럼에도 한편으로 그는 데이지의 현실적인 두려움, 모순, 나약함을 보려 하지 않고 자신이 원하는 방향으로 끌고 가려고 합니다. 그래서 그의 사랑은 끝까지 일방적인 사랑으로 머무르고 맙니다. 이런 사랑은 굉장히 매혹적으로 보이지만 위험한 사랑입니다. 상대의 현실을 보지 못하고, 내가 만든 이상을 상대에게 강요하게 되기 때문입니다.

상류층에 대한 동경과 굴욕

이 소설에는 중요한 공간적 대비가 있습니다.

전통적인 부자들이 사는 이스트에그

신흥 부자들이 모여 사는 웨스트에그

이스트에그에는 '원래 부자였던 사람들'이 삽니다. 토대가 있는 돈, 세대를 이어온 부, 네트워크, 문화 자본이 쌓인 공간입니다. 웨스트에그에는 새로 돈을 번 신흥 부자들이 삽니다. 개츠비의 저택도 이곳에 있습니다. 겉으로 보면 두 지역 모두 부유합니다. 하지만 사람들의 말투, 행동, 취향,

심지어 파티를 여는 방식까지 다릅니다. 이스트에그 사람들에게 웨스트에그는 어딘가 '너무 과장되고, 세련되지 않은 곳'으로 느껴집니다.

오늘날 우리가 사는 지역에서도 이런 일은 여전히 벌어지고 있죠. 어떤 지역은 품격이 있다고 여겨지고, 어떤 지역은 그냥 요즘 뜨는 동네 정도로 취급하니까요.

톰 뷰캐넌은 개츠비를 대할 때, 예의는 지키는 것처럼 보이지만 곳곳에서 경멸을 드러냅니다. 개츠비의 표현 방식, 돈을 번 경로, 말투, 심지어 옷차림까지 은근히 깎아내립니다. 심지어 모임에 초대하겠다는 빈말을 하고 따돌리기까지 하죠. 여기에는 '넌 우리와 같을 수 없다'는 메시지가 담겨 있습니다.

이때 개츠비는 어떤 감정을 느꼈을까요? 수치심(shame)일 겁니다. 수치심은 '나라는 존재 자체가 잘못된 것 같다'는 감정에 가깝습니다. 최근 메타분석 연구들을 보면, 수치심이 자존감 저하, 우울, 불안과 강하게 연결된다는 결과가 보고되고 있습니다. 히긴스의 자기 불일치 이론을 확장한 연구들에서도, 실제의 자기와 이상적 자기 사이의 간극이 클수록 수치심이, 실제의 자기와 이렇게 해야 한다는 당위적 자기의 차이가 클수록 죄책감과 불안이 증가하는 경향이 있다고 보고합니다.

개츠비는 이 두 종류의 불일치를 한꺼번에 떠안고 있는 인물입니다. 그는 자신의 이상적 자아(상류층의 일원, 데이지가 사랑하는 남자)를 실현하지 못해 수치심을 느끼고, 동시에 '그 세계에 들어가야 한다'는 당위감에 시달리며 죄책감과 불안을 겪습니다.

계층이 뚜렷한 사회에서 사람들은 상류층을 향해 동경을 느끼는 동시에, 그 동경이 자신을 향한 수치심으로 돌아오지 않도록 애써 마음을 조절해야 합니다. 그 과정에서 "저 사람들은 원래 그래.", "돈 많으면 다 저렇지." 같은 일종의 경멸 섞인 일반화가 생겨나기도 합니다.

데이지, 조던, 머틀의 서로 다른 생존 전략

이 소설에는 매력적인 여성 인물들이 등장합니다.

데이지, 조던, 머틀.

세 사람 모두 1920년대라는 같은 시대를 살았지만, 자기 삶을 지키고 욕망을 다루는 방식이 완전히 다릅니다.

먼저 데이지는 '예쁘고 부유한 상류층 여성'의 전형처럼 보입니다. 하지만 그녀의 말과 태도 속에는 이 시대를 살아가는 여성으로서의 깊은 체념이 숨어 있습니다.

딸이 예쁜 바보로 자라면 좋겠다는 말은 "이 세상을 너무 잘 이해하면, 너무 많이 느끼면, 너무 힘들어진다."는 고백이기도 합니다.

그래서 데이지는 의도적으로 감정과 판단을 흐립니다. 톰과 개츠비 사이에서 끝까지 명확한 선택을 하지 않는 것이 비겁해 보일 수 있지만, 자신을 지키기 위한 방어 전략이었을 겁니다.

조던 베이커는 다릅니다. 그녀는 직업을 가진 여성이고, 스스로 돈을 벌며 살아갑니다. 말투와 태도는 늘 침착하고, 쿨합니다. 사람에게 쉽게 기대지 않고, 적당한 거리에서 관찰합니다. 조던은 누군가와 너무 가까워지면 그만큼 상처받을 위험이 커지므로 애초에 일정 거리 이상은 허용하지 않는, 정서적 거리 두기(emotional distancing)를 합니다. 겉으로는 독립적이고 자유로워 보이지만, 실제로는 깊은 친밀감을 경험하지 못해 외로움을 품고 있을 가능성도 있죠.

머틀 윌슨은 세 사람 중 가장 노골적으로 욕망을 드러내는 인물입니다. 그녀는 가난하고 답답한 현재의 삶에 만족하지 않고, 더 나은 집, 더 근사한 옷, 더 화려한 삶을 원합니다. 그녀에게 톰은 그 꿈으로 가는 통로입니다. 머틀은 자신이 가진 가장 큰 자원, 즉 몸매와 애교 많은 성격을 계층 상승의 수단처럼 사용합니다. 하지만 그 욕망을 실현할 제도적·사회적 장치는 없습니다. 그래서 그녀의 도약 시도는 어쩌면 처음부터 비극을 품고 있었는지도 모릅니다.

여러 젠더 연구·문학 비평에서는 이 세 여성 인물을 통해 『위대한 개츠비』가 1920년대 미국 사회에서 여성이 실제로 가질 수 있었던 선택의 폭이 얼마나 좁았는지를 드러낸다고 설명합니다. 누군가는 체념을 선택하고, 누군가는 차갑게 거리를 두며, 또 누군가는 몸부림치다 부서집니다.

그런데 한 세기가 지난 지금도 여성들의 상황이 완전히 자유로워졌다고 말하기 어려워 보입니다. 결혼을 할지 말지, 아이를 가질지 말지, 커리어를 우선할지 돌봄을 우선할지…. 아주 다양한 선택지가 있는 것처럼 보이지만 실제로는 어떤 선택을 해도 '조금은 미안해야 하는 자리'가 따라붙곤 합니다. 일에 집중하면 "가정은 괜찮냐"는 질문이, 가정에 집중하면 "너 자신의 삶은 어디 있느냐"는 질문이 따라붙죠. 마치 판이 바뀐 것 같지만 그 안에서 느끼는 압박과 죄책감의 구조는 크게 달라지지 않은 셈입니다.

버티기 위해 모른 척할 때는 데이지가 되고, 상처받지 않으려고 거리를 둘 때는 조던이 되며, 이번만은 그냥 한번 질러보고 싶다는 마음이 들 때는 머틀이 됩니다. 그리고 대부분의 여성은 그 셋 중 하나가 되는 것이 아니라, 상황에 따라 세 가지 방식을 번갈아 쓰며 버티고 있습니다.

그래서 이 세 인물을 보고 있으면 '나는 지금 이 사회의 조건 속에서 나를 지키기 위해 어떤 방식으로 버티고 있는가'를 돌아보게 됩니다. 대부분의 현대 여성들이 이 질문을 품고 있을 것이고 그 과정에서 모순과 피로감도 느끼고 있을 겁니다. 100년이라는 시간이 흘렀고 세상은 겉으로는 눈부시게 달라졌지만, 여성이 매일 맞닥뜨리는 현실은 여전히 근본적인 변화 없이 제자리를 맴도는 듯합니다.

우리의 시선도 언제나 공정하지는 않다

이 소설에서 또 하나 중요한 인물이 있습니다. 바로 이야기의 화자, 닉 캐러웨이입니다.

닉은 스스로를 '판단을 유보하는 편'이라고 말합니다. 사람들의 이야기를 쉽게 평가하지 않고, 가급적 있는 그대로 보고자 한다고 주장합니다. 하지만 소설이 진행될수록 우리는 닉의 시선도 결코 완전히 중립적이지 않다는 걸 알게 되죠.

닉은 개츠비에게 점차 호감을 느끼고, 마지막에는 그를 변호하는 반면 톰과 데이지에게는 점점 더 냉소적이고 비판적인 어조를 띱니다. 마지막 부분에서 그는 이렇게 말합니다.

그들은 부주의한 사람들이었다. 톰과 데이지, 그들은 사물과 생명을 부수고 나서 자기들의 돈이나 방대한 무관심, 혹은 그들을 함께 묶어주는 무언가 속으로 숨어버리고, 자신들이 만든 혼란을 다른 사람들이 치우도록 내버려두었다….

이 문장은 매우 강렬하고 통쾌해서 읽는 우리도 고개를 끄덕이게 되지요. 그러나 이 문장 자체가 닉의 감정이 섞인 해석이라는 사실을 잊어서는 안 됩니다. 사람들은 정보를 있는 그대로 받아들이고 있다고 생각하지만 항상 자신의 신념과 감정, 기대에 맞게 재구성하는 경향이 있습니다. 이를 확증편향(confirmation bias), 기본적 귀인 오류(fundamental attribution error)와 같은 개념으로 설명할 수 있는데요.

예를 들어, 내가 좋아하는 사람의 실수는 '오늘은 컨디션이 안 좋았겠지.'라고 해석하면서, 마음에 들지 않는 사람의 같은 실수는 '역시 저 사람은 원래 그런 사람이야.'라고 판단하는 방식입니다.

닉 역시 이런 인간적인 편향에서 자유롭지 않습니다. 그는 개츠비의 허위 경력, 과장된 이야기, 위험한 사업 방식에 대해서는 비교적 관대합니다. 반면 톰과 데이지의 이기적 행동에 대해서는 거의 검사처럼 조목조목 비판합니다.

우리가 개츠비에 대해 갖는 감정도 사실, 닉의 시선을 많이 빌려온 결과일 가능성이 큽니다.

그의 눈을 통해 본 개츠비, 그의 눈을 통해 본 데이지와 톰. 이 점을 자각하고 나면 소설 전체가 조금 다르게 보이실 겁니다. 상황을 보는 관점이 달라지면 인물에 대한 평가도 달라질 수 있으니까요.

현실에서도 마찬가지입니다. 우리는 모두 저마다의 '닉 캐러웨이적 시선'을 가지고 살아갑니다.

자신이 좋아하는 사람에게는 많은 것을 이해해주고, 싫어하는 사람에게는 작은 것에도 인색해집니다. 이걸 전혀 하지 않고 살 수는 없지만, 적어도 내 시선도 완전히 공정한 것은 아니라는 사실을 한 번쯤 인식하는 것만으로도 관계의 긴장이 조금은 완화될 수 있습니다.

『위대한 개츠비』는 우리가 이야기의 화자까지도 포함해 비판적으로 읽을 때 '어떤 관점으로 세상을 보며 사는가'에 대한 심리학적 성찰을 가능하게 만들어줍니다.

정체성 과잉과 허상의 피로

이제 이 소설을 덮고 우리의 삶으로 돌아와보겠습니다.

현대인은 어느 시대보다 많은 정체성을 안고 살아갑니다. 한 사람에게 붙는 이름표만 해도, 직장인, 가족 구성원, 특정 지역 주민, 어떤 취향의 소비자, 특정 정치 성향의 유권자, 온라인에서는 여러 계정의 주인, MBTI의 한 유형 등으로 겹겹이 쌓입니다. 정체성이 풍부해졌다는 것은 분명 장점도 있습니다. 과거보다 훨씬 많은 방식으로 자신을 표현할 수 있고, 다양한 소속감을 느끼며 살 수 있으니까요. 하지만 정체성이 많아질수록 '진짜 나는 누구인가?'라는 질문에 대한 답은 더 복잡해집니다.

하루 종일 역할을 전환하다 보면 어느 순간 '혼자 있을 때의 나는 어떤 사람이지?' 이런 생각이 들 수 있습니다.

게다가 최근 연구들에서는 높은 사회적 기대와 치열한 비교 문화 속에서 자존감 저하, 수치심, 번아웃이 증가하고 있다는 점을 경고하고 있습니다. 이런 환경에서 우리는 개츠비와 아주 비슷한 질문을 자주 던지게 됩니다.

나는 원래 어떤 사람이 되고 싶었지?

지금의 이 삶은, 내가 선택한 결과일까, 아니면 남들이 정해준 길을 따라온 결과일까?

어릴 때 혹은 젊을 때 바라봤던 '초록빛'은 무엇이었지?

이 질문에 정답은 없습니다. 하지만 이 질문을 피하지 않고 스스로에게 던져보는 것 자체가 굉장히 의미 있는 과정입니다. 현실을 정확히 보는 능력과 적당한 수준의 긍정적 착각, 즉 현실적 낙관주의(realistic optimism)가 정신 건강에 도움이 된다는 연구도 있습니다.

이는 모든 걸 장밋빛으로만 보는 낙천주의와는 다릅니다. 낙관주의는 현재의 한계와 위험을 인정하되, 그 안에서 여전히 변화 가능성을 믿고, 구체적으로 행동할 수 있는 태도를 말합니다. 개츠비에게 부족했던 것이 바로 이 부분입니다. 그는 현실의 제약을 사실상 인정하지 않았습니다. 과거로 돌아갈 수 있다고 믿었고, 이미 다른 삶을 살고 있는 데이지가 언제든지 자신의 삶으로 들어와줄 것이라고 믿었습니다.

개츠비처럼 꿈을 포기하지 않는 집요한 태도도 필요하겠지만 우리에게 필요한 것은 '지금 여기의 나'를 출발점으로 다시 계산해보는 용기입니다.

나는 어떤 삶을 원했는지, 지금도 그 삶을 원하는지, 그렇다면 오늘 내가 할 수 있는 작은 조정은 무엇인지, 이 질문들을 꾸준히 되풀이해보는 것. 이 과정을 통해 허상에 내 모든 것을 거는 대신, 현실 속에서 나를 덜 소진시키는 새로운 꿈을 다시 설계할 수 있을 것입니다.

모든 게 가짜인 시대에, 진짜는 무엇인가
　마지막으로, 이 소설의 가장 유명한 문장 하나로 글을 맺고 싶습니다.

　그래서 우리는 흐름을 거슬러 나아가는 배처럼 끊임없이 과거 속으로 밀려나면서도 계속 나아간다.

　피츠제럴드는 인간의 삶을 이렇게 묘사했습니다.

　앞으로 나아가고 싶어 하지만, 자꾸만 과거의 기억과 환상, 후회와 미련에 끌려가는 존재.

　실제로 우리는 늘, 이미 지나간 장면들과 아직 오지 않은 장면들 사이에 서서 현재를 살아갑니다. 그래서 모든 것이 가짜인 것처럼 느껴질 때가 있습니다. 필터를 씌운 사진, 잘 편집된 말, 자기계발과 성공담, 브랜딩된 자아…. 그럼에도 자기 자신 앞에서는 나를 거짓 없이 보려는 시도를 해보는 게 어떨까요? 나의 정체성과 나를 잘 알기 위해서는

남들이 말해준 '나'가 아니라 내가 스스로 납득하는 '나'를
끝까지 탐색해야 합니다.

『위대한 개츠비』를 다시 읽다 보면 이 소설은 한 남자의
비극을 통해 우리 모두의 마음을 보여주고 있다는 생각이
듭니다. 개츠비는 허구의 자아로 살았지만, 그 중심에는 끝
까지 포기하지 못한 진짜 감정이 있었습니다. 그는 사랑을
믿었고, 과거의 어떤 순간을 복원할 수 있다고 믿었고, 자
신이 꿈꾸는 삶을 이룰 수 있다고 믿었습니다.

우리가 그를 비판하면서도 어딘가 애틋하게 느끼는 이
유는, 어쩌면 우리 안에도 비슷한 마음이 조금씩 남아 있기
때문일 것입니다.

이 소설을 다 읽고 난 뒤에 자기 자신에게 이런 질문들을
한 번쯤 던져보셨으면 합니다.

나는 지금, 어떤 초록빛을 바라보며 살고 있는가?
그 초록빛은 정말 나를 위한 것인가, 아니면 남들이 좋다고
한 빛을 그냥 따라 바라보고 있는가?
그리고 그 빛을 향해 가는 동안, 나는 나 자신을 얼마나 지켜
주고 있는가?

문학의 역할은 정답을 주는 것이 아니라 좋은 질문을 남

기는 것이라고 생각합니다.

『위대한 개츠비』는 '모든 게 가짜인 시대에, 진짜는 무엇인가?'라는 질문을 우리가 결코 잊지 않도록 해주는 작품입니다. 심리학자로서, 그리고 한 명의 독자로서, 저는 이 소설이 앞으로도 오랫동안 사람들에게 그런 질문을 던져줄 거라고 믿습니다.

그리고 그 질문에 각자가 자신의 말로 답을 찾아가는 과정 자체가, 한 사람의 삶을 조금 더 단단하게 만들어줄 것입니다.

김경일(인지심리학자·아주대학교 심리학과 교수)

The Great Gatsby

차례

다시 한번
젤다에게

그렇다면 황금빛 모자를 쓰렴

그녀의 마음을 움직일 수 있다면.

그녀를 위해 더 높이 뛰렴

높이 뛰어오를 수 있다면.

그녀가 이렇게 외칠 때까지.

"사랑하는 이여,

금빛 모자를 쓰고 높이 뛰어오르는 연인이여,

당신을 가져야겠어요!"

토머스 파크 딘빌리어스*

---

* F. 스콧 피츠제럴드의 소설 『낙원의 이쪽(This Side of Paradise)』에 등장하는 인물로, 피츠제럴드가 자신을 투영해 만든 인물이다.

내가 지금보다 젊고 더 여렸던 시절, 아버지가 나에게 충고 한마디를 해주셨는데, 그때 이후르 나는 그 말을 줄곧 마음속에서 되새기고 있다.

"누군가를 비판하고 싶을 때마다 이 점을 반드시 명심해라." 아버지는 말씀하셨다. "세상 모든 사람이 너처럼 좋은 환경과 좋은 조건을 타고나는 게 아니라는 걸 말이다."

아버지는 그 이상은 말씀하지 않으셨지만, 아버지와 나는 언제나 말없이도 통하는 구석이 있었기에 그 말속에 훨씬 더 깊은 뜻이 담겨 있음을 나는 알고 있었다. 그 결과 나는 사람을 쉽게 판단하지 않는 습관이 생겼고, 그 습관 덕분에 여러 기이한 성격의 사람들과 가까워질 수 있었지만 동시에 수많은 지긋지긋한 사람들의 희생양이 되기도 했다. 비정상적인 마음은 정상적인 사람에게서 그런 자질을 알아보고 곧잘 달라붙기 마련이라, 대학 시절에는 '정치적'이라는 부당한 비난을 받기도 했다. 나는 세상 물정 모르는 방탕한 사람들의 비밀스러운 고통을 들어주는 입장이었기 때문이다. 물론 대부분의 고백은 내가 원해서 들은 것이 아니었다. 때로는 잠든 척하거나 다른 일에 몰두한 척하거나 혹은 일부러 냉소적인 태도를 보이기도 했다. 누군가의 속마음이 곧 터져나오려 한다는 명백한 신호를 감지했을 때

말이다. 젊은이들의 내밀한 고백이란, 그 표현이 대개 진부한 모방이고 그것을 억지로 숨기려 하다 보니 흠이 나 있기 마련이다. 판단을 유보하면 끝없는 희망을 갖게 된다. 아직도 나는, 아버지가 약간은 속물적으로 말했듯이 그리고 나 역시 그 말을 속물적으로 되풀이하듯이, 기본적인 예절 감각이 사람마다 태어날 때부터 고르게 주어지는 것이 아니며, 그 사실을 잊어버리면 무언가 놓치게 될까 봐 두려운 마음이 든다.

이렇게 너그러운 사람이라고 스스로 자부해온 나지만, 그 너그러움에도 한계가 있음을 인정하지 않을 수 없다. 인간의 행실이 단단한 바위 위에 세워졌든, 젖은 늪 위에 세워졌든, 일정한 지점을 지나면 그것이 어디에 기반했는지는 더 이상 중요하지 않게 된다. 지난가을, 동부에서 돌아왔을 때 나는 세상이 마치 군복을 입은 채 영원히 '도덕적 경례' 자세로 서 있기를 바랐다. 더 이상 내가 가진 특권에 기대어 인간의 마음속을 들여다보는 그 난잡한 모험 따위는 이제 더 이상 원하지 않았다. 단 한 사람, 이 책의 이름을 빌려준 개츠비만은 예외였다. 그는 내가 본능적으로 경멸하는 모든 것의 상징이었음에도 불구하고, 그 안에는 어떤 찬란한 것이 있었다. 만약 인격이라는 것이 끊임없이 이어지는 성공적인 몸짓들의 연속이라면, 개츠비에게는 분명 어떤 화려함이 있었다. 마치 1만 5천 킬로미터 밖에서 일어나는 지진까지 포착해내는 정교한 기계처럼 삶이 약속하는 모든 가능성에 대한 예민한 감수성을 가진 사람이었다. 그의 감수성은 흔히 '예술적 기질'이라 불리는 물렁한 감정과는 전혀 달랐다. 그것은 희망에 대한 비범한 재능이었고, 다른 어떤 사람에게서도 본 적 없는 낭만적 준비 태세였다. 그리고 아마 다시는 그런 사람을 만나지 못할 것이다. 결국 개츠비가 옳았다. 문제는 개츠비를 집어삼킨 것들이었다. 그의 꿈 뒤편에서 부유하던 추악한 면지들, 그것들이 일시적으로 나의 관심을 인간 세상의 불완전한 슬픔과 덧없는 환희로부터 닫아버렸던 것이다.

*

　우리 가문은 이 중서부 도시에서 3대째 내려오는 유서 깊고 부유한 가문이다. 캐러웨이 가문은 일종의 문중(門中)을 이루고 있었고, 우리는 버클루 공작의 후손이라는 전통을 자랑삼아 이야기하곤 한다. 하지만 실제로 우리 가문을 구축한 사람은 우리 할아버지의 형이었다. 그는 1851년에 이곳으로 와서 남북전쟁에 자신 대신 다른 사람을 보내고, 지금 아버지가 이어가고 있는 철물 도매 사업을 시작했다.

　큰할아버지를 직접 뵌 적은 없지만, 아버지 사무실에 걸려 있는 그 단단한 인상의 초상화 덕분어 내가 큰할아버지를 꼭 빼닮았다는 말을 자주 들었다. 나는 1915년에 예일대학을 졸업했는데, 아버지가 그곳을 졸업한 지 정확히 25년 뒤였다. 졸업 후 얼마 지나지 않아 제1차 세계대전이라 불리는 때늦은 게르만족 대이동에 참여했다. 나는 미국의 반격 작전을 꽤 즐겼던 탓에 전쟁이 끝난 후에도 흥분감에 빠져 있었다. 한때 세계의 중심이라 믿었던 중서부 지방이 이제는 우주의 초라한 변두리처럼 느껴졌다. 그래서 나는 동부로 가서 채권업을 배우기로 결심했다. 내가 아는 사람들은 모두 채권업에 종사하고 있었기 때문에 나 하나쯤 더 끼어도 괜찮으리라 생각했던 것이다. 이 일은 마치 나의 예비 대학이라도 골라주듯이 집안 전체 회의에서 논의되었다. 숙모들과 삼촌들이 신중하고도 망설이는 표정으로 "뭐, 괜찮겠지⋯."라고 말했고, 아버지는 1년간의 생활비를 지원해주시기로 했다. 여러 가지 일들 때문에 미루고 미룬 끝에 나는 마침내 1922년 봄이 되어서야 이곳에 영원히 정착할 생각으로 동부로 왔다.

현실적으로는 시내에 방을 얻는 게 가장 합리적인 선택이었지만, 마침 계절은 따듯했고 나는 넓은 잔디밭과 다정한 나무들이 있는 시골을 막 떠난 참이었다. 그래서 사무실의 한 젊은 동료가 교외 마을에 집을 얻어 함께 통근하자는 제안을 했을 때, 그게 꽤 괜찮은 생각처럼 들렸다. 그가 집을 알아봤는데, 비바람에 시달려 허름해진 월세 80달러짜리 낡은 단층집이었다. 그러나 이사 직전에 회사에서 그를 워싱턴으로 발령 내는 바람에 나는 결국 혼자 그 집에 들어가 살게 되었다. 나는 개 한 마리를 키웠는데, 정확히 말하자면 며칠 동안은 그랬다. 녀석은 도망쳐버렸다. 오래된 다지 자동차 한 대와, 내 침대를 정리하고 아침을 차려주며 전기난로 앞에서 핀란드 속담을 중얼거리던 핀란드 여인 한 명이 함께였다.

며칠 그 집에서 외롭게 보내다 어느 날 아침, 나보다 더 최근에 이사 온 한 남자가 길에서 나를 멈춰 세웠다.

"웨스트에그로 가려면 어떻게 가나요?" 그는 난처한 표정으로 물었다.

나는 그에게 길을 알려주었다. 그러고 나서 다시 걸음을 옮기자 더 이상 외롭지 않았다. 나는 길잡이가 되었고, 개척자가 된 듯한 기분이었다. 그가 무심코 나에게 이 동네의 일원이 될 자격을 부여해준 셈이었다.

그리하여 햇살이 내리쬐고, 나무마다 빠르게 돋아나는 잎을 바라보며, 마치 영화 속에서 순식간에 만물이 자라나는 장면처럼 나는 이 여름과 함께 나의 인생이 다시 시작됐다는 확신에 사로잡혔다.

우선 읽어야 할 책이 너무 많았고, 맑고 신선한 공기를 마시며 건강도 챙겨야 했다. 나는 은행 경영, 신용 대출, 증권 투자에 관한 책 열두 권을 사서 책장에 꽂아두었다. 붉은색과 황금색의 표지들이 마치 갓 주조된 새 돈처럼 빛을 내면서, 미다스 왕이나 J. P. 모건, 마이케나스만이 알고 있는 찬란한 비밀을 내게 펼쳐 보이겠다고 약속하는 듯이 책장에 꽂혀 있었다. 나는 그 외에도 많은 책을 읽겠다는 굳은 결심을 했다. 대학 시절 나는 문학에 꽤 재능이 있는 학생이었다. 한 해 동안 《예일 신문》에 지나치게 진지하고 뻔한 사설을 연재하기도 했다. 이제 나는 그런 것들을 다시 내 삶에 불러들이고, 세상에서 가장 제한적인 전문가, 곧 '균형 잡힌 인간'이 되기로 했다. '인생은 결국 단 하나의 창문을 통해 바라볼 때 가장 잘 이해되는 법이다'라는 말은 흔한 격언에 불과한 말이 아니었다.

내가 북아메리카에서 가장 별난 지역에 집을 빌리게 된

것은 그야말로 우연이었다. 내가 사는 집은 뉴욕에서 동쪽으로 길게 뻗은, 소란스러운 가느다란 섬 위에 있었다. 그 섬에는 여러 가지 자연의 기이한 현상들 가운데 특히 눈에 띄는 두 개의 지형이 있었다. 도시에서 30킬로미터쯤 떨어진 곳에 거대한 두 개의 달걀 모양 반도가 마주하고 있었다. 두 지역은 모양이 똑같았고, 그 둘을 가르는 것은 단지 예의상 있는 듯한 만(灣) 하나뿐이었다. 서반구에서 가장 길들여진 염수, 즉 롱아일랜드 만의 젖은 들판 속으로 불쑥 튀어나와 있었다. 두 반도는 완벽한 타원형은 아니었다. 콜럼버스의 달걀처럼 서로 맞닿은 끝이 약간 납작하게 눌려 있었으니까. 그 외형적 유사성은 머리 위를 나는 갈매기들에게는 늘 경이로운 풍경이었을 것이다. 하지만 날개 없는 우리 인간에게는, 그 두 지역이 형태와 크기를 제외한 모든 면에서 놀라울 만큼 서로 다르다는 사실이 오히려 더 흥미로웠다.

나는 웨스트에그에 살았다. 두 지역 중 덜 세련된 쪽, 적어도 겉보기에는 그렇게 분류되는 곳이었다. 하지만 그런 구분은 지극히 피상적인 말에 불과했다. 두 지역의 대조는 단순히 취향의 문제가 아니라, 어딘가 기이하고 조금은 음산한 분위기를 품고 있었다. 내가 살고 있던 집은 그 달걀 모양 반도의 가장 끝자락에 있었다. 바다까지는 불과 45미터 떨어진 곳이었고, 때마다 1만 2천에서 1만 5천 달러에 임대되는 두 거대한 저택 사이에 끼어 있었다. 오른편의 저택은 어느 기준으로 보더라도 장대한 규모였다. 노르망디 시청을 그대로 본뜬 건물이었고, 한쪽에는 아직 덩굴이 성기게 감긴, 새로 지은 탑이 솟아 있었다. 대리석 수영장과 160제곱미터가 넘는 잔디밭과 정원까지 갖추고 있었다. 그곳이 바로 개츠비의 저택이었다. 아니, 더 정확히 말하자면, 그때의 나는 개츠비를 몰랐으므로 그 이름을 가진 신사가 거주하는 저택이었다. 내 집은 흉물스러웠지만, 작고 보잘것없어서 다행히 눈에 잘 띄지 않았다. 덕분에 바다와 이웃의 잔디밭 한 모퉁이가 내려다보이는 곳에서, 백만장자들과 가까이에 살고 있다는 위안까지 얻을 수 있었다. 한 달에 80달러라는 값으로 말이다.

만이라고 부르기도 민망한 좁은 만 너머, 세련된 이스트 에그의 하얀 궁전들이 물가를 따라 반짝이고 있었다. 그리고 그해 여름의 이야기는 내가 톰 뷰캐넌 부부의 저녁 초대를 받아 그곳으로 차를 몰고 간 그날 저녁부터 시작되었다. 데이지는 내 사촌의 딸, 그러니까 촌수로 따지면 먼 친척이었고, 톰은 대학 시절부터 알고 지내던 친구였다. 전쟁이 끝난 직후 나는 시카고에 있던 그들의 집에서 이틀 동안 머문 적이 있었다.

데이지의 남편 톰은 타고난 체력과 재능으로 예일대 미식축구팀의 엔드 포지션을 맡았던 선수였고, 누구보다도 막강했다. 그는 스물한 살에 이미 전국적인 명성을 얻어서 이후의 인생은 언제나 그 절정 이후의 내리막처럼 느껴질 정도였다. 그의 집안은 굉장히 부유했다. 대학 시절에는 돈을 너무 거리낌 없이 쓰는 바람에 주변의 눈총을 받기도 했다. 지금의 그는 시카고를 떠나 동부로 이주하며 사람들의 숨을 멎게 할 만큼 호화로운 생활을 하고 있었다. 예를 들어, 그는 레이크포리스트*에서 폴로 경주마들을 한데 몰고 올 정도였다. 나와 같은 세대의 남자가 그 정도로 부유하다는 사실은 당시의 나에겐 좀처럼 실감 나지 않는 일이었다.

그들이 왜 동부로 왔는지는 알 수 없었다. 특별한 이유 없이 1년을 프랑스에서 보내고, 그 후에는 사람들이 폴로 경기를 즐기고 부를 과시하는 곳이면 어디든 떠돌아다녔다. 그렇게 이곳저곳으로 옮겨갈 때마다 데이지는 전화로 이번이 마지막이라고 말했지만 나는 믿지 않았다. 나는 데이지의 마음을 들여다볼 수 없었지만, 톰은 평생 떠돌며, 다시는 되돌릴 수 없는 미식축구 경기에서 느꼈던 극적인 격동을 찾아다닐 것이라는 느낌은 들었다.

그리하여 따듯한 바람이 부는 어느 날 저녁, 나는 거의 알지 못하는 두 옛 친구를 만나러 이스트에그로 차를 몰고 갔다. 그들의 집은 예상보다 훨씬 화려했다. 밝은 붉은색과 흰색의 조지 왕조 시대풍 건물이 만을 내려다보고 있었다. 잔디밭은 해변에서 시작해 현관문까지 400미터나 이어져 해시계와 벽돌로 꾸민 산책길을 지나 타오르는 듯한 정원까지 뛰어넘었다. 마침내 집에 다다르자 밝은 덩굴이 측면으로 뻗어 올라가며 이어졌다. 집 앞쪽은 프랑스식 창문이 일렬로 나 있었고, 창문의 황금빛이 반사되어 빛나며 따듯한 바람이 부는 오후에 활짝 열려 있었다. 승마복을 입은 톰 뷰캐넌은 앞마당 현관에 다리를 벌리고 서 있었다.

톰 뷰캐넌은 예일대학교에 다니던 뉴헤이븐 시절과는 많

---

* 미국 일리노이 주 시카고 교외에 위치한 부유층이 주로 사는 곳이다.

이 달라져 있었다. 이제 서른 살쯤 된 밀짚 색깔 머리의 건장한 남자였고, 꽉 다문 입과 거만한 태도를 지니고 있었다. 두 개의 빛나는 오만한 눈이 얼굴을 지배한 탓에 언제나 공격적으로 앞으로 기울어져 있는 듯한 인상을 주었다. 승마복에서 풍기는 여성스러운 멋조차도 그의 육체적 힘을 감추지는 못했다. 반짝이는 부츠는 위쪽 끈이 끊어질 듯이 팽팽하게 당겨져 있었고, 얇은 코트 아래로 어깨가 움직일 때마다 근육이 실룩거렸다. 그 몸은 엄청난 지렛대 역할을 할 수 있는 무자비한 몸이었다.

거칠고 허스키하며 톤이 높은 목소리는 그가 풍기는 성급한 듯 보이는 인상을 도드라지게 했다. 심지어 그가 좋아하는 사람에게조차도 마치 아버지라도 되는 듯 경멸하는 태도를 보였다. 뉴헤이븐에서는 그의 거만함을 혐오했던 사람들도 있었다.

"이런 문제에 대해 내 의견이 절대적이라고 생각하지 말게나. 내가 자네들보다 강하고 남자답다고 해도 말이야." 우리는 같은 사교 모임에 속해 있었지만 친하지는 않았다. 그러나 나는 언제나 그가 나를 인정해주었을 뿐 아니라, 자신만의 거칠고 도전적인 애틋함으로 나 역시 그를 좋아하기를 바란다는 인상을 받았다.

햇살이 비치는 현관 앞에서 우리는 몇 분간 이야기를 나눴다.

"이 집이 살기에 좋아." 그는 불안한 듯이 눈을 이리저리 바삐 움직이며 말했다.

한쪽 팔을 잡아 내 몸을 돌린 톰은 넓고 평평한 손을 뻗어 앞쪽 풍경을 가리키며 쭉 움직였다. 그곳에는 이탈리아식 침상 정원과 반 에이커에 달하는 짙고 향기로운 장미밭, 그리고 바닷물 위에서 흔들리며 떠 있는, 코가 뭉툭한 모터보트가 있었다.

"이전에는 석유업자 드메인의 소유였지." 그는 다시 한 번 정중하면서도 단호하게 나를 돌려세우며 말했다. "이제 그만 안으로 들어가지."

우리는 천장이 높은 복도를 지나 밝은 장밋빛 공간으로 들어섰다. 그곳은 양쪽 끝의 프랑스식 창문으로 집과 허술하게 연결되어 있었다. 창문은 반쯤 열려 있었고, 집 안으로 조금 자란 듯한 바깥의 신선한 풀과 대조되어 하얗게 반짝였다. 바람이 방 안으로 불어들어와 커튼을 한쪽 끝에서 안으로, 다른 쪽 끝에서 창백한 깃발처럼 흩날리며 천장의 서리 긴 웨딩케이크를 향해 휘감았다가, 와인색 양탄자 위로 잔물결을 일으키며 마치 바람이 바다에 드리우듯 양탄자 위에 그림자를 만들었다.

방 안에서 완전히 움직이지 않는 유일한 물체는 거대한 소파뿐이었다. 두 젊은 여자가 마치 닻을 내린 풍선 위에 떠 있는 것처럼 둥둥 떠 있었다. 둘 다 흰 옷을 입고 있었고, 그들의 드레스는 마치 집 안을 잠깐 비행한 후 다시 바람에 실려 들어온 듯이 잔물결처럼 펄럭였다. 나는 잠시 그 자리에 서서 커튼이 휙 열리는 소리와 벽에 걸린 그림이 삐걱거리는 소리를 들었다. 그러자 톰 뷰캐넌이 뒷창문을 닫는 쿵 하는 소리가 났다. 방 안에 갇혔던 바람이 잦아들었고, 커튼과 러그, 그리고 두 젊은 여자가 바닥으로 천천히 풍선처럼 내려앉았다.

둘 중 어린 여자는 나에게 낯선 사람이었다. 그녀는 소파 끝에 쭉 뻗은 채 전혀 움직이지 않고 턱을 살짝 치켜든 채였다. 마치 턱 위에 떨어질 것 같은 물건을 올려놓고 있는 듯했다. 그녀는 곁눈질로 나를 봤지만 겉으로는 아무런 기색도 보이지 않았다. 하마터면 나는 안으로 들어와서 그녀를 방해한 것에 대해 사과할 뻔했다.

옆에 앉아 있던 데이지는 일어나려는 듯 몸을 살짝 앞으로 기울이며 진지한 표정을 지었다. 그러다 갑자기, 우스꽝스럽고도 매력적인 작은 웃음을 터뜨렸고, 나도 따라 웃으며 방 안으로 들어갔다.

"기뻐서 마… 마비된 것 같아요."

데이지는 마치 아주 재치 있는 말을 한 것처럼 다시 한번 웃었다. 세상 그 누구보다도 나를 보고 싶었다는 듯이 내 손을 잡고 얼굴을 올려다보았다. 그것이 그녀의 방식이었다. 그녀는 저기 균형을 잡고 있는 아가씨의 성이 베이커라고 넌지시 속삭였다(듣자 하니 데이지의 속삭임은 단지 사람들이 그녀에게 몸을 기울이게 하려는 의도였다고 한다. 그녀의 매력을 덜어내지는 못하는 무의미한 비판이었다).

어쨌든, 베이커 양은 입술을 살짝 떨며 거의 눈치채기 힘들 정도로 나에게 고개를 끄덕였고, 곧 다시 머리를 뒤로 젖혔다. 균형을 잡고 있던 물체가 조금 흔들려 놀란 모양이었다. 나는 다시 한번 속삭이듯 사과를 할 뻔했다. 나는 완전한 자기 충족에 찬 사람을 보면 놀라움과 경외를 동시에 느끼곤 했다.

나는 낮고 매혹적인 목소리로 나에게 질문을 하기 시작한 사촌을 돌아보았다. 그 목소리는 마치 다시 연주되지 않을 음들의 배열처럼 귀가 따라 올라가고 내려가는 듯한 소리였다. 데이지의 얼굴은 슬프면서도 아름다웠고, 눈과 입은 생기와 열정으로 반짝였다. 그러나 그녀의 목소리에는 남자들이 쉽게 잊지 못하는 흥분이 담겨 있었다. 노래하듯 부르는 강렬함, 속삭이듯 전하는 "들어봐요."라는 초대, 조금 전에는 즐겁고 흥미로운 일을 했으며, 곧 다가올 시간에도 즐겁고 흥미로운 일이 기다리고 있다는 약속 같은 것이었다.

나는 동부로 오는 길에 시카고에 하룻밤 머물렀던 이야기와 거기서 열두 명이나 내게 안부를 전했다는 이야기를 들려주었다.

"그 사람들이 나를 그리워하던가요?" 데이지는 황홀한 듯 외쳤다.

"마을 전체가 황량해. 모든 차의 왼쪽 뒷바퀴에는 장례식 화환처럼 검은색 페인트가 칠해져 있고. 노스쇼어를 따라 밤새 끊임없이 사람들이 울부짖더군."

"정말 굉장해요! 우리 돌아가요, 여보. 내일이요!" 그러고는 뜬금없이 덧붙였다. "우리 아기를 좀 봐야 해요."

"그래, 좋지."

"지금 자고 있어요. 이제 세 살이에요. 한 번도 본 적 없나요?"

"한 번도 못 봤지."

"그럼 꼭 봐야 해요. 그 아이는…."

그때 방 안을 안절부절못하며 맴돌던 톰 뷰캐넌이 멈춰 서더니 내 어깨에 손을 얹었다.

"요즘에는 무슨 일을 하나, 닉?"

"채권 일을 하고 있지."

"어느 회사에서?"

나는 그에게 회사 이름을 말해주었다.

"들어본 적 없는 회사인데." 그가 단호하게 말했다.

그 말투에 나는 짜증이 났다.

"그럼 이제 알게 되겠지." 나는 짧게 대답했다. "자네가 동부에 계속 머무른다면 말이야."

"걱정 마. 난 동부에 남을 거니까." 그는 데이지를 흘낏 보고 다시 나를 보며, 뭔가를 더 기대하는 듯 말했다. "다른 곳에 사는 건 정말이지 바보 같은 짓이니 말이야."

그때 베이커 양이 갑자기 "정말이에요!" 하고 말해서 나는 깜짝 놀랐다. 내가 방에 들어온 이후 그녀가 내뱉은 첫마디였다. 그녀 자신도 놀란 모양이었는지, 하품을 하며 재빠르고 능숙한 동작으로 방 안에 서 있었다.

"몸이 뻐근해요." 그녀가 불평했다. "기억이 나는 한, 쭉 그 소파에 누워 있었거든요."

"그렇게 보지 마." 데이지가 응수했다. "내가 오후 내내 뉴욕으로 널 데려가려고 했잖아."

"괜찮아." 베이커 양은 방금 식료품 창고에서 가져온 네 잔의 칵테일을 보며 말했다. "난 지금 훈련 중이거든."

집주인인 톰은 믿기지 않는다는 듯 그녀를 바라보았다.

"그렇고말고!" 그는 잔 바닥에 술이 한 방울만 남은 듯이 마시고 내려놓았다. "어떻게 그런 일을 해내는지 도무지 이해할 수가 없단 말이야."

나는 베이커 양을 바라보며 그녀가 과연 무엇을 '해낸다'는 건지 궁금해졌다. 그녀를 바라보는 것만으로도 즐거웠다. 날씬하고 가슴이 작으며, 어깨를 젊은 사관생도처럼 뒤로 젖혀 자세를 강조하는 곧은 자세를 지닌 아가씨였다. 그녀의 햇볕에 그을린 잿빛 눈동자는 창백하면서도 매력적이었고, 정중하고 호기심 어린 표정으로 나를 바라보았다. 지금 생각해보니 어디선가 그녀를 혹은 그녀의 사진을 본 적이 있던 것 같았다.

"웨스트에그에 사신다고요." 그녀가 경멸 섞인 어조로 말했다. "거기 아는 사람이 있어요."

"저는 아직 한 사람도⋯."

"개츠비는 아시겠죠."

"개츠비?" 데이지가 물었다. "어떤 개츠비 말이야?"

내 옆집에 사는 사람이라고 대답하기도 전에 저녁 식사가 준비되었다는 소리가 들렸다. 톰 뷰캐넌은 건장한 팔을 내 팔 아래에 억지로 끼워 넣고, 마치 체스 판의 말을 다른 칸으로 옮기듯 나를 방 밖으로 데리고 나갔다.

두 젊은 여자는 가뿐하고 나른한 걸음걸이로, 손을 가볍게 엉덩이에 얹은 채 우리보다 먼저 장밋빛 현관으로 나왔다. 현관은 석양을 향해 열려 있었고, 약간 줄어든 바람 속에서 테이블 위의 네 개 촛불이 깜빡이고 있었다.

"웬 촛불이에요?" 데이지가 얼굴을 찌푸리며 물었다. 그녀는 손가락으로 촛불을 꺼버렸다. "2주 후면 1년 중 가장 낮이 긴 날이 될 텐데요." 그녀는 우리 모두를 환하게 바라보며 말했다. "다들 1년 중 가장 낮이 긴 날을 늘 기다리면서도 결국 놓치잖아요? 난 항상 그날을 기다리면서도 놓치곤 해요."

"뭔가 계획을 세워야겠어." 베이커 양이 하품을 하며, 마치 침대에 눕듯 테이블에 앉았다.

"좋아. 그런데 무슨 계획을 세우지?" 데이지는 나를 향해 어쩔 줄 몰라 하며 물었다. "사람들은 보통 뭘 계획하죠?"

내가 대답하기도 전에 그녀는 겁먹은 표정으로 자신의 새끼손가락에 시선을 고정했다.

"봐요!" 그녀가 불평했다. "여기 다쳤잖아요."

우리 모두 시선을 돌렸다. 데이지의 손가락 마디가 검푸르게 멍들어 있었다.

"당신이 한 거예요, 톰." 데이지가 책망하듯 말했다. "고의는 아니었겠지만 당신이 한 거예요. 내가 이런 사람과 결혼하다니…. 크고, 거대하고, 괴물 같은…."

"그 괴물 같다는 말 싫다고 했잖아." 톰이 심술스럽게 반박했다. "아무리 농담이라도."

"괴물 같아요." 데이지가 고집스럽게 달했다.

가끔 데이지와 베이커 양은 눈에 띄지 않게, 장난스럽고 사소한 대화를 나눴다. 그것은 잡담이라고 하기도 어려웠다. 그들이 입고 있는 흰 드레스와 욕망 없는 무심한 시선만큼이나 썰렁했다. 그들은 그저 그 자리에 있었고, 톰과 나를 받아들이면서 예의상 즐겁게 대접하거나 대접받으려는 노력을 보였다. 그들은 곧 저녁 식사가 끝날 것이고, 조금 후에는 이 모든 것이 평온하게 지나갈 것임을 알고 있었다. 이는 서부에서와는 뚜렷이 달랐다. 서부에서의 저녁 시간은 끝을 향해 성급히 흘러갔으며, 매번 기대가 어긋나거나 그 순간 자체를 두려워하는 신경질적인 불안 속에서 한 단계에서 다음 단계로 서둘러 지나가곤 했다.

"데이지, 너 때문에 내가 마치 미개한 사람처럼 느껴져." 나는 코르크 냄새가 조금 났지만 제법 괜찮은 클라레 와인 두 번째 잔을 비운 뒤에 솔직히 털어놓았다. "농작물이나 뭐 그런 이야기는 못 하는 거야?"

나는 별다른 뜻 없이 한 말이었지만 그 말은 예상치 못한 방식으로 받아들여졌다.

"문명이 무너지고 있어." 톰이 격렬하게 말했다. "나는 이제 모든 일에 대해 끔찍한 비관론자가 되었지. 자네, 고다드라는 사람이 쓴 『유색 인종 제국의 부상*』 읽어봤나?"

"아니, 아직 못 읽어봤어." 나는 그의 어조에 다소 놀라며 대답했다.

"좋은 책이야. 모두가 읽어야 하는 책이지. 요지는 우리 백인종이 방심하면 완전히 잠식될 거라는 거야. 전부 과학적인 이야기지. 증명도 되었고."

"톰이 요즘 아주 심오해졌다니까요." 데이지가 별 생각 없는 슬픔을 띤 표정으로 말했다. "톰은 어려운 단어들이 잔뜩 쓰인 심오한 책을 읽어요. 그 단어가 뭐였더라…."

---

* 실제로 존재하는 책은 아니며, 당시 미국 사회의 인종차별적 담론을 풍자하기 위해 만들어진 가상의 저서다.

"이 책들은 모두 과학적이라니까." 톰이 참을성 없이 데이지를 흘끗 보며 다시 주장했다. "이 사람이 모든 걸 다 연구했어. 지배 인종인 우리 백인들이 주의하지 않으면 다른 인종들이 이 세계를 장악하게 될 거라고 말이지."

"우리가 그들을 짓눌러야 해요." 데이지가 열렬히 내리쬐는 태양을 향해 사납게 눈을 찡긋거리며 속삭였다.

"두 사람은 캘리포니아에 살아야 하는 건데⋯." 베이커 양이 말을 시작했지만 톰이 의자에서 무겁게 몸을 움직이며 그녀의 말을 끊었다.

"중요한 건 우리가 북유럽인이라는 거야. 나도 그렇고, 당신도 그렇고, 당신도, 그리고⋯." 톰은 잠깐 망설인 후 고개를 가볍게 끄덕이며 데이지까지 포함시켰다. 그러자 데이지는 다시 나를 향해 윙크했다. "⋯그리고 우리가 문명을 이루는 모든 것을 만들어냈지. 과학과 예술, 그런 모든 것 말이야. 이해가 되나?"

톰의 몰두에는 어딘가 애처로운 구석이 있었다. 마치 예전보다 더 심해진 자기만족조차 이제는 그에게 충분하지 않은 듯했다. 그때 거의 동시에 집 안에서 전화벨이 울렸고, 집사가 현관을 떠나자 데이지는 그 잠깐의 틈을 놓치지 않고 내 쪽으로 몸을 기울였다.

"우리 집 비밀을 하나 알려줄게요." 데이지가 신나서 속삭였다. "집사의 코에 관한 이야기인데. 한번 들어볼래요?"

"그게 오늘 내가 여기 온 이유야."

"실은요. 저 사람은 원래 집사가 아니었어요. 뉴욕의 어떤 집에서 은식기를 닦는 일을 했는데, 그를 고용한 사람은

200인분의 은식기를 갖고 있었다고 하더군요. 아침부터 밤까지 은식기를 닦아야 했고, 결국 그의 코에도 영향을 미치기 시작해서….”

“상황이 점점 악화됐겠네.” 베이커 양이 넌지시 말했다.

“맞아. 점점 악화되어서 결국 그는 일도 포기해야 했죠.”

잠시 동안 마지막 햇살이 데이지의 빛나는 얼굴 위로 낭만적인 애정을 담아 비쳤다. 나는 숨을 죽인 채 그녀의 목소리에 이끌렸다. 그러나 곧 그 빛은 서서히 사라졌다. 하나하나의 빛이 아쉬움을 남긴 채 그녀를 떠나갔다. 마치 아이들이 해 질 무렵, 즐겁던 거리를 천천히 떠나는 것처럼.

집사가 돌아와 톰의 귀에 무언가 속삭이자 톰은 찡그리며 의자를 밀어내고 말없이 안으로 들어갔다. 톰의 부재가 그녀 안에서 무언가를 재촉하는 듯 데이지는 다시 몸을 앞으로 기울였고, 열렬한 목소리로 노래하듯 말했다.

“닉, 이렇게 같이 식사하게 되어 정말 좋아요. 오빠를 보면… 장미가 떠올라요. 순수한 장미 말이에요. 그렇지 않아?” 데이지는 동의를 구하려 베이커 양을 바라보며 말했다. “순수한 장미 같지?”

그건 사실이 아니었다. 나는 장미와는 전혀 닮지 않았다. 데이지는 그저 즉흥적으로 말했을 뿐이지만, 숨 막히고 떨리는 그 말들 속에는 마치 그녀의 마음이 나에게로 스며 나오는 듯한 따스한 온기가 실려 있었다. 그러다 그녀는 갑자기 냅킨을 식탁 위에 던지고는 자리에서 일어나, 미안하다는 말과 함께 집 안으로 들어가버렸다.

베이커 양과 나는 의식적으로 아무 의미 없는 짧은 눈빛을 교환했다. 내가 말을 하려던 순간. 그녀는 바짝 일어나 경고하듯 "쉿!" 하고 말했다. 방 너머에서 억눌린 열정적인 속삭임이 들렸고, 베이커 양은 부끄럼 없이 앞으로 몸을 숙여 귀를 기울였다. 그 웅성거림은 곧 알아들을 수 있을 정도로 아슬아슬하게 떨리다가 이내 가라앉았고 다시 흥분한 듯 치솟더니 결국 완전히 사라져버렸다.

"말씀하신 개츠비 씨는 제 이웃이에요⋯." 내가 말을 시작했다.

"조용히 해요. 무슨 얘기를 하는지 듣고 싶으니까."

"무슨 일이 일어나고 있는 거죠?" 나는 순진하게 물었다.

"아직도 모른다는 말이에요?" 베이커 양이 솔직히 놀란 표정으로 말했다. "모든 사람이 알고 있는 줄 알았어요."

"저는 몰라요."

"아⋯." 그녀가 망설이며 말했다. "톰은 뉴욕에 여자가 있어요."

"여자가 있다고요?" 나는 멍한 표정으로 되물었다.

베이커 양은 고개를 끄덕였다.

"그래도 저녁 식사 시간에는 전화하지 않을 최소한의 예의는 있어야 하는데 말이죠. 그렇지 않나요?"

내가 베이커 양의 말을 이해하기도 전에, 드레스가 펄럭이고 가죽 부츠가 바닥을 스치는 소리와 함께 톰과 데이지가 식탁으로 돌아왔다.

"어쩔 수 없었어요!" 데이지가 팽팽한 흥분 속에서 밝게 외쳤다.

데이지는 자리에 앉아 베이커 양과 나를 살피듯 바라본

뒤 말을 이었다. "잠깐 밖을 봤는데, 정말 낭만적이에요. 잔디 위에 새가 한 마리 있는데, 큐나드나 화이트스타의 여객선을 타고 온 나이팅게일인 것 같아요. 그 새가 노래를 부르고 있었거든요…." 그녀의 목소리가 노래하듯 이어졌다. "정말 낭만적이지 않나요, 톰?"

"아주 낭만적이지." 그가 말했다. 그러고는 처량한 표정으로 내게 덧붙였다. "저녁 먹고도 아직 밝으면 마구간에 자네를 데려가고 싶어."

그때 갑자기 집 안에서 전화벨이 요란히 울렸고, 데이지가 톰에게 단호하게 고개를 젓자 마구간에 대한 얘기, 사실 모든 화제가 공중으로 사라져버렸다. 식탁에서 보낸 마지막 5분의 산산이 흩어진 조각들 속에서, 나는 아무런 이유 없이 다시 촛불이 켜졌던 일을 기억한다. 그리고 모두의 얼굴을 똑바로 바라보고 싶으면서도, 동시에 그들의 시선을 피하고 싶다는 기묘한 감정을 느꼈다. 데이지와 톰이 무슨 생각을 하고 있는지는 짐작할 수 없었다. 하지만 냉소적인 태도에 익숙해 보였던 베이커 양조차, 다섯 번째 손님이 내뿜는 그 날카롭고 쇳소리 같은 초조함을 완전히 떨쳐내지는 못했을 것이다. 어떤 성격의 사람에게는 이 상황이 흥미롭게 느껴졌을지도 모르지만, 내 본능은 즉시 경찰에 전화를 걸어야 한다고 속삭이고 있었다.

당연하게도 말을 보러 가자는 얘기는 다시 나오지 않았다. 톰과 베이커 양은 몇 걸음 남짓한 저녁 어스름을 사이에 두고 마치 눈앞에 뚜렷이 드러난 시신 곁에서 밤을 새우러 가는 사람들처럼 서재로 걸어 들어갔다. 나는 데이지를 따라 서로 이어진 베란다를 지나 현관 앞까지 갔다. 그 짙은 어둠 속에서 우리는 갈대 의자에 나란히 앉았다.

데이지는 두 손으로 자신의 얼굴을 감싸 쥐며, 그 사랑스러운 이목구비를 더듬는 듯했다. 그리고 그녀의 시선은 서서히 벨벳 같은 어스름 속으로 스며들었다. 나는 그녀가 격한 감정에 사로잡혀 있음을 알아차렸다. 그래서 그녀를 진정시킬 만한 질문, 그러니까 그녀의 어린 딸에 관한 이야기를 꺼냈다.

"우리는 서로 잘 알지 못해요, 닉." 데이지가 갑자기 말했다. "사촌 사이이긴 하지만 오빠는 내 결혼식에도 오지 않았잖아요."

"그땐 아직 전쟁터에서 돌아오기 전이었어."

"그렇네요." 그녀가 잠시 망설였다. "음, 닉, 난 정말 힘든 시간을 보냈어요. 그래서 모든 것에 꽤 냉소적이 되었죠."

데이지에게는 분명 그럴 만한 이유가 있었다. 나는 그녀의 말을 기다렸지만 그녀는 더 이상 말하지 않았다. 잠시 후 나는 다소 힘없이 그녀의 딸 이야기를 다시 꺼냈다.

"이제 말도 하고… 밥도 먹고 그러겠군."

"아, 참." 그녀는 멍하니 나를 바라보았다. "닉, 딸이 태어났을 때 내가 뭐라고 말했는지 알려줄게요. 듣고 싶어요?"

"그럼, 듣고 싶지."

"이 얘기를 들으면 내가… 세상에 대해 어떤 기분을 갖게 되었는지 알게 될 거예요. 음, 딸이 태어난 지 한 시간도 안 되었을 때 톰은 어디 있는지 알 수 없었어요. 나는 완전히 무력한 기분으로 깨어나 간호사에게 바로 물었죠. 아기 성별이 남자인가 여자인가 하고요. 간호사는 여자라고 했고, 나는 고개를 돌리고 울었어요. '괜찮아. 여자라서 다행이야. 차라리 내 아이가 바보가 되면 좋겠어…. 이 세상에서 여자에게 가장 좋은 게 바로 바보로 사는 거니까. 아름답고 귀여운 바보.' 이렇게 말하면서요."

"자, 이제 내가 모든 걸 끔찍해한다는 걸 알겠죠." 데이지는 확신에 찬 태도로 계속 말했다. "모든 사람이 그렇게 생각하죠. 가장 진보한 사람들조차도요. 나도 알아요. 나는 어디든 가봤고, 모든 걸 보았고, 모든 걸 해봤거든요." 그녀는 톰처럼 도전적인 눈을 하고서 주위를 훑었고, 짜릿한 경멸의 웃음을 터뜨렸다. "닳고 닳았어요…. 젠장, 나는 정말 닳고 닳아버렸어!"

데이지의 목소리가 끊기고 더 이상 내 주의를, 내 믿음을 사로잡지 못하는 순간, 나는 그녀가 한 말의 근본적인 위선을 느꼈다. 마치 그날 저녁 시간 전체가 나에게 어떤 감정을 강요하기 위한 속임수였던 것처럼 불편했다. 나는 데이지의 말을 기다렸고, 결국 그녀는 잠시 후 아름다운 얼굴에 완전한 웃음을 띠며 나를 바라보았다. 마치 자신과 톰이 꽤 명망 있는 비밀 결사 단체에 소속되어 있다고 주장이라도 하려는 듯했다.

*

안으로 들어서자 진홍색 방에는 불빛이 환했다. 톰과 베이커 양은 긴 소파 양 끝에 앉아 있었고, 그녀는 《새터데이이브닝 포스트》를 톰에게 소리 내어 읽어주고 있었다. 속삭이듯 단조롭게 이어지는 그 말들은 차분한 선율을 이루었다. 램프 불빛은 톰의 부츠 위에서 반짝였고, 베이커 양의 가을 낙엽빛 금발에서는 빛이 흐려지며, 그녀가 팔의 가느다란 근육을 살짝 떨며 페이지를 넘길 때는 종이를 따라 반짝였다.

우리가 들어섰을 때, 그녀는 손을 들어 잠시 조용히 해달라는 신호를 보냈다.

"다음 호에서 계속됩니다." 그녀가 잡지를 탁자 위에 던지며 말했다.

베이커 양은 가만히 있지 못하고 무릎을 꿈틀거리더니 이내 몸을 일으켜 세웠다.

"10시네요." 그녀가 천장에서 시간이라도 확인하는 듯 말했다. "이 착한 아가씨가 잘 시간이에요."

"조던은 내일 경기가 있거든요." 데이지가 설명했다. "웨스트체스터에서요."

"아, 당신이 그 조던 베이커군요."

이제야 그녀의 얼굴이 낯익었던 이유를 알았다. 아슈빌, 핫스프링스, 팜비치에서 경기할 때 찍은 사진들 속에서도 늘 그런 유쾌하면서도 냉소적인 표정이 나를 향해 바라보고 있었던 것이다. 그녀에 대한 이야기도 언젠가 들은 적이 있다. 그리 기분 좋지만은 않은, 어딘가 비판적인 이야기였지만, 그게 무엇이었는지는 이미 오래전에 잊어버렸다.

"잘 자. 8시에 깨워줄 거지?" 그녀가 부드럽게 말했다.

"깨워서 네가 일어난다면 말이야."

"일어날 거야. 안녕히 주무세요, 캐러웨이 씨. 또 뵙죠."

"물론 또 만나게 될 거야." 데이지가 확인했다. "사실 내가 중매를 좀 서볼까 해요. 닉, 자주 오세요. 그러면 내가… 음… 두 사람을 엮어줄게요. 두 사람을 옷장 안에 우연히 가둬두거나 배에 태워 바다로 밀어버린다거나, 뭐 그런 식으로요…."

"잘 자." 계단에서 베이커 양이 외쳤다. "나는 한마디도 못 들은 걸로 할게."

"멋진 여자야." 잠시 후 톰이 말했다. "이렇게 시골에서나 돌아다니게 놔두면 안 되는데."

"누가 그러면 안 되는데요?" 데이지가 차갑게 물었다.

"조던의 가족들 말이야."

"가족이라면 한 천 살쯤 되신 고모 한 분밖에 없잖아요. 게다가 이제는 닉이 돌봐줄 거예요. 그럴 거죠, 닉? 조던이 이번 여름에 여기서 주말을 많이 보낼 거예요. 이런 가정적인 분위기가 그녀에게 아주 좋을 거라고 생각해요."

데이지와 톰은 잠시 서로를 바라보며 침묵했다.

"저 여자는 뉴욕 출신인가?" 내가 급히 물었다.

"루이빌 출신이에요. 우리의 순수했던 소녀 시절을 거기서 함께 보냈죠. 우리의 아름답고도 순수했던…."

"당신, 베란다에서 닉이랑 진심 어린 대화라도 해버린 거야?" 톰이 갑자기 물었다.

"그랬나요?" 그녀가 나를 바라보았다. "기억이 잘 안 나지만, 북유럽 인종에 대해 이야기했던 것 같아요. 네, 틀림없이 그랬어요. 그 주제가 슬쩍 떠올랐고, 어느새…."

"들은 것들은 다 믿지 마, 닉." 톰이 나에게 충고했다.

나는 가볍게 아무것도 듣지 못했다고 말했고, 몇 분 후 집에 가려고 일어섰다. 그들은 나를 따라 문까지 나와 밝은 사각형 불빛 아래에 나란히 서 있었다. 내가 차를 출발시키려는데 데이지가 단호하게 외쳤다. "잠깐만요!"

"물어볼 게 있었는데 깜빡했어요. 중요한 거예요. 오빠가 서부에서 어떤 여자와 약혼했다는 소식을 들었거든요."

"아, 맞아." 톰이 친절하게 확인했다 "자네가 약혼했다는 얘기를 들었어."

"헛소문이지. 결혼하기에는 난 너무 가난하다고."

"하지만 그렇게 들었는걸요." 데이지가 다시 꽃처럼 활짝 웃으며 내게 말해서 나를 놀라게 했다. "세 사람에게서 그런 얘기를 들었으니 틀림없이 사실일 거예요."

물론 나는 그들이 무슨 말을 하는지 알고 있었지만, 나는 절대 약혼한 상태가 아니었다. 내가 결혼한다는 소문이 퍼진 것이 내가 동부로 온 이유 중 하나이기도 했다. 오래된 친구와의 인연을 소문 때문에 멈출 수는 없었고, 반대로 소문 때문에 결혼해버릴 생각도 전혀 없었다.

그들의 관심은 나를 약간 감동시켰고, 그들이 내가 다가가지도 못할 만큼 엄청난 부자는 아니라고 느껴지기도 했다. 그럼에도 나는 차를 몰고 떠날 때 혼란스러웠고 약간 역겹기도 했다. 내게는 데이지가 아이를 안고 집 밖으로 달려 나오는 것이 옳은 일처럼 느껴졌지만 그녀의 머릿속에 그런 계획은 전혀 없어 보였다. 톰에 관해서는 '뉴욕에 여자가 있다'는 사실보다 그가 책 때문에 우울해했다는 사실이 오히려 더 놀라웠다. 뭔가가 그로 하여금 진부한 생각의 가장자리를 갉아먹게 만들고 있었고, 그의 튼튼한 육체적 자만이 더 이상 그의 단호한 마음을 충분히 채워주지 못하는 듯했다.

이미 한여름이었다. 뜨거운 열기가 도로변 술집 지붕 위와 길가 정비소 앞에 짙게 내려 앉았고, 새빨간 주유기들은 빛의 웅덩이 속에 잠긴 채 서 있었다. 나는 웨스트에그의 집에 도착해서 차를 차고에 넣고 마당의 버려진 잔디 롤러 위에 잠시 앉았다. 바람은 잦아들고, 세상은 밝고 소란스러운 밤으로 바뀌었다. 나무들 사이에서는 날갯짓 소리가 이어졌고, 대지가 깊이 숨을 내쉴 때마다 개구리들이 생명으로 부풀어 오른 듯 끊임없이 울어댔다. 움직이는 고양이의 실루엣이 달빛 위로 흔들리며 스쳐갔다. 나는 고양이를 따라 고개를 돌렸고, 그제야 내가 혼자가 아니라는 것을 알았다. 15미터쯤 떨어진 곳, 이웃 저택의 그림자 속에서 한 남자가 모습을 드러내어 주머니에 두 손을 넣은 채, 하늘의 은빛 별무리를 바라보고 있었다. 그의 느긋한 동작과 잔디 위에 단단히 디딘 발끝의 자세에는, 이곳 하늘에서 자신에게 허락된 몫이 얼마큼인지 알아보러 나온 개츠비임을 알 수 있었다.

나는 그를 부르기로 결심했다. 저녁 식사 때 베이커 양이 그를 언급했었고, 그것으로 소개는 충분할 것이었다. 그러나 나는 그를 부르지 않았다. 그는 혼자 있고 싶다는 신호를 분명히 보였기 때문이다. 그는 어딘가 이상한 동작으로 두 팔을 어둠 속 물가를 향해 뻗었고, 비록 꽤 떨어진 거리였지만, 나는 그가 떨고 있었다고 맹세할 수 있었다. 무심코 바다 쪽을 흘끗 보았지만, 부두 끝일지도 모를 작고 먼 초록빛 하나만 구별할 수 있었다. 다시 개츠비를 찾으려 고개를 돌렸을 때 그는 사라진 뒤였고, 나는 다시 불안한 어둠 속에 혼자 남았다.

II

　웨스트에그와 뉴욕 시의 중간쯤에서 황량한 지역을 피하기 위해서 철로와 만나 400미터 정도를 따라 달리는 자동차 도로가 있다. 이곳이 바로 쓰레기 계곡*이다. 재가 밀처럼 자라 능선과 언덕과 기괴한 정원처럼 보이는 환상적인 농장 말이다. 그곳에서는 재가 집과 굴뚝, 피어오르는 연기의 형태를 이루고, 마침내 초월적인 노력 끝에 잿빛 인간의 모습으로 변한다. 그것들은 희미하게 움직이다가 이내 가루처럼 흩날리는 공기 속에서 서서히 부서져 내린다. 가끔 회색 자동차 행렬이 보이지 않는 길을 따라 기어가다가 섬뜩하게 삐걱거리며 멈춰 선다. 그러면 잿빛 인간들이 납으로 만든 삽을 들고 우르르 몰려와, 시야를 가려버린 구름을 휘저어놓고, 그들의 모호한 작업도 가려버리고 만다.

　회색 땅과 그 위를 경련하듯 끝없이 떠도는 황량한 먼지 너머로, 잠시 후 당신은 T. J. 에클버그 의사의 눈을 보게 된다. T. J. 에클버그 의사의 눈은 푸르고 거대하며, 홍채의 지름이 1미터에 달한다. 얼굴은 보이지 않고 눈만 있지만, 대신 보이지 않는 코 위를 지나가는 거대한 노란 안경 너머로 지켜보고 있다. 분명 어느 장난꾸러기 안과 의사가 퀸즈

---

* 이곳의 배경으로 지목되는 곳은 뉴욕 시 퀸즈 자치구의 코로나 쓰레기 처리장이다.

자치구에 광고를 하기 위해 설치했을 것이며, 그 후 자신이 영원히 눈이 멀어버렸거나, 광고판을 잊고 떠나버렸을 것이다. 햇빛을 쬐고 비를 맞으며 오랫등안 페인트칠도 하지 않아 조금 희미해진 그의 눈은 장엄한 쓰레기 매립지를 계속 주시하고 있다.

쓰레기 계곡의 한쪽은 악취 나는 작은 강으로 경계 지어져 있어서, 화물선이 지나가도록 도개교(跳開橋)가 올라갈 때면 기차가 멈추고 승객들은 그 음울한 광경을 30분 동안이나 바라보아야 한다. 기차는 그곳에서 언제나 최소 1분 이상 정차했고, 내가 처음으로 톰 뷰캐넌의 정부(情婦)를 만난 것도 바로 이 때문이었다.

톰이 정부를 두고 있다는 사실은 그의 이름이 알려진 곳이면 어디에서나 화제가 되었다. 톰을 아는 사람들은 그가 인기 있는 카페에 그녀와 함께 나타나, 테이블에 그녀를 남겨두고 아는 사람들과 담소를 나누며 돌아다니는 것을 못마땅하게 여겼다. 나는 그녀를 보고 싶은 호기심은 있었지만 만날 생각은 전혀 없었다. 그러나 그녀를 만나게 된 것이다. 어느 날 오후 나는 톰과 함께 기차를 타고 뉴욕으로 가고 있었고, 우리가 쓰레기 계곡 옆에 멈췄을 때 톰은 벌떡 일어나 내 팔꿈치를 붙잡고 말 그대로 나를 기차에서 끌어냈다.

"여기서 내리자고." 그가 고집스럽게 말했다. "자네에게 내 여자를 소개하고 싶어."

그가 점심 식사에서 술을 꽤 많이 마셔 취한 줄 알았다. 내게 동행을 강요하는 그의 결심은 거의 폭력에 가까웠다.

그는 거만하게도 일요일 오후에 내게 딱히 더 나은 할 일이 없다고 생각한 듯했다.

나는 그를 따라 낮게 흰색으로 칠해진 철도 울타리를 넘어갔고, 우리는 에클버그 의사의 끈질긴 시선을 받으며 길을 따라 90미터쯤 걸었다. 보이는 건물이라고는 노란 벽돌로 지어진 작은 건물 하나뿐이었고, 황무지 끝에 자리해 일종의 아담한 중심가를 이루었지만 주변엔 아무것도 없었다. 그 건물 안에 있는 세 가게 중 하나는 세를 놓았고, 또 다른 하나는 쓰레기 계곡에 맞닿아 있는 24시간 식당이었으며, 세 번째는 자동차 정비소였다. 그곳에는 '자동차 정비소, 조지 B. 윌슨. 자동차 사고 팝니다.'라고 적혀 있었다. 나는 톰을 따라 정비소 안으로 들어갔다.

장사가 잘되지 않는 모양인지 내부는 휑했다. 눈에 띄는 유일한 차는 어둑한 구석에 웅크리고 있는 먼지투성이 포드 한 대뿐이었다. 나는 이 허름한 정비소가 겉으로는 장막일 뿐이며, 위층에는 호화롭고 낭만적인 아파트가 숨겨져 있을 거라고 생각하고 있었다. 그때 주인이 헝겊으로 손을 닦으며 사무실 문으로 나타났다. 그는 금발에 빈혈이라도 있는 듯 기운 없는 남자로, 약간 잘생긴 편이었다. 우리가 나타나자 그의 연한 파란색 눈동자에 희미한 희망의 빛이 반짝였다.

"잘 지냈나, 윌슨." 톰이 어깨를 다정하게 두드리며 말했다. "장사는 좀 어떻고?"

"그럭저럭 괜찮습니다." 윌슨이 심드렁하게 대답했다. "그 차는 언제 팔아주실 건가요?"

“다음 주에. 지금 우리 쪽 정비사가 작업 중이야.”

“그 친구, 제법 느리네요. 안 그래요?”

“아니, 느리지 않아.” 톰이 냉정하게 말했다. “자네가 그렇게 생각한다면 차라리 다른 곳에 팔아버리는 게 낫겠어.”

“그런 뜻이 아니었습니다.” 윌슨이 급히 설명했다. “제 말은 그냥….”

윌슨의 목소리는 점점 작아졌고, 톰은 짜증스럽게 정비소 주변을 둘러보았다. 그때 계단에서 발걸음 소리가 들렸고, 잠시 후 통통한 한 여자가 나타나 사무실 문 앞에 빛을 가리고 섰다. 그녀는 30대 중반쯤으로 약간 통통했지만, 몇몇 여성들처럼 관능적으로 몸짓을 했다. 짙은 남색의 물방울무늬 실크 드레스 위 얼굴은 아름답거나 반짝이지는 않았지만, 온몸의 신경이 끊임없이 타오르는 듯이 즉각적인 생동감을 내뿜었다. 그녀는 천천히 미소를 지으며 남편을 마치 유령처럼 지나쳐 톰과 악수하며 그의 눈을 똑바로 바라보았다. 그런 다음 입술을 적시고, 몸을 돌리지 않은 채 나지막하고 거친 목소리로 남편에게 말했다.

“의자 좀 가져와요. 좀 앉으시게.”

“아, 그래.” 윌슨이 서둘러 대답하고는 작은 사무실 쪽으로 걸어갔다. 그는 곧 벽의 시멘트빛과 하나가 된 듯 그 속으로 스며들었다. 흰 잿빛 먼지가 그의 어두운 작업복과 창백한 머리를 덮었고, 주변의 모든 것을 덮었지만 그의 아내만은 예외였다. 그녀는 톰 가까이로 다가갔다.

“당신을 만나고 싶어.” 톰이 진지하게 말했다. “다음 열차를 타.”

“좋아요.”

“아래층 신문 가판대에서 만나.”

그녀는 고개를 끄덕였고, 조지 윌슨이 사무실 문에서 의자 두 개를 들고 나오자 톰에게서 떨어졌다.

우리는 길 아래, 사람들의 시야에서 벗어난 곳에서 그녀를 기다렸다. 독립기념일을 며칠 앞둔 터라 마르고 창백한 이탈리아 소년이 철로를 따라 폭죽을 늘어놓고 있었다.

“끔찍한 곳이야, 그렇지 않나?” 톰은 에클버그 의사와 눈살을 찌푸린 얼굴을 주고받으며 말했다.

“끔찍하군그래.”

“이런 곳을 떠나는 게 그녀에게도 좋아.”

“남편이 반대하지 않겠나?”

“윌슨? 그 사람은 자기 아내가 뉴욕에 있는 여동생을 보러 간다고 알고 있어. 너무 멍청해서 자기가 살아 있는지조차 모른다니까.”

그래서 나는 톰 뷰캐넌과 그의 정부와 함께 뉴욕으로 향했다. 정확히 말하면 완전히 함께 간 건 아니었다. 윌슨 부인은 조심스럽게 다른 칸에 앉았기 때문이었다. 톰은 기차에 있을지 모르는 이스트에그 사람들의 감정을 그 정도로는 존중할 줄 알았다.

그녀는 뉴욕역 플랫폼에서 톰의 도움을 받으며 갈색 무늬 모슬린 드레스로 갈아입었다. 그 드레스는 다소 넓은 엉덩이를 딱 맞게 감싸고 있었다. 신문 가판대에서 그녀는 《타운 태틀》 잡지와 영화 잡지를 한 부씩 샀고, 역사 내 매점에서는 콜드크림과 작은 향수 한 병을 샀다. 지상으로 올라와 장엄하게 메아리치는 차도에서 그녀는 택시를 네 대나 보낸 후에야 회색 시트로 장식한 라벤더색 새 택시를 골라 탔다. 우리는 그 택시를 타고 혼잡한 기차역에서 벗어나 눈부신 햇살 속으로 미끄러져 들어갔다. 그러나 그녀는 곧 창문에서 몸을 돌려 앞으로 숙이더니 앞 유리를 두드렸다.

"저 개들 중 한 마리를 사고 싶어요." 그녀는 진지하게 말했다. "아파트에 하나 두고 싶어요. 개가 있으면 좋잖아요."

우리는 우스꽝스럽게도 존 D. 록펠러를 꼭 닮은 백발의 노인을 향해 차를 후진했다. 그의 목에 걸린 바구니에는 품종을 알 수 없는 갓 태어난 강아지 열두 마리 정도가 웅크려 있었다.

"무슨 종인가요?" 노인이 택시 창문 쪽으로 다가오자 윌슨 부인이 간절하게 물었다.

"모든 종이 다 있답니다. 어떤 종을 원하시나요, 부인?"

"경찰견 한 마리를 사고 싶은데 그런 건 없겠죠?"

노인은 애매하다는 듯이 바구니를 들여다보더니 손을 넣어 꿈틀거리는 강아지 한 마리의 목덜미를 잡고는 들어 올렸다.

"그건 경찰견이 아니잖아." 톰이 말했다.

"네, 정확히 말하면 경찰견은 아닙니다." 노인은 실망한 목소리로 말했다. "에어데일에 가깝지요." 노인은 수건 같은 강아지의 갈색 털을 손으로 쓸어 넘기며 말했다. "이 털 좀 보세요. 정말 멋지죠. 이놈이 감기에 걸릴 걱정은 전혀 안 하셔도 될 겁니다."

"귀여워라." 윌슨 부인이 열정적으로 말했다. "얼마예요?”

“이 강아지요?” 노인은 강아지를 감탄하듯 바라보며 말했다. “10달러요.”

그 에어데일(분명 어딘가 그 혈통이 섞여 있는 듯했지만, 발만큼은 놀라울 정도로 희었다)은 주인이 바뀌자마자 윌슨 부인의 무릎 위에 자리를 잡았다. 그녀는 방수까지 된다는 그 강아지의 털을 황홀한 표정으로 쓰다듬었다.

“수컷인가요, 암컷인가요?” 그녀가 우아하게 물었다.

“그 강아지요? 수컷이에요.”

“암캐잖아.” 톰이 단호하게 말했다. “자, 여기 돈 받으시오. 그 돈이면 강아지 열 마리를 더 살 수 있을 테지.”

우리는 5번가로 차를 몰았다. 여름의 일요일 오후는 따뜻하고 부드러운 것이 거의 목가적이어서 흰 양 떼가 모퉁이를 돌아 나타나도 놀라지 않을 것 같았다.

“잠깐.” 내가 말했다. “나는 여기서 내리겠네.”

“아니, 그럴 필요 없어.” 톰이 재빨리 끼어들었다. “자네가 아파트에 안 올라가면 머틀이 서운해할 거야. 안 그런가, 머틀?”

“그래요.” 그녀가 재촉했다. “내 여동생 캐서린에게 전화할 거예요. 주변 사람들은 그 애를 아주 예쁘다고 하죠.”

“글쎄, 가면 좋겠지만….”

우리는 센트럴파크를 가로질러 웨스트 100번대를 향해 계속 달렸다. 158번가에 이르자 길고 하얀 케이크처럼 늘어선 아파트 건물들 사이, 그 한 조각 앞에서 택시가 멈춰 섰다. 윌슨 부인은 마치 귀환하는 여왕처럼 근처를 한 바퀴

당당히 훑어본 뒤, 그녀가 산 물건들고 강아지를 챙겨 거만하게 안으로 들어갔다.

"맥키 부부를 불러야겠어요." 윌슨 부인이 엘리베이터에서 우리와 함께 올라가며 말했다. "그리고 당연히 여동생에게도 전화해야 하고요."

아파트는 꼭대기 층에 있었다. 작은 거실과 작은 부엌, 욕실이 딸린 작은 침실이 있는 집이었다. 거실은 너무 큰 태피스트리 가구들로 문까지 가득 차 있어서 움직이려면 베르사유 정원에서 여성들이 그네를 타는 그림 위를 계속해서 비틀거리며 지나가야 했다. 벽에는 희미한 바위 위에 앉아 있는 암탉을 찍은 듯이 과하게 확대된 사진 한 장뿐이었다. 그러나 멀리서 보면 그 암탉은 보닛 모양으로도 보였고, 통통한 노부인의 얼굴이 방 안으로 내려다보는 것처럼 보이기도 했다.

테이블 위에는 구식《타운 태틀》잡지 몇 권과『베드로라 하는 시몬』이라는 책 한 권, 그리고 브로드웨이의 작은 스캔들을 실은 잡지들이 놓여 있었다. 윌슨 부인은 무엇보다도 강아지에게 관심이 쏠려 있었다. 엘리베이터 보이는 마지못해 짚이 담긴 상자와 우유를 가져왔고, 자기 마음대로 크고 딱딱한 강아지용 비스킷도 한 통 가져왔다. 그중 하나는 오후 내내 무관심하게 우유 접시 안에서 불어갔다. 그동안 톰은 잠가두었던 장롱에서 위스키 한 병을 꺼냈다.

나는 평생 술에 취한 적이 단 두 번 있었는데, 그날 오후가 바로 두 번째였다. 8시가 지나도 아파트 안이 햇살로 가득 차 있었지만, 그날 일어난 일들은 모두 흐릿하고 희미하게 기억된다. 톰의 무릎에 앉아 있던 윌슨 부인은 전화를 걸어 몇몇 사람과 대화를 주고받았다. 나는 담배가 떨어져서 길모퉁이 약국에 가서 담배를 몇 갑 사 왔다. 돌아오니 두 사람은 사라지고 없어서 나는 거실 한쪽에 조심스레 앉아 『베드로라 하는 시몬』을 읽었다. 내용이 형편없어서였는지 위스키 때문이었는지 도무지 이해가 되지 않았다.

바로 그때, 톰과 머틀(첫 잔을 마신 이후로는 서로 이름을 부르기로 했다)이 다시 나타났고, 아파트 문으로 손님들이 들어오기 시작했다.

머틀의 여동생 캐서린은 서른 살쯤 되는 늘씬하고 세상 물정에 밝은 여자였다. 그녀는 뻣뻣한 붉은 단발머리에, 얼굴은 밀가루를 바른 듯 희게 분칠되어 있었다. 눈썹은 뽑고 더 도도한 각도로 다시 그렸는데, 자연의 회복력 덕분에 예전 눈썹이 살짝 남아 얼굴이 지저분해 보였다. 그녀가 움직일 때마다 수많은 도자기 팔찌가 팔 위에서 덜컹덜컹 소리를 냈다. 소유욕이 강한 사람처럼 급히 들어와 가구를 살피는 모습이 마치 이 집에 사는 사람처럼 보여 나는 잠시 의아해했다. 내가 여기에 사느냐고 묻자 그녀는 지나치게 크게 웃으며 내 질문을 반복하고, 자신은 호텔에서 여자친구와 함께 살고 있다고 말했다.

맥키 씨는 아래층에 사는 창백하고 여성스러운 남자였다. 그는 방금 면도를 한 듯 광대뼈에 하얀 거품 자국이 남아 있었고, 방 안의 모든 사람에게 매우 공손하게 인사했다. 그는 자신이 '예술계'에 종사하고 있다고 알려주었고, 나중에 알게 된 바로는 사진작가라고 했다. 나는 윌슨 부인의 어머니 사진을 희미하게 확대해 떠다니는 유령처럼 벽에 걸어놓은 사람이 그일 거라고 짐작했다. 그의 아내는 목소리가 날카롭고, 활기는 없었고, 매력적이면서도 끔찍한 사람이었다. 그녀는 결혼한 이래 남편이 자신을 무려 127번이나 촬영했다고 자랑스럽게 말했다.

윌슨 부인은 방금 옷을 갈아입었고, 지금은 크림색 쉬폰으로 된 화려한 외출용 드레스를 입고 있었다. 그녀가 방 안을 휩쓸고 다닐 때마다 드레스는 끊임없이 바스락거렸다. 드레스의 영향인지, 그녀의 성격 또한 변한 듯했다. 자동차 정비소에서 그렇게 두드러졌던 강렬한 생명력은 위엄 있는 거만함으로 바뀌었고, 그녀의 웃음과 몸짓, 말투도 점점 더 과장되게 변했다. 그녀가 그런 식으로 부풀어오를수록 방은 점점 작아지는 듯했고, 마침내 연기로 자욱한 공기 속에서 시끄럽게 삐걱거리는 축을 중심으로 빙빙 도는 것처럼 보였다.

"애야." 머틀은 캐서린에게 점잔 빼며 높은 목소리로 외쳤다. "남자들 대부분은 항상 널 속일 거야. 그들이 생각하는 건 오직 돈뿐이야. 지난주에 어떤 여자를 불러서 내 발 좀 봐달라고 했는데, 계산서를 봤더니 꼭 맹장 수술이라도 받은 줄 알았다니까."

"그 여자의 이름이 뭐였는데요?" 맥키 부인이 물었다.

"에버하르트 부인이요. 사람들 집에 다니면서 발을 봐주는 일을 하죠."

"드레스가 예쁘네요." 맥키 부인이 말했다. "정말 사랑스러워요."

윌슨 부인은 눈썹을 치켜올리며 칭찬을 일축해버렸다.

"그냥 오래된 허접한 옷일 뿐이에요." 그녀가 말했다. "가끔 아무 신경 안 쓰고 입을 때 그냥 걸치는 그런 거요."

"하지만 정말 잘 어울려요. 제 말 무슨 뜻인지 아시죠?" 맥키 부인이 계속했다. "제 남편 체스터가 당신의 그런 모습을 찍을 수 있다면, 뭔가 멋진 걸 만들어낼 수 있을 것 같아요."

우리는 모두 잠시 말없이 윌슨 부인을 바라보았다. 그녀는 눈 위로 흐른 머리카락 한 올을 치우고, 눈부신 미소를 지으며 우리를 다시 바라보았다. 맥키 씨는 머리를 한쪽으로 기울인 채 그녀를 유심히 관찰하다가, 손을 얼굴 앞에서 천천히 앞뒤로 움직였다.

"조명을 바꿔야겠어요." 그가 잠시 후 말했다. "얼굴의 윤곽을 제대로 살리고 싶고, 뒤쪽 머리카락도 다 살려보고 싶고 말이에요."

"조명을 바꿀 생각은 하지도 말아요. 제 생각에는…." 맥키 부인이 외쳤다.

맥키 씨가 "쉿!" 하고 말을 끊자 우리 모두는 다시 모델을 바라보았다. 그러자 톰 뷰캐넌이 크게 하품하며 일어났다.

"맥키 부부도 뭐라도 한 잔 마시지 그래." 그가 말했다. "모두가 잠들기 전에 말이야. 머틀, 얼음이랑 탄산수 좀 더 가져와."

"얼음은 그 엘리베이터 보이한테 말했어요." 머틀은 하류층 사람들의 게으름에 절망한 듯이 눈썹을 치켜올렸다. "하여튼 이 사람들! 항상 신경을 써야 된다니까."

그녀는 나를 바라보고 무의미하게 웃었다. 그러고는 강아지에게 다가가 황홀하다는 듯이 입을 맞춘 뒤, 부엌으로 걸어가며 마치 열두 명의 요리사가 그녀의 지시를 기다리고 있는 것처럼 굴었다.

"롱아일랜드에서 좀 근사한 사진들을 찍어왔지요." 맥키 씨가 자랑스럽게 말했다.

톰은 멍하니 그를 바라보았다.

"그중 둘은 아래층에 액자에 넣어 걸어놨습니다."

"뭐가 둘이라는 거요?" 톰이 물었다.

"작품 두 점이요. 하나는 '몬토크 곶, 갈매기들', 다른 하나는 '몬토크 곶, 바다'라고 제목을 붙였죠."

머틀의 여동생 캐서린이 내 옆으로 다가오더니 소파에 앉았다.

"롱아일랜드에 사세요?" 그녀가 물었다.

"저는 웨스트에그에 삽니다."

"정말요? 한 달쯤 전에 파티 때문에 그곳에 가봤어요. 개츠비라는 사람 집에요. 그 사람을 아세요?"

"그 사람 바로 옆집에 살고 있지요."

"글쎄요, 사람들이 그러더군요. 빌헬름 황제의 조카나 사촌이라던가. 거기서 돈이 다 나온대요."

"정말인가요?"

그녀가 고개를 끄덕였다. "그 사람이 무서워요. 무슨 일을 벌여서 날 곤란하게 만들까 봐 싫어요.'

이렇게 나의 이웃에 대한 흥미로운 이야기가 진행되던 중에 맥키 부인이 갑자기 캐서린을 가리켜서 이야기가 중

단되었다.

"체스터, 이분이랑 뭔가 해볼 수 있을 것 같은데요." 그녀가 갑자기 내뱉었지만, 맥키 씨는 그저 지루하다는 듯 고개만 끄덕였고 이내 관심을 톰에게 돌렸다.

"저는 롱아일랜드에서도 좀 더 작업하고 싶어요. 시작할 수 있는 기회만 있으면 되죠. 제가 바라는 건 단지 출발점뿐이에요."

"머틀한테 물어봐요." 머틀이 쟁반을 들고 들어오자 톰이 짧게 웃음을 터뜨리며 말했다. "이 사람이 당신에게 소개서를 써줄 거요. 안 그래, 머틀?"

"뭐라고요?" 그녀가 놀라 물었다.

"당신 남편에게 소개서를 써주는 거야. 맥키가 당신 남편을 찍거나 할 수 있도록." 톰은 잠시 입술을 움직이며 즉석에서 작품 제목을 말했다. "조지 B. 윌슨, 주유소에서. 뭐 이런 식으로."

캐서린이 내 귀에 속삭였다.

"두 사람 다 자기 배우자를 못 견뎌 하죠."

"정말요?"

"못 참겠대요." 그녀가 머틀을 보고, 다시 톰을 바라보았다. "내 말은, 참을 수 없는 사람과 왜 계속 같이 살고 있냐는 거예요. 나였다면 바로 이혼하고 그냥 둘이 결혼했을 텐데 말이죠."

"머틀도 윌슨이 마음에 안 든대요?"

이 질문에 대한 답은 예상 밖이었다. 질문을 엿들었던 머틀에게서 나왔고, 격렬하고 외설적이었다.

"내 말이 맞죠?" 캐서린이 승리감에 차서 외쳤다가 다시 목소리를 낮추었다. "사실 둘을 갈라놓는 건 톰의 아내예요. 그녀는 가톨릭 신자인데, 가톨릭은 이혼을 믿지 않잖아요."

데이지는 가톨릭 신자가 아니었고, 나는 이 정성스러운 거짓말에 조금 충격을 받았다.

"결혼하면 서부로 잠시 가서 상황이 잠잠해질 때까지 지낼 거래요." 캐서린이 이어서 말했다.

"유럽으로 가는 게 더 나을 텐데요."

"오, 유럽 좋아하세요?" 그녀가 놀라서 외쳤다. "저도 얼마 전에 몬테카를로에서 돌아왔거든요."

"그러셨군요."

"작년에요. 다른 여자와 같이 갔었죠."

"오래 머물렀나요?"

"아니요, 몬테카를로에 갔다가 바로 돌아왔어요. 마르세유를 거쳐서 갔죠. 출발할 때는 1,200달러 넘게 있었는데 개인실에서 묵으면서 이틀 만에 다 날려버렸어요. 돌아오는 길도 끔찍했어요. 세상에, 그 도시 정말 끔찍했어!"

늦은 오후의 하늘이 창문에 지중해의 푸른 꿀처럼 잠시 피어올랐다. 그러나 맥키 부인의 날카로운 목소리가 나를 다시 방 안으로 불러들였다.

"나도 하마터면 실수할 뻔했어요." 그녀가 단호하게 말했다. "몇 년 동안 날 쫓아다닌 작은 유태인 남자랑 거의 결혼할 뻔했죠. 그가 내 수준 아래라는 건 알았어요. 모두들 내게 말했죠. '루실, 그 남자는 널 훨씬 못 따라가.' 하지만 체스터를 만나지 못했다면 분명 그가 날 차지했을 거예요."

"그래도 내 말 좀 들어봐." 머틀이 고개를 위아래로 끄덕이며 말했다. "적어도 그 사람과 결혼하지는 않았잖아."

"맞아. 안 했지."

"나는 결혼했는걸." 머틀이 모호하게 말했다. "그게 바로 너와 나의 차이점이고."

"근데 언니는 왜 그런 거야?" 캐서린이 따져 물었다. "누가 강요하지도 않았잖아."

머틀은 잠시 생각했다.

"그 사람이 신사라고 생각했으니까 결혼했지." 그녀가 마침내 말했다. "교양 있는 사람인 줄 알았어. 하지만 내 구두를 핥을 자격도 없는 사람이더군."

"그래도 언니 한때는 그 사람에게 미쳐 있었잖아." 캐서린이 말했다.

"미쳐 있었다고!" 머틀이 믿을 수 없다는 듯 외쳤다. "내가 미쳐 있었다고 누가 그래? 내가 저기 있는 저 남자에게 미쳐본 적 없는 것처럼 그 사람에게도 한 번도 미쳐본 적 없다고."

머틀이 갑자기 나를 가리켰고 모두가 나를 비난하듯 바라보았다. 나는 아무런 애정을 기대하지 않는다는 듯한 표정을 지었다.

"내가 미쳤던 건 오직 그 사람과 결혼했을 때뿐이었지. 바로 그 순간 실수를 했다는 걸 알았어. 그 사람 결혼할 때 양복을 누구한테 빌려 입어놓고 나한테는 한 마디도 안 했어. 그 남자가 나중에 양복을 가지러 왔을 때에야 '아, 이게 그쪽 양복이었나요? 처음 듣는 얘기여서요.'라고 했지. 결국 양복 돌려주고 나는 그날 오후 내내 울었어."

"언니는 정말 그 사람에게서 벗어나야 해요." 캐서린이 내게 다시 말했다. "두 사람은 11년이나 그 자동차 정비소 위층에서 살았어요. 그리고 톰은 언니의 첫 애인이고요."

이제 그 자리에 있는 모두가 끊임없이 위스키를 찾았고 (두 병째였다), 캐서린만이 예외였는데 그녀는 '한 잔도 안 마셔도 마신 것처럼 기분을 낼 수 있다'고 했다. 톰은 관리 인을 불러 유명한 샌드위치를 가져오게 했는데, 그 자체 로 충분히 저녁 식사가 될 만한 샌드위치였다. 나는 밖으로 나가 부드러운 황혼 속에서 공원을 향해 동쪽으로 걸어가 고 싶었지만, 매번 나가려 할 때마다 어딘가에서 울려 퍼지 는 자극적이고 야한 이야기에 휘말려 마치 밧줄로 끌려가 는 듯 의자가 나를 붙잡았다. 그러나 도시 위로 늘어선 노 란색 창문들은 어둠이 짙어가는 거리에서 우연히 지켜보는 사람에게 인간사의 비밀을 조금쯤은 내어주고 있었을 것이 고, 나 또한 위를 올려다보며 궁금해했던 사람이었다. 나는 이 안에 있으면서도 동시에 밖에 있는 듯한 느낌이었다. 인 생의 끝없는 다양성에 매료되면서도 동시에 물러서고 싶었 다.

머틀은 의자를 내 쪽으로 끌고 오더니 따뜻한 숨결과 함 께 갑자기 톰과 처음 만난 이야기를 쏟아냈다.

"톰을 처음 만난 건 기차의 마지막으로 남는 두 자리, 서 로 마주 보는 작은 좌석에서였어요. 나는 동생을 만나러 뉴 욕에 가서 밤을 보내려던 참이었죠. 톰은 턱시도와 광택 나는 구두를 신고 있었고, 나는 눈을 뗄 수가 없었어요. 하지만 그가 나를 볼 때마다 나는 머리 위에 있는 광고를 보는 척해야 했죠. 역에 들어섰을 때 그는 내 옆에 있었고, 흰 셔츠 앞가슴이 내 팔에 닿았어요. 나는 경찰을 부르겠다고 말했지만 그는 내가 거짓말하고 있다는 걸 알았죠. 너무 흥분한 나머지 그와 함께 택시에 타면서도 내가 지하철을 탄 게 아니라는 걸 거의 인식하지 못할 정도였죠. 계속해서 머릿속에서 반복되던 생각은 '영원히 사는 건 아니잖아. 그래, 영원히 사는 건 아니야.'였어요."

머틀은 미세한 웃음을 머금고 맥키 부인을 바라보며 방 안 가득 인위적인 웃음소리를 울렸다.

"이봐요." 머틀이 소리쳤다. "오늘 내가 이 드레스를 벗자마자 바로 당신에게 줄게요. 내일 또 다른 걸 사면 되지. 내가 사야 할 모든 물건들의 목록을 만들어야겠어. 마사지 기구랑 파마 기구, 강아지 목걸이, 스프링을 누르면 열리는 귀여운 재떨이 하나, 엄마 무덤에 놓을 검은색 실크 리본이 달린 화환도 여름 내내 버틸 수 있는 걸로 사야겠어. 안 잊으려면 목록을 적어둬야지."

9시가 되었고, 이후 다시 시계를 보니 벌써 10시였다. 맥키 씨는 의자에 앉아 주먹을 무릎 위에 꼭 쥔 채 잠들어 있었는데, 마치 열정적인 남자의 사진 같았다. 나는 손수건을 꺼내 오후 내내 신경 쓰였던, 그의 뺨에 말라붙은 거품 자국을 닦아주었다.

작은 강아지는 테이블 위에 앉아 담배 연기 사이로 맹목적으로 주변을 둘러보며 가끔씩 희미하게 낑낑거리는 소리를 냈다. 사람들은 사라졌다 나타났다 하며 어딘가로 갈 계획을 세우기고, 서로를 잃어버렸다 찾았다 하며 몇 발자국 떨어진 곳에서 다시 만났다. 한밤중에 톰 뷰캐넌과 윌슨 부인은 마주 서서 격앙된 목소리로 윌슨 부인이 데이지의 이름을 언급할 권리가 있는지에 대해 논쟁을 벌이고 있었다.

"데이지! 데이지! 데이지!" 윌슨 부인이 소리쳤다. "내가 원하면 언제든지 말할 거예요! 데이지! 데이….."

그 순간 톰 뷰캐넌은 짧고 날렵하게 손바닥을 내리쳐 그녀의 코를 부러뜨렸다.

잠시 후 욕실 바닥에는 피로 물든 수건들이 널려 있었고, 여자들의 꾸짖는 목소리가 울려 퍼졌다. 혼란 위로 길고 끊어지는 고통의 울부짖음이 높게 울렸다. 맥키 씨는 잠에서 깨어 멍한 채 문 쪽으로 나아가기 시작했다. 절반쯤 걸었을 때 그는 돌아서서 방 안의 장면을 바라보았다. 자신의 아내와 캐서린은 붐비는 가구 사이를 비틀거리며 여기저기서 구급약을 들고 다니면서 꾸짖고 또 위로를 건네기도 했다. 그리고 소파 위에서 피를 철철 흘리며 절망에 빠진 머틀이 베르사유 장면이 새겨진 태피스트리를 망가뜨리지 않기 위해 《타운 태틀》로 덮으려 애쓰고 있었다. 맥키 씨는 몸을 돌려 그대로 문밖으로 나가버렸다. 나도 샹들리에에 걸어둔 모자를 집어 들고 따라갔다.

"언제 점심이나 같이하시죠." 엘리베이터 안에서 우리가 쿵 하는 소리를 내며 내려가는 동안 맥키 씨가 제안했다.

"어디서요?"

"아무 데나요."

"레버 만지지 마세요." 엘리베이터 보이가 날카롭게 말했다.

"아, 미안하군." 맥키 씨가 위엄 있게 말했다. "내가 만지고 있는 줄 몰랐어."

"좋아요." 나는 동의하며 말했다. "기꺼이 가겠습니다."

나는 그의 침대 옆에 서 있었고, 그는 속옷 차림으로 시트 위에 앉아, 손에는 커다란 포트폴리오를 들고 있었다.

"'미녀와 야수'… '외로움'… '식료품 가게의 늙은 말'… '브루클린 다리'…."

그런 다음 나는 펜실베이니아 역의 차가운 지하층에서 반쯤 잠든 채로 누워, 조간신문 《트리뷴》을 바라보며 새벽 4시 기차를 기다리고 있었다.

III

　여름밤이면 이웃집에서는 음악이 흘러나왔다. 푸른 정원에서는 남녀가 속삭임과 샴페인을 주고받으며 별빛 사이를 나방처럼 오가고 있었다. 한낮 만조 때면 나는 그의 손님들이 뗏목 위 탑에서 다이빙을 하거나, 뜨거운 모래사장에서 일광욕을 즐기는 모습을 바라보았다. 그의 모터보트 두 척이 물살을 가르며 폭포 같은 물보라 위로 수상 스키를 끌었다. 주말이면 그의 롤스로이스는 사람들을 태우는 대중교통이 되어 아침 9시부터 한밤중을 훌쩍 넘어서까지 시내를 오가며 파티에 손님들을 실어 날랐고, 그의 스테이션왜건은 민첩한 노란 벌레처럼 모든 기차와 만났다. 월요일이면 여덟 명의 하인과 추가로 정원사 한 명이 와서 하루 종일 대걸레와 솔, 망치, 정원 가위를 들고 전날 밤의 흔적을 수리했다.

　매주 금요일이면 뉴욕의 과일 가게에서 오렌지와 레몬 다섯 상자가 도착했고, 매주 월요일이면 그 오렌지와 레몬이 껍질만 피라미드 모양으로 쌓여 그의 뒷문을 떠났다. 부엌에는 기계가 하나 있었는데, 집사가 엄지손가락으로 버튼을 200번만 누르면 30분 만에 200잔의 오렌지 주스를 짤 수 있었다.

　적어도 2주에 한 번씩은 파티를 준비하는 사람들이 수십

미터 길이의 천막과 색색의 조명을 가져와 개츠비의 거대한 정원을 마치 크리스마스트리처럼 꾸몄다. 뷔페 테이블에는 반짝이는 핑거푸드가 장식되어 있었고, 향신료로 풍미를 더한 구운 햄들이 알록달록하게 장식된 샐러드, 겉을 반죽으로 감싸 튀긴 돼지고기, 짙은 황금빛으로 마법처럼 구워진 칠면조 요리 사이를 메우고 있었다. 주 연회장에는 진짜 황동 난간이 있는 바가 설치되어 있었고, 그 위에는 진과 리큐어가 가득 채워져 있었다. 그 리큐어는 너무 오랫동안 잊혔던 술이라 여성 손님 대부분은 나이가 어려 구분할 수도 없을 정도였다.

7시가 되어 오케스트라가 도착했다. 빈약한 다섯 명짜리 팀이 아니라, 오보에와 트롬본, 색소폰, 비올라, 코넷, 피콜로, 저음과 고음 드럼까지 있는 완벽한 오케스트라였다. 마지막까지 수영을 하던 사람들은 이제 해변에서 들어와 위층에서 옷을 갈아입고 있었고, 뉴욕에서 온 자동차들은 진입로 깊숙이까지 다섯 줄로 주차되어 있었다. 홀과 응접실, 베란다에는 원색으로 화려하게 입고 머리는 이상하게 새로운 방식으로 잘랐으며 카스티야에서도 상상도 못할 정도로 화려한 숄을 두른 여자들이 있었다. 바는 활기를 띠었고, 바깥 정원까지 칵테일이 가득 퍼져 있었다. 그곳의 공기는 수다와 웃음, 가벼운 풍자로 가득했다. 소개를 했어도 동시에 잊어버려 서로 이름도 모르는 여자들 사이의 열정적인 만남으로 생동감이 넘쳤다.

해가 지구에서 멀어질수록 조명들은 점점 밝아졌고, 오케스트라가 노란 칵테일 음악을 연주하기 시작하자 사람들의 목소리는 한 키 더 높아졌다. 웃음소리는 점점 더 자유롭게 아낌없이 터져 나왔으며, 즐거운 말 한마디에도 쏟아졌다. 사람들의 무리는 더 빠르게 바뀌고, 새로 도착한 사람들로 부풀었다가 흩어졌다가 다시 형성되었다. 이미 여기저기 섞여 다니는 자신감 있는 여자들도 있다. 그들은 잠시 한 무리의 중심이 되었다가, 승리감에 흥분하며 끊임없이 변화하는 얼굴과 목소리와 색채의 바다를 미끄러지듯 나아갔다.

흔들리는 오팔 드레스를 입은 집시 한 명이 용기를 내보려는 건지 갑자기 공중에 칵테일 잔을 번쩍 집어 들고 마시더니 손을 조 프리스코*처럼 움직이며 천막 연단 위에 홀로 올라가 춤을 췄다. 잠시 정적이 흘렀고, 오케스트라 지휘자는 그녀의 춤에 리듬을 맞춰주었다. 그녀가 〈시사 풍자극〉의 질다 그레이**의 대역 배우라는 헛소문이 돌자 수군거림이 터져 나왔다. 파티가 시작되었다.

처음으로 개츠비의 집에 갔던 날 밤, 나는 실제로 초대받은 몇 안 되는 손님 중 하나였다. 사람들은 초대받지 않고도 그냥 파티에 왔다. 롱아일랜드까지 데려다주는 자동차를 타고, 어떻게든 개츠비의 집 문 앞에 도착했다. 도착하면 개츠비를 아는 누군가가 소개해주고, 그 후에는 놀이공원의 행동 규칙에 따라 스스로 행동했다. 때로는 개츠비를 만나지도 않고 단순히 파티를 즐기기 위해 왔다 가기도 했

---

* 미국의 코미디언이자 댄서이다.
** 뮤지컬 〈시사 풍자극〉에 출연하는 유명한 배우이다.

는데, 그런 가벼운 마음 자체가 입장권 역할을 했다.

나는 정식으로 초대받은 것이었다. 토요일 이른 아침, 연한 청록빛 제복을 입은 운전사가 내 잔디밭을 건너오더니, 주인에게서 온 뜻밖에 격식을 갖춘 쪽지를 건넸다. 쪽지에는 그날 밤 열리는 그의 '보잘것없는 파티'에 내가 참석해준다면 더없이 큰 영광이 될 것이라고 적혀 있었다. 그는 나를 여러 번 보았고, 훨씬 전에 찾아오려 했지만, 상황이 여의치 않아 그럴 수 없었다고 했다. 초대장의 마지막에는 웅장한 글씨체로 '제이 개츠비'라고 서명되어 있었다.

나는 흰 플란넬 양복을 입고 7시 조금 넘어서 그의 잔디밭으로 갔고, 잘 모르는 사람들 사이에서 약간 불편하게 이리저리 떠돌았다. 하지만 여기저기 통근 열차에서 보았던 얼굴들도 있었다. 나는 여기저기 흩어져 있는 젊은 영국인들의 수에 놀랐다. 모두 옷을 잘 차려입었지만 약간 굶주린 듯 보였으며, 모두 낮고 진지한 목소리로 탄탄하고 부유해 보이는 미국인들과 이야기하고 있었다. 나는 그들이 채권이든 보험이나 자동차든 무언가를 팔고 있다고 확신했다. 그들은 적어도, 주변에 눈먼 돈이 굴러다닌다는 사실을 고통스러울 만큼 잘 알고 있었고, 적절한 말 몇 마디면 그 돈을 당연히 자기들이 차지할 수 있다고 확신하고 있었다.

나는 그곳에 도착하자마자 주인을 찾으려 했다. 두세 사람에게 그의 행방을 물었더니 나를 놀란 눈으로 바라보았고, 그가 어디에 있는지 아는 바가 전혀 없다고 너무나 격렬하게 부인해서, 나는 칵테일 테이블 쪽으로 슬며시 물러섰다. 그곳은 정원에서 혼자서도 목적 없이 떠도는 사람처럼 보이지 않고 머물 수 있는 유일한 장소였다.

나는 순전히 어색함 때문에 술에 취해보려던 참이었는데, 조던 베이커가 집에서 나와 대리석 계단 꼭대기에 서서 몸을 약간 뒤로 기대고 정원 아래를 경멸 섞인 호기심으로 바라보고 있었다.

환영받든 아니든, 나는 지나가는 사람들에게 다정한 말을 건네려면 누구든 한 사람과 붙어 있어야 한다는 필요성을 느꼈다.

"안녕하십니까!" 나는 그녀에게 다가가며 소리쳤다. 내 목소리가 정원 너머까지 비정상적으로 크게 들리는 듯했다.

"여기 올 줄 알았어요." 내가 다가가자 그녀가 멍하니 대답했다. "당신이 옆집에 산다고 했던 게 생각났거든요…."

조던은 곧 내가 잘 지내도록 신경 써주겠다고 약속이라도 하듯이 형식적으로 내 손을 잡았다. 그리고 계단 아래에서 멈춰 선 똑같은 노란색 드레스를 입은 두 여자의 말에 귀를 기울였다.

"안녕하세요!" 그들이 함께 외쳤다. "당신이 이기지 못해서 아쉬워요."

골프 시합 이야기였다. 조던 베이커가 지난주 결승에서 졌던 것이다.

"우리가 누군지 모르시겠죠." 노란 옷을 입은 여자 중 한 명이 말했다. "한 달 전쯤 여기서 당신을 만났었어요."

"그때 이후로 머리를 염색했네요." 조던이 말했고, 나는 깜짝 놀랐다. 여자들은 자연스럽게 지나갔고 조던의 말은 아마도 케이터링 바구니에서 나온 저녁 식사처럼, 이르게 떠버린 달을 향해 말한 셈이 되었다. 조던의 가는 황금빛 팔이 내 팔에 걸린 채 우리는 계단을 내려가 정원을 거닐었다. 황혼 속에서 칵테일 쟁반 하나가 떠오르듯 우리 쪽으로 다가왔고, 우리는 노란 드레스를 입은 두 여자와 세 남자와 함께 자리에 앉았다. 그 남자들은 모두 자신을 '멈블' 씨라고 소개했다.

"이런 파티에 자주 오시나요?" 조던이 옆에 앉은 여자에게 물었다.

"당신을 만났을 때가 마지막이었어요." 여자가 또렷하고 자신 있는 목소리로 대답했다. 그녀는 친구를 향해 말했다. "루실, 너도 그렇지?"

루실도 역시 그렇다고 대답했다.

"나는 이런 파티에 오는 걸 좋아해요." 루실이 말했다. "뭘 하든 아무도 신경 쓰지 않으니까 항상 즐거운 시간을 보낼 수 있죠. 지난번 여기 왔을 때 드레스가 의자에 걸려 찢어졌는데, 그 사람이 내 이름과 주소를 묻더군요. 그러고는 일주일도 안 되어 크루아리에 의상실에서 새 이브닝 드레스가 담긴 소포가 왔어요."

"그 드레스를 받았나요?" 조던이 물었다.

"물론이죠. 오늘 입으려 했는데 가슴 부분이 너무 커서 수선해야 해서요. 라벤더색 비즈로 장식된 연청색 드레스인데 무려 265달러였어요."

"그런 짓을 하는 사람이라니 뭔가 이상해요." 다른 여자가 열심히 말했다. "그 사람은 누구와도 문제를 일으키고 싶어 하지 않잖아요."

"누구를 말하는 겁니까?" 내가 물었다.

"개츠비 씨 말이에요. 누군가가 말해줬는데…."

두 여자와 조던이 서로 비밀스레 몸을 기울였다.

"누군가가 그러는데, 그 남자가 사람을 죽인 적 있대요."

우리 모두에게 전율이 흘렀다. 세 명의 멈블 씨도 몸을 앞으로 숙이고 열심히 귀를 기울였다.

"그건 아닐 거야." 루실이 회의적으로 말했다. "그보다는 전쟁 중에 독일 스파이였다는 말이 더 닺는 것 같은데."

한 남자가 고개를 끄덕이며 동의했다.

"독일에서 그와 함께 지낸 사람이 내게 말해줬어요. 그 사람은 개츠비에 대해 모든 걸 알고 있다고 했죠." 그는 단호하게 말했다.

"아니에요." 첫 번째 여자가 말했다. "그럴 리 없어요. 그 사람은 전쟁 동안 미군에 소속되어 있었잖아요." 우리가 다시 그녀의 말을 믿는 듯하자 그녀는 열정적으로 몸을 앞으로 기울였다. "가끔 그 사람이 아무도 자기를 안 보고 있다고 생각할 때 짓는 표정을 한번 보세요. 장담컨대, 그 사람 분명 누굴 죽여봤을 거예요."

그녀는 눈을 가늘게 뜨고 몸을 떨었다. 루실도 떨었다. 우리 모두는 개츠비를 찾아 주변을 둘러보았다. 이 세상에 굳이 수군거릴 것이 별로 없다고 생각하는 사람들조차 그에 대해 수군대는 것을 보면, 그가 불러일으킨 낭만적 추측이 얼마나 강력했는지 알 수 있었다.

첫 번째 저녁 식사가 시작되었고, 자정 이후에 또 한 번의 식사가 있을 예정이었다. 정원 반대편 테이블에 있던 조던은 나를 그곳에 초대했다. 그곳에는 세 쌍의 부부와, 조던의 경호원처럼 따라온 한 끈질긴 대학생이 있었다. 그는 과격하고 풍자적인 이야기 즐기며, 조던이 언젠가는 어느 정도든 결국 자기에게 마음을 내줄 것이라는 분명히 잘못된 확신을 갖고 있는 듯 보였다. 이들은 여기저기 돌아다니지 않고 고상한 품위를 유지하며, 스스로 시골의 점잖은 귀족을 대표하는 역할을 맡은 듯했다. 이스트에그가 웨스트에그를 내려다보듯, 사람들의 현란한 광채와 들뜸에 대해 조심스레 경계하는 태도였다.

"우리, 나가요." 조던이 속삭였다. 어쩐지 허비되고 부적절하게 느껴지는 30분이 지난 뒤였다. "제가 있기에는 너무 점잖은 자리예요."

우리는 자리에서 일어났고, 그녀는 그 대학생에게 집주인을 찾으러 간다고 설명했다. 그녀는 내가 한 번도 그를 만나본 적이 없기 때문이라고 덧붙였는데 그 말이 나를 불안하게 만들었다. 대학생은 냉소적이고 우울한 표정으로 고개를 끄덕였다.

우리가 먼저 흘끗 둘러보니 바는 붐볐지만 개츠비는 거기에 없었다. 계단 위에도, 베란다에도 없었다. 우리는 우연히 중요한 방처럼 보이는 곳의 문을 열어 천장이 높은 고딕식 서재 안으로 들어갔다. 벽에는 영국산 참나무를 조각해 장식되어 있었고, 마치 외국의 유적을 통째로 옮겨놓은 것 같았다.

서재 안에는 건장한 중년 남자가 있었는데, 커다란 올빼미 눈 모양의 안경을 쓰고 다소 취한 채 큰 탁자 가장자리에 앉아 불안정한 눈빛으로 책장을 바라보고 있었다. 우리가 들어서자 그는 흥분한 듯 몸을 돌리며 조던을 머리부터 발끝까지 살펴보았다.

"어떻게 생각하시오?" 그가 성급하게 물었다.

"무엇에 대해서 말이에요?"

그는 손을 책장 쪽으로 휘저었다.

"저것들에 대해서요. 사실 직접 확인할 필요도 없지요. 내가 확인했거든. 저것들은 다 진짜요."

"저 책들이요?"

그가 고개를 끄덕였다.

"완전히 진짜요…. 페이지도 전부 다 있고. 나는 그냥 튼튼한 골판지겠거니 생각했지. 그런데 완전히 진짜인 거요. 이렇게 페이지가 다…. 자, 내 직접 보여드리지."

그는 우리가 의심하는 것을 당연하게 여기고 책장으로 달려가 『스토더드 강연집』 제1권을 들고 돌아왔다.

"이것 좀 보시오!" 그가 승리감에 차서 외쳤다. "진짜 인쇄된 책이라고! 나조차도 속았어요. 이 친구, 완전히 데이비드 벨라스코* 같다니까. 대단해. 얼마나 철저하고 현실적인지! 적당히 선도 넘지 않고…. 페이지를 자르지 않았거든. 그런데 왜 여기 들어온 거요? 찾는 거라도 있소?"

그는 책을 내 손에서 낚아채 재빨리 게 자리에 꽂으며,

---

* 미국의 연극 감독으로 사실주의와 자연주의 구현을 위해 새로운 조명이나 특수효과 등을 고안해냈다.

벽돌 한 장이라도 잘못 빼면 서재 전체가 무너질 수 있다고 중얼거렸다.

"당신들은 누가 데리고 온 거요?" 그가 물었다. "아니면 그냥 왔나? 난 누가 여기로 데려다주더군. 대부분이 데려다주는 사람을 따라오고 말이야."

조던은 정신을 바짝 차리고 재밌다는 듯이 그를 바라보며 아무 대답도 하지 않았다.

"난 루스벨트라는 여자가 데려다줬소." 그가 계속 말했다. "클로드 루스벨트 부인이라고 아시오? 지난밤 어딘가에서 그녀를 만났지요. 나는 거의 일주일쯤 술에 취해 있었는데, 그래서 서재에 좀 앉아 있으면 정신이 들 줄 알았지."

"그래서 술은 좀 깨셨나요?"

"조금은 깬 것 같소만 아직 확실히는 모르겠군. 여기 온 지 한 시간밖에 안 됐거든. 책 얘기 하고 있었던가? 저 책들 진짜라니까. 진짜…."

"이미 말씀하셨어요."

우리는 공손하게 그와 악수하고 다시 밖으로 나왔다.

정원에 깔린 천막 위에서는 사람들이 한창 춤을 추고 있었다. 늙은 남자들이 품위 없이 계속해서 빙글빙글 도느라 젊은 여자들을 밀어냈고, 우월한 커플은 구석에 자리를 잡은 채 서로를 멋스럽고 과장되게 끌어안고 있었으며, 많은 미혼 여성들은 혼자서 춤을 추거나, 잠시 오케스트라에서 밴조나 타악기 연주자의 자리를 대신했다. 자정이 되자 흥겨움은 더욱 커졌다. 유명한 테너 가수가 이탈리아어로 노래를 불렀고, 이름난 알토 가수는 재즈풍의 노래를 불렀으며, 그 사이 사람들은 정원 곳곳에서 '교기'를 펼쳤고, 행복하지만 공허한 웃음소리가 여름 하늘 의로 울려 퍼졌다. 무대에 오른 '쌍둥이'들은 아까 그 노란 드레스를 입은 여자들이었는데, 아기 흉내를 내며 공연했다. 샴페인은 손을 헹구는 그릇보다도 큰 잔에 따라졌다. 달은 높이 떠올랐고, 롱아일랜드 해협에는 삼각형의 은빛 비늘이 잔디밭에서 울리는 딱딱하고 금속성의 밴조 소리에 맞춰서 조금씩 떨리며 떠 있었다.

나는 그때까지도 조던 베이커와 함께 있었다. 우리는 내 또래쯤 되는 남자 한 명과 조금만 자극을 받아도 참을 수 없이 웃음을 터뜨리는 떠들썩하고 체구가 작은 여자와 같은 테이블에 앉아 있었다. 나는 이제야 즐거움을 느끼고 있었다. 샴페인을 두 잔 정도 마시자 눈앞의 장면은 무언가 의미 있고 원초적이면서도 깊이 있는 것으로 변해 있었다.

한참 소란이 잠잠해진 틈에 그 남자가 나를 바라보며 미소 지었다.

"익숙한 얼굴이네요." 그가 정중하게 달했다. "전쟁 중에 제1사단에 있지 않았나요?"

"맞습니다. 저는 제28보병연대에 있었죠."

"저는 1918년 6월까지 제16보병연대에 있었어요. 어디선가 뵌 것 같다고 생각했죠."

우리는 잠시 비 내리고 어두컴컴한 프랑스의 작은 마을들에 대해 이야기를 나눴다. 그는 얼마 전에 모터보트를 한 대 샀으며 내일 아침에 타보려 한다고 말하는 걸 보아, 그는 이 근처에 사는 모양이었다.

"같이 가지 않을래요, 친구? 이 해협을 따라 바닷가 근처에서 말입니다."

"몇 시에요?"

"편하신 시간에 맞추죠."

내가 막 그의 이름을 물으려던 찰나 조던이 주위를 둘러보며 미소 지었다.

"지금 즐거운 시간 보내고 있나요?" 그녀가 물었다.

"훨씬 낫네요." 나는 다시 새로 만난 사람에게 시선을 돌렸다. "저에게는 이런 파티가 좀 특별해요. 주인조차 못 봤거든요. 저는 저쪽 집에 살고 있습니다…." 나는 멀리 보이는 보이지 않는 울타리를 가리키며 말했다. "그리고 이 남자, 개츠비라는 사람이 운전기사를 보내 초대장을 전해줬어요."

그는 잠시 나를 이해하지 못하는 듯 바라보았다.

"제가 개츠비입니다." 그가 갑자기 말했다.

"뭐라고요!" 나는 깜짝 놀라며 외쳤다. "아, 죄송합니다."

"알고 있는 줄 알았어요, 친구. 제가 별로 좋은 주인이 못 되는 것 같군요."

그는 이해심 가득한 미소를 지었다. 아니 이해심이 가득하다는 것 이상의 미소였다. 그것은 드문 미소 중 하나로, 영원히 안심시켜 주는 성질을 지니고 있어, 인생에서 네다섯 번이나 마주칠까 말까 한 것이었다. 그 미소는 잠시 동안 온 세상 전체를 향해, 혹은 향하는 것처럼 보였다가, 곧 당신에게만 집중하며, 저항할 수 없는 호의로 다가오는 미소였다. 그 미소는 당신이 이해받고 싶은 만큼만 당신을 이해해주었고, 당신이 스스로를 믿고 싶어 하는 만큼 믿어주었으며, 당신이 가장 빛날 때 남에게 전하고 싶어 했던 바로 그 인상을 정확히 느끼고 있다고 확신시켜주었다. 바로 그 순간, 그 미소는 사라졌고, 나는 우아하지만 거친 청년, 30대 초중반 정도로, 말투의 지나치게 정교한 격식이 거의 우스꽝스러울 뻔한 사람을 바라보고 있었다. 그가 자기소개를 하기 훨씬 전부터 나는 그가 말을 신중하게 고르고 있다는 강한 인상을 받았다.

개츠비가 자신을 소개하던 순간, 집사가 급히 달려와 시카고에서 전화가 걸려왔다고 알렸다. 그는 우리를 차례로 돌아보고 고개를 살짝 숙이며 양해를 구했다.

"뭔가 필요하시면 그냥 말씀하세요, 친구." 그가 내게 권했다. "실례합니다. 나중에 다시 찾아뵙죠."

그가 떠나자 나는 즉시 조던에게로 몸을 돌렸다. 내가 놀랐다는 것을 보여주어야 할 것만 같았다. 나는 개츠비가 혈색 좋고 체구가 다소 큰 중년 남성일 거라고 예상했었다.

"저 사람은 뭐하는 사람이에요?" 내가 물었다. "뭐 알고 있는 게 있나요?"

"그냥 개츠비라는 사람일 뿐이에요."

"그러니까, 어디 출신인데요? 그리고 두슨 일을 하는 사람이고요?"

"당신도 드디어 그 얘기를 꺼내는군요." 그녀가 희미하게 웃으며 대답했다. "글쎄요, 한번은 저한테 옥스퍼드 대학 출신이라고 말하더군요."

희미한 배경이 개츠비의 모습 뒤에 서서히 떠오르기 시

작했지만 그녀가 다음으로 한 말에 의해 그것은 사라졌다.

"하지만 저는 믿지 않아요."

"왜 안 믿는 거죠?"

"모르겠어요." 그녀가 단호히 말했다. "그냥 거기 다녔을 것 같지가 않아요."

그녀의 어투에서 다른 여자가 "그 남자가 사람을 죽인 적 있대요."라고 했던 것이 떠올랐고, 내 호기심을 자극했다. 나는 개츠비가 루이지애나 주의 습지대 출신이거나 뉴욕시의 이스트사이드 남쪽 출신이라고 해도 아무 의심 없이 받아들였을 것이다. 그건 이해할 만한 일이었다. 하지만 젊은 남자가, 적어도 시골에서 자란 미숙한 나의 경험으로는 어디선가 갑자기 나타나 서늘하게 행동하며 롱아일랜드 해협에 궁전을 사는 일은 없었다.

"어쨌든 그 사람 파티를 크게 열잖아요." 조던이 구체적인 얘기에 대한 도시인의 멸시를 드러내며 화제를 바꾸어 말했다. "저는 이렇게 성대한 파티가 좋아요. 오히려 남들 눈에 잘 띄지 않거든요. 작은 파티에서는 사생활이 전혀 없어요."

그때 큰 베이스 드럼 소리가 울렸고, 오케스트라 지휘자의 목소리가 정원의 메아리 위로 갑자기 울려 퍼졌다.

"신사 숙녀 여러분." 그가 외쳤다. "개츠비 씨의 요청으로, 우리는 블라디미르 토스토프 씨의 최신 작품을 연주하겠습니다. 지난 5월 카네기 홀에서 큰 관심을 받았던 작품이지요. 신문을 읽어보셨다면 큰 화제가 되었다는 것을 아실 겁니다." 그는 유쾌하게 깔보는 듯한 미소를 지으며 덧붙였다. "정말 화제였죠!" 그러자 모두 웃음을 터뜨렸다.

"이 작품은 '블라디미르 토스토프의 세계 재즈사'로 알려져 있습니다." 그가 힘차게 마무리하며 말했다.

토스토프 음악은 나에게 쉽게 와닿지 않았다. 연주가 막 시작될 무렵, 내 시선은 대리석 계단 위에 홀로 서 있는 개츠비에게로 향했기 때문이다. 그는 한 무리에서 다른 무리를 바라보며 찬탄하는 눈빛을 보내고 있었다. 그의 햇볕에 그을린 피부는 얼굴에 매력적으로 팽팽하게 붙어 있었고, 짧은 머리는 매일 깎는 듯 단정했다. 나는 그에게서 어떤 불길한 기운도 느끼지 못했다. 그가 술을 마시지 않는다는 사실이 손님들과 그를 구별되게 만든 건지 궁금했다. 흥겨움이 더해질수록, 그가 점점 더 단정하게 보였기 때문이다. '세계 재즈사' 연주가 끝나자, 아가씨들은 강아지처럼 장난기 넘치고 다정한 태도로 남자들의 어깨에 머리를 기대고, 장난스럽게 뒤로 넘어지며 남자들의 품에 안기기도 했다. 심지어 여러 사람 속으로 넘어지면서도 누군가가 반드시 받아줄 거라는 걸 알고 있는 듯했다. 그러나 개츠비에게는 아무도 쓰러지지 않았고, 그의 어깨에 프랑스식 단발머리도 닿지 않았으며, 그를 중심으로 한 사중창단도 생기지 않았다.

"실례합니다."

갑자기 개츠비의 집사가 우리 곁에 나타났다.

"베이커 양이신가요?" 그가 물었다. "실례지만 개츠비 씨께서 따로 말씀을 나누고 싶어 하십니다."

"저하고요?" 그녀가 놀라며 말했다.

"네, 그렇습니다."

조던은 천천히 일어나 놀란 듯 눈썹을 치커올리며 나를 바라본 뒤, 집사를 따라 집 안으로 걸어갔다. 나는 그녀가 이브닝드레스를 입어도 운동복처럼 느껴진다는 것을 알아차렸다. 그 움직임은 마치 깨끗하고 상쾌한 아침에 골프 코스 위를 처음 걷는 법을 배운 듯이 경쾌했다.

나는 혼자 남았고, 시각은 거의 새벽 2시였다. 한동안 혼란스럽고 흥미로운 소리들이 테라스를 내려다보는 길고 창이 많은 방에서 들려왔다. 코러스를 하던 여자 둘과 음담패설을 나누며 나에게 함께 놀자고 애원하는 조던의 대학생을 피해 나는 집 안으로 들어갔다.

큰 방 안은 사람들로 가득했다. 노란 드레스를 입은 여자 중 한 명이 피아노를 치고 있었고, 그녀 옆에는 유명 합창단 출신의 키 크고 붉은 머리의 젊은 부인이 서서 노래를 부르고 있었다. 그 부인은 샴페인을 꽤 마셨고, 노래를 부르는 동안 모든 것이 매우, 매우 슬프다고 서투르게 결론 내린 듯했다. 그녀는 단지 노래만 부른 것이 아니라 눈물까지 흘리고 있었다. 노래를 잠시 멈출 때마다 헐떡이듯 부서진 흐느낌으로 그 시간을 채웠고 떨리는 소프라노로 다시 가사를 이어갔다. 하지만 눈물이 자유롭게 흐르지는 않았는데, 진하게 장식된 속눈썹에 닿아 까맣게 변했으며 그 뒤로는 느리게 흘러가는 검은 시냇물처럼 뺨을 따라갔다. 그녀가 얼굴에 그려진 악보대로 노래하는 것 같다고 누군가 익살스럽게 말하자 그녀는 손을 들고 의자에 털썩 주저앉더니 깊은 잠에 빠졌다.

"저 여자는 자기 남편이라고 주장하는 남자와 싸웠대요." 내 옆에 있던 한 여자가 설명했다.

나는 주위를 둘러보았다. 남아 있는 여자들 대부분은 이제 남편이라고 알려진 남자들과 싸우고 있었다. 심지어 조던과 함께 있던 이스트에그 출신의 두 부부조차 말싸움을 한 뒤 갈라져 있었다. 한 남자가 젊은 여배우와 묘하게 집중해 대화를 나누고 있었고, 그의 아내는 처음에는 고상하고 무심하게 상황을 웃어넘기려 했지만 결국 완전히 무너져 측면 공격을 감행했다. 그녀는 갑자기 그의 곁에 나타나 그의 귀에 대고 마치 화난 다이아몬드처럼 "약속했잖아요!" 하고 날카롭게 말했다.

집으로 돌아가기를 꺼리는 것은 바람난 남자들만의 문제는 아니었다. 지금 복도에는 술에 취하지 않은 두 명의 남자와, 매우 분노한 그들의 부인들이 차지하고 있었다. 부인들은 약간 목소리를 높이며 서로에게 공감하고 있었다.

"내가 즐거운 시간을 좀 보낼라치면 이 사람은 꼭 집에 가고 싶어 한다니까요."

"내 인생에서 이렇게 이기적인 사람은 처음 봐요."

"우리는 항상 제일 먼저 집에 가죠."

"우리도 그래요."

"오늘은 우리가 마지막인 것 같네." 한 남자가 소심하게 말했다. "오케스트라는 30분 전에 떠나버렸고."

남편들이 그런 식으로 나오는 걸 믿기 어렵다고 부인들은 말했지만 말다툼은 짧은 실랑이로 끝났고, 두 아내는 발버둥 치며 밤거리로 끌려 나갔다.

내가 복도에서 하인이 모자를 가져오기를 기다리고 있을 때, 서재 문이 열리며 조던 베이커와 개츠비가 함께 나왔다. 그는 그녀에게 마지막 말을 하고 있었지만 몇몇 사람들이 작별 인사를 하러 다가오자 그의 열성적인 태도는 갑자기 격식을 갖춘 모습으로 바뀌었다.

조던의 일행은 현관에서 조급하게 그녀를 부르고 있었지만 그녀는 잠시 머물러 악수를 나누었다.

"정말 놀라운 소식을 방금 들었어요." 그녀가 속삭였다. "우리가 거기서 얼마나 있었죠?"

"글쎄, 한 시간쯤 되었을 거예요."

"정말… 그야말로 놀라웠어요." 그녀가 멍하니 반복했다. "하지만 말하지 않겠다고 약속해버려서 이렇게 당신 애를 태우고 있네요." 그녀가 우아하게 하품을 내며 내 얼굴을 바라보았다. "꼭 저를 좀 찾아오세요…. 전화번호부… 시고니 하워드 부인 이름으로… 우리 숙모예요…." 그녀는 그렇게 말하면서 서둘러 걸어갔다. 그러고는 볕에 그을린 손으로 쾌활하게 인사하며 문 앞에 모여 있는 자기 일행 속으로 사라졌다.

첫 방문에 이렇게 늦게까지 머문 것이 다소 부끄러웠지만 나는 개츠비 주변에 모여 있는 손님들과 마지막까지 함께했다. 나는 저녁 일찍 그를 찾아다녔다는 것과 정원에서 그를 몰라봐서 미안했다고 말하고 싶었다.

"괜찮아요." 그가 힘주어 말했다. "그렇게 생각하지 말아요, 친구." 그 친근함의 표현보다 내 어깨를 다정하게 스친 손이 훨씬 친근하게 느껴졌다. "그리고 내일 아침 9시에 우리 모터보트를 타기로 한 것 잊지 말아요."

그때 집사가 그의 어깨 너머로 말했다.

"필라델피아에서 전화가 왔습니다."

"알겠어. 금방 갈게. 바로 간다고 전해…. 그럼, 안녕히 들 가세요."

"안녕히 주무세요."

"안녕히 가세요." 그는 미소 지었다. 마치 그가 처음부터 그렇게 원했던 것처럼, 갑자기 내가 마지막까지 남아 있었다는 것이 기분 좋은 의미를 가진 것처럼 느껴졌다. "안녕히 가세요, 친구…. 조심히 들어가십시으."

하지만 계단을 내려가면서 나는 아직 파티가 완전히 끝나지 않았다는 것을 알았다. 문에서 15미터쯤 떨어진 곳에 열두 개의 헤드라이트가 기묘하고 소란스러운 장면을 비추고 있었다. 도로 옆 도랑에 한쪽 바퀴가 심하게 떨어진, 개츠비의 차고를 떠난 지 채 2분도 안 된 새 쿠페가 있었다. 벽이 날카롭게 튀어나와 있던 것이 바퀴가 떨어진 이유였고, 지금 그 바퀴는 호기심 많은 여섯 명가량의 운전사들에게 많은 관심을 받고 있었다. 그들이 도로를 막고 차를 세워둔 탓에, 뒤쪽에서 들려오는 거칠고 불협화음 같은 소음이 한동안 계속 들렸고, 이미 혼란스러은 장면을 한층 더 혼란스럽게 만들고 있었다.

긴 더스터 코트를 입은 한 남자가 사고 난 차에서 내려 도로 한가운데 서 있었다. 그는 차에서 바퀴로, 바퀴에서 구경꾼들로 시선을 옮기며 즐거우면서도 혼란스러운 표정을 짓고 있었다.

“아이고!” 그가 설명했다. “차가 도랑에 빠졌군.”

그 사실이 그에게는 믿기 힘들 만큼 놀라운 일인 듯했다. 나는 먼저 그 예사롭지 않게 놀라는 모습을 알아차렸고, 이어서 그 남자가 누구인지 깨달았다. 아까 개츠비의 서재에 있던 바로 그 손님이었다.

“어떻게 된 겁니까?”

그는 어깨를 으쓱했다.

“나는 기계에 대해서는 전혀 아는 바가 없어요.” 그가 단호하게 말했다.

“하지만 어쩌다가 이렇게 된 거죠? 벽에 부딪힌 건가요?”

“나한테 묻지 마세요.” 올빼미 눈의 남자가 이 일에 대해 아는 게 없다는 듯이 말했다. “나는 운전에는 거의 아는 게 없어요…. 거의 아무것도 모르지요. 어쨌든 일이 일어났고, 그게 전부요.”

“운전을 못 한다면 밤에 운전을 하면 안 됐죠.”

“하지만 난 애초에 운전을 하려던 게 아니었소.” 그가 억울하게 설명했다. “그런 게 아니었다고.”

구경하던 사람들 사이에 겁을 먹은 듯 정적이 흘렀다.

“그럼 자살하려던 겁니까?”

“다행히 바퀴 하나만 빠져서 다행이지요! 운전에 서툰 사람이 잘하려고도 하지 않았다니!”

“당신들은 이해하지 못해요.” 범죄자 취급을 받던 남자가 설명했다. “내가 운전한 게 아니오. 차 안에 다른 사람이 있었어요.”

이 선언이 가져온 충격은 “아…!”라는 길고 지속된 외침으로 표출되었다. 쿠페의 문이 천천히 열리자 이제 사람들은 군중이 되어 무의식적으로 뒤로 둘러섰다. 문이 완전히 열리자 잠시 유령 같은 정적이 흘렀다. 그리고 나서 아주 서서히, 창백하고 흐느적거리는 인물이 잔해 속에서 걸어 나왔고, 큼직하지만 어딘가 불안해 보이는 댄스화로 땅을 조심스레 더듬어가며 걸었다.

헤드라이트 때문에 눈이 부시고 끊임없는 경적 소리에 혼란스러워진 그 유령 같은 남자는 잠시 흔들리며 서 있다가, 이내 긴 더스터 코트를 입은 남자를 발견했다.

"무슨 일이오?" 그가 차분하게 물었다. "휘발유가 떨어졌나?"

"저것 좀 봐요!"

여섯 개 정도의 손가락이 떨어져나간 타이어를 가리켰다. 그는 잠시 그것을 바라보다가 마치 타이어가 하늘에서 떨어진 것인지 의심하는 듯 위를 올려다보았다.

"바퀴가 빠져버렸어요." 누군가가 설명했다.

그가 고개를 끄덕였다.

"처음에는 차가 멈춘 것도 몰랐어요."

잠시 정적이 흘렀다. 그리고 나서 그는 깊게 숨을 들이마시고 어깨를 곧게 펴며 단호한 목소리로 말했다.

"혹시 주유소가 어디 있는지 알려주겠소?"

그 남자보다 상태가 조금 나은 사람들도 섞여 적어도 열두 명의 남자가 그에게 바퀴가 더 이상 자동차에 붙어 있지 않다고 설명했다.

"후진해봐요." 그가 잠시 후 제안했다. "후진 기어로 넣어서.”

“아니, 바퀴가 빠졌다니까요!”

그는 망설였다.

“시도해본다고 나쁠 건 없지 않나.” 그가 말했다.

요란한 경적 소리가 최고조에 이르렀고, 나는 돌아서서 잔디밭을 가로질러 집으로 향했다. 그러다 힐끗 한 번 뒤돌아보았다. 얇은 달이 개츠비의 집 위로 빛나고 있었고, 밤은 전과 같이 아름다웠으며, 웃음과 아직 불타는 정원의 소리가 살아남아 있었다. 창문과 큰 문에서 갑작스러운 공허함이 흘러나오는 듯했고, 현관에 서서 작별의 제스처로 손을 들고 있는 주인의 모습을 완전한 고립으로 만들었다.

*

지금까지 내가 쓴 글을 다시 읽어보면, 몇 주 간격으로 있었던 세 번의 밤 사건만이 나를 사로잡았다는 인상을 준 것 같다. 그러나 사실은 그렇지 않다. 그것들은 그저 사람들로 붐볐던 여름 속에서 일어난 우연한 사건일 뿐이었고, 훨씬 나중까지도 나는 그 사건들보다 개인적인 일들에 더 관심이 많았다.

대부분의 시간 나는 일에 몰두했다. 이른 아침에 내가 낮은 뉴욕의 흰 건물들 사이를 달려 프로비티 신탁회사로 향할 때면 태양은 서쪽으로 내 그림자를 드리웠다. 나는 다른 사무원들과 젊은 채권 판매원들을 이름으로 알고 있었고, 그들과 어두컴컴하고 붐비는 식당에서 작은 돼지고기 소시지와 으깬 감자, 커피로 점심을 먹었다. 나는 저지시티에 살면서 회계 부서에서 일하는 한 여자와 잠시 사귀기도 했지만, 그녀의 오빠가 내 쪽으로 언짢은 시선을 보내기 시작해서, 그녀가 7월 휴가를 떠날 때 우리의 관계도 조용히 끝나도록 내버려두었다.

나는 보통 예일 클럽*에서 저녁을 먹었다. 이유는 모르겠지만 그 시간이 내 하루 중 가장 우울한 시간이었다. 식사를 마치면 위층 도서실로 올라가 한 시간가량 성실하게 투자와 증권에 대해 공부했다. 주변에 몇몇 시끄러운 사람들이 있었지만, 그들은 도서실 안으로 들어오지 않았기에 집중하기 좋은 장소였다. 공부를 끝낸 밤에 날씨가 따듯하면 나는 매디슨 가를 따라 오래된 머레이힐 호텔을 지나 33번가까지, 그리고 펜실베이니아 역까지 산책을 하곤 했다.

나는 뉴욕이 점점 좋아졌다. 밤의 생기 있고 모험적인 느낌, 끊임없이 움직이는 남녀와 기계들의 깜박임이 불안한 눈에 주는 만족감이 좋았다. 나는 5번가를 걸으며 군중 속에서 낭만적인 여성을 골라내고, 몇 분 뒤면 그들의 삶 속으로 들어가는 상상을 하곤 했다. 그 사실을 아무도 알지 못했고, 또 누구도 반대하지 않을 것이라는 생각이 들었다. 때로는 마음속으로 숨은 골목 모퉁이의 아파트까지 그들을 따라가기도 했고, 그들은 문을 통해 따스한 어둠 속으로 사라지기 전에 나를 돌아보며 미소 지었다. 황홀한 대도시에 땅거미가 질 때 나는 때때로 가슴 아픈 고독을 느꼈고, 그

---

* 예일 대학교 졸업생과 교직원을 위한 사립 클럽으로 뉴욕 시 맨해튼에 위치해 있다.

것을 다른 사람들에게서도 느꼈다. 창가 앞에 멍하니 서 있다가 식당에서 외롭게 저녁 식사를 할 때까지 시간을 보내는 가엾은 젊은 사무원들, 밤과 삶의 가장 절실한 순간을 허비하는 젊은 사무원들에게서 말이다.

다시 8시가 되자, 40번가의 어두운 거리에는 극장가로 향하는 택시들이 다섯 줄로 늘어서 있었고, 나는 가슴속 깊은 곳에서 허전함을 느꼈다. 택시 안에서는 사람들이 서로 몸을 기울이고 목소리를 높이며 노래를 불렀고, 들리지 않는 농담에 웃음이 터졌으며, 불붙은 담배가 이해할 수 없는 원을 그리며 빛났다. 나도 그들과 함께 흥겨움으로 달려가 그 친밀한 설렘을 나누고 있다고 상상하며, 나는 그들에게 행운을 빌었다.

한동안 조던 베이커를 보지 못했다가 한여름에 다시 만났다. 처음에는 그녀와 함께 다니는 것이 기뻤다. 그녀는 골프 챔피언이었고, 모두가 그녀의 이름을 알고 있었다. 그 다음에는 그것보다 조금 더 특별한 감정이 생겼다. 실제로 사랑에 빠진 것은 아니었지만 일종의 다정한 호기심을 느꼈다. 세상을 향한 지루하고 거만한 얼굴 뒤에는 무언가가 숨겨져 있었다. 대부분의 겉치레는 결국 무언가를 숨기게 마련이다. 비록 처음에는 그렇지 않더라도말이다.

그리고 어느 날 나는 그것이 무엇인지 알게 되었다. 우리가 워릭에서 열린 한 파티에 함께 갔을 때, 그녀는 빌려 온 차의 지붕을 열어둔 채로 비가 오는 날 밖에 두고는 거짓말을 했다. 그러자 데이지 집에 갔던 그날 밤에는 떠오르지 않았던 그녀에 대한 이야기가 떠올랐다. 그녀가 처음으로 큰 골프 시합에 나갔을 때, 준결승 라운드에서 불리한 위치에 있던 공을 옮겼다는 의혹 때문에 신문에까지 오를 뻔한 소동이 있었다. 사건은 거의 스캔들 수준으로 번졌다가 갑자기 사그라들었다. 캐디가 자신의 진술을 철회했고, 유일한 다른 증인도 자신이 잘못 보았을 수도 있다고 인정했던 것이다. 그 사건과 그녀의 이름은 내 마음속에 함께 남아 있었다.

조던 베이커는 본능적으로 영리하고 약삭빠른 남자들을 피했는데, 이제 나는 그 이유를 알았다. 그녀는 어떤 규범에서 벗어나는 것이 불가능하다고 여겨지는 영역에서야 스스로를 안전하게 느끼는 듯했다. 그녀는 근본적으로 부정직했다. 불리한 처지를 견디지 못했고, 이러한 마음가짐 때문에 나는 그녀가 어릴 때부터 속임수를 사용하기 시작했을 것이라 생각했다. 그것은 세상 앞에서는 냉정하고 건방진 미소를 유지하면서도, 단단하고 활기찬 자신의 몸이 요구하는 욕구를 충족시키기 위해서였다.

나는 별로 개의치 않았다. 여자의 부정직함이라는 것은 깊이 탓할 일이 아니었다. 나는 그저 가볍게 안타까워했을 뿐, 곧 잊어버렸다. 같은 파티에서 우리는 운전에 대해 기묘한 대화를 나누게 되었는데, 이야기는 그녀가 노동자들 가까이를 지나가다가 그녀가 탄 펜더가 한 남자의 상의에 달린 단추를 살짝 건드리면서 시작되었다.

"형편없는 운전실력이군요." 내가 항의했다. "좀 더 조심하든가 아니면 아예 운전을 하지 말든가 해야겠는 걸요."

"조심하고 있어요."

“아니, 그렇지 않아요.”

“다른 사람들이 조심하잖아요.” 그녀가 가볍게 말했다.

“그게 무슨 상관이에요?”

“그 사람들이 알아서 피해 가겠죠.” 그녀는 고집스럽게 말했다. “사고는 혼자 잘못해서 생기는 게 아니라고요.”

“그럼 당신만큼 부주의한 사람을 만나면 어떡할 거죠?”

“절대 그런 사람은 안 만나길 바라야죠.” 그녀가 대답했다. “난 부주의한 사람들이 싫어요. 그래서 당신이 좋아하는 거고요.”

햇빛에 그을린 그녀의 잿빛 눈은 똑바로 앞을 응시하고 있었지만, 그녀는 의도적으로 우리의 관계를 바꾸어놓았고, 나는 잠시 내가 그녀를 사랑한다고 생각했다. 하지만 나는 생각이 느리고 내면이 규칙으로 가득 차 있어 욕망에 브레이크를 거는 편이었고, 먼저 고향에 얽혀 있는 연애 문제를 확실히 해결해야 한다는 것을 알고 있었다. 나는 일주일에 한 번 ‘사랑을 담아, 닉’이라고 서명한 편지를 썼지만, 머릿속에는 그 여자가 테니스를 칠 때 윗입술에 희미하게 수염처럼 땀이 난다는 생각뿐이었다. 그런 모호한 관계라고 해도 요령 있게 끊어내야 내가 자유로워질 수 있었다.

사람들은 누구나 인간의 기본 덕목 중에 자신이 하나라도 갖추고 있다고 생각하는데, 내가 생각하는 나의 덕목은 이것이다. 나는 내가 아는 사람 중에서 몇 안 되는 정직한 사람이었다.

IV

　일요일 아침, 해안가 마을에 교회 종소리가 울리는 동안, 세상 사람들이 자신의 아내를 데리고 다시 개츠비의 집으로 돌아와 그의 잔디밭 위에서 유쾌하게 반짝였다.

　"그 사람 밀주업자래요." 젊은 아가씨들이 개츠비의 칵테일과 꽃 사이를 오가며 말했다. "한번은 그가 어떤 남자를 죽였대요. 그 남자가 그가 폰 힌덴브르크*의 조카이고 악마의 사촌이라는 사실을 알아냈다더라고요. 장미 하나 건네줄래요, 여보? 그리고 저 크리스털 잔에 마지막 한 방울까지 따라줘요."

　한번은 여름 동안 개츠비의 집에 온 사람들의 이름을 기차 시간표의 빈칸에 적어두었다. 이제는 낡아서 접힌 부분이 부서져가는 오래된 시간표로, 맨 위에는 '이 기차표는 1922년 7월 5일까지 유효함'이라고 적혀 있었다. 하지만 나는 여전히 희미한 그 이름들을 읽을 수 있었고, 그 이름들은 개츠비의 호의를 받아들이고도 그에 대해 아무것도 알지 못한다며 미묘한 예우를 지키던 사람들에 대한 나의 일반적인 설명보다 훨씬 더 생생한 인상을 줄 것이다.

---

* 독일의 군인 출신 정치인으로 제1차 세계 대전 당시 독일군 참모총장으로 전쟁을 지휘했다. 이후 바이마르 공화국의 제2대 대통령을 지냈다.

그리하여 이스트에그에서는 체스터 베커 부부와 리치 부부, 예일에서 알던 번슨이라는 남자, 그리고 지난여름 메인 주에서 익사한 웹스터 시베트 박사가 왔다. 혼빔 부부와 윌리 볼테어 부부, 항상 한 구석에 모여 있다가 누가 다가오면 염소처럼 코를 치켜세우던 블랙벅이라는 집안 사람들 전부, 아이스메이 부부와 크리스티 부부(정확히 말하면 휴버트 아우어바흐와 크리스티 부인이었다), 그리고 어느 겨울날 이유 없이 머리카락이 목화솜처럼 하얗게 변했다는 에드가 비버도 있었다.

클래런스 엔다이브도 내가 기억하기로는 이스트에그 출신이었다. 그는 딱 한 번 흰색 니커보커스를 입고 왔었고, 그날 정원에서 에티라는 부랑자와 싸움을 벌였다. 롱아일랜드 외곽에서는 치들 부부와 O. R. P. 슈레이더 부부, 조지아 주 출신의 스톤월 잭슨 에이브럼스 부부, 피시가드 부부와 리플리 스넬 부부가 왔다. 스넬 씨는 교도소로 가기 사흘 전에도 개츠비의 집에 왔는데, 술에 취한 채로 자갈길에 있다가 율리시스 스웨트 부인의 자동차에 오른손이 치이고 말았다. 댄시 부부도 왔고, 예순이 넘은 S. B. 화이트베이트, 모리스 A. 플링크, 해머헤드 부부, 담배 수입업자인 벨루거 씨와 그의 딸들도 있었다.

웨스트에그에서는 폴 부부와 멀레디 부부, 세실 로벅과 세실 쇼언, 주 의회 상원 의원인 굴릭, '필름스 파 엑설런스' 영화사를 장악한 뉴턴 오키드, 에크하우스트와 클라이드 코언, 돈 S. 슈워츠(아들), 아서 맥카티가 왔다. 이들은 모두 영화와 어떤 식으로든 관련이 있었다. 그리고 캐틀립 부부와 벰버그 부부, 나중에 아내를 목 졸라 죽인 그 멀둔과 형제인 G. 얼 멀둔도 왔다. 흥행사인 다 폰타노도 왔고, 에드 리그로스와 제임스 B. ('싸구려 독한 술'이라 불리는) 페리트, 드종 부부와 어니스트 릴리도 왔다. 이들은 도박을 하러 왔는데, 페리트가 정원을 돌아다니고 있으면 그가 완전히 탕진해버렸다는 뜻이었으며, 다음 날 '연합 운송' 회사의 주가는 수익을 내기 위해 요동칠 수밖에 없었다.

클립스프링어라는 남자는 너무 자주 와서 '하숙생'으로 불리게 되었다. 그에게 다른 집이 있었는지도 의문이다. 연극계 사람으로는 거스 웨이즈, 호레이스 오도너번, 레스터 마이어, 조지 덕위드, 프랜시스 불이 있었다. 또한 뉴욕 시에서는 크롬 부부와 백히슨 부부, 데니커 부부, 러셀 베티, 코리건 부부, 켈러 부부, 듀워 부부, 스켤리 부부, S. W. 벨처, 스미르크 부부, 그리고 현재 이혼한 젊은 퀸 부부, 그리고 헨리 L. 팔메토(그는 타임스스퀘어에서 지하철에 몸을 던져 스스로 목숨을 끊었다)가 왔다.

베니 맥클레너핸은 항상 네 명의 여자와 함께 왔다. 같은 사람들은 아니었지만 서로 너무 닮아 있어서 마치 전에 와 본 적이 있는 것처럼 보였다. 나는 그들의 이름을 잊어버렸다. 재클린이었는지, 아니면 콘수엘라, 글로리아, 주디, 혹은 준이었을 것이다. 성은 꽃이나 달의 이름에서 따온 아름다운 것이거나 혹은 위대한 미국 자본가들의 엄숙한 성이었는데, 좀 더 캐묻는다면 그들의 친척이라고 고백했을지도 모르는 이름들이었다.

이 사람들 외에도 내가 기억하는 바로는, 포스티나 오브

라이언이 한 번쯤 왔고, 베데커 자매와 전쟁 중에 코가 날아가버린 브루어라는 젊은이, 올브럭스버거 씨와 그의 약혼녀 하그 양, 아디터 피츠피터스와 미국 참전군인회 전 회장 P. 주웨트 씨, 클로디아 히프 양과 그녀의 운전사로 소문난 남자, 그리고 우리가 '공작'이라 부른 어떤 왕자 등이 있었다. 그의 이름을 알았다 해도 지금은 잊어버렸다.

이 모든 사람이 여름 동안 개츠비의 집을 찾았다.

*

7월 말 어느 날 아침 9시, 개츠비의 화려한 자동차가 울퉁불퉁한 길을 따라 우리 집으로 올라오더니 3음계로 된 경적을 울렸다.

그가 나를 찾아온 것은 이번이 처음이었다. 나는 이미 그의 파티에 두 번이나 참석했고, 그의 모터보트를 타봤으며, 그의 간청으로 저택 해변도 자주 이용하곤 했다.

"좋은 아침입니다, 친구. 오늘 점심이나 같이할까 하고 들렀어요. 제 차를 타고 함께 갈까 하는데."

그는 자동차 대시보드 위에 몸을 지탱하고 있었는데, 그것은 어딘가 미국인 특유의 능청스럽고 유연한 몸짓이었다. 아마도 어린 시절 힘든 육체노동 없이 자란 탓이기도 하고, 무엇보다도 우리 미국인들의 불규칙하고 신경질적인 놀이에서 비롯된, 형체 없는 우아함 때문일 것이다. 이 특성은 그의 지나치게 깔끔한 태도 사이사이로 끊임없이 드러나, 안절부절못하는 모습으로 나타났다. 그는 결코 가만히 있지 않았고, 항상 어디선가 발을 톡톡 두드리거나 손을 조급하게 쥐었다 폈다 하고 있었다.

내가 감탄하며 차를 바라보자 개츠비가 말했다.

"멋지지 않나요, 친구?" 그는 자동차가 내게 더 잘 보이도록 차에서 뛰어내렸다. "이런 차를 한 번도 본 적 없나요?"

나는 이런 차를 본 적이 있었다. 누구나 한 번쯤은 보았을 것이다. 진한 크림색에 니켈 장식이 반짝였고, 그 터무니없이 긴 차체 곳곳에는 모자 상자와 음식 상자 그리고 공구함이 뽐내듯 놓여 있었으며, 여러 겹의 유리창으로 이루어진 미로 같은 앞 유리는 마치 열두 개의 태양을 비추는 거울 같았다. 그 여러 겹의 유리 뒤 초록 가죽으로 된 온실 같은 공간에 앉아 우리는 도심으로 향했다.

나는 지난 한 달 동안 그와 아마도 대여섯 번 정도 이야기를 나누었는데, 실망스럽게도 그에게는 이야깃거리가 별로 없었다. 그래서 그가 뭔가 정의하기 어려운 중요한 사람처럼 느껴졌던 인상도 점차 사라지고, 단순히 집 옆에 있는 화려한 여관 겸 음식점을 운영하는 주인일 뿐이라는 생각이 들었다.

그리고 당혹스러운 드라이브가 시작되었다. 우리는 아직 웨스트에그에 도착하지도 않았는데, 개츠비는 우아하게 이어가던 말을 중간에 끊고, 주저하며 캐러멜 색 슈트 위로 무릎을 톡톡 두드리기 시작했다.

"있잖아요, 친구." 뜻밖에도 그가 말을 꺼냈다. "자네는 나를 어떻게 생각하시오? 솔직히 말해봐요."

약간 당황한 나는 그런 질문에 당연히 뒤따르는 일반적

이고 회피적인 대답을 늘어놓기 시작했다.

"음, 그럼 내 인생에 대해 얘기를 좀 해야겠군요." 그가 말을 가로막듯 말했다. "당신이 들었던 이야기들만으로 나를 오해하길 바라지 않으니까요."

그는 자신의 저택 안에서 오가는 대화에 묻어나던 기이한 소문들을 잘 알고 있었다.

"정말 정직하게 말씀드리지요." 그는 갑자기 신의 심판이라도 멈추려는 듯이 오른손을 들었다. "나는 중서부의 부유한 가정에서 태어났어요…. 지금은 모두 돌아가셨지요. 미국에서 자랐지만 옥스퍼드에서 교육을 받았어요. 우리 집안 대대로 모두 거기서 공부했거든요. 가족 전통이지요."

그는 곁눈질로 나를 흘겨보았고, 나는 왜 조던 베이커가 그가 거짓말을 한다고 믿었는지 알 수 있었다. 그는 '옥스퍼드에서 교육받았다'는 말을 서둘러 내뱉거나, 삼켜버리거나, 마치 이전에도 이 말 때문에 곤란을 겪은 듯 목에 걸린 것처럼 말했다. 그 의심과 함께 그의 말 전체가 산산조각 나는 것 같았고, 나는 그에게 어쩐지 약간 음흉한 면이 있지 않은가 생각했다.

"중서부의 어느 지역 출신인가요?" 나는 무심히 물었다.

"샌프란시스코요."

"그렇군요."

"가족이 모두 돌아가시고 나서 꽤 많은 유산을 상속받았습니다."

개츠비의 목소리는 엄숙했다. 마치 그 가문이 갑작스레 사라진 기억이 아직도 그를 괴롭히는 듯했다. 잠시 나는 그가 나를 놀리는 게 아닌가 의심했지만 그를 쳐다보니 그렇지 않다는 것을 알 수 있었다.

"그 뒤로 나는 젊은 인도의 왕처럼 유럽의 모든 수도… 파리, 베니스, 로마에서 살았어요…. 코석, 주로 루비를 수집하고, 큰 사냥을 즐기고, 그림도 조금 그리면서, 나 자신만을 위해 살아갔죠. 그리고 오래전 내게 일어난 아주 슬픈 일을 잊으려 애썼습니다."

나는 간신히 터져 나오려는 웃음을 억눌렀다. 그의 말투는 너무 진부해서, 내 머릿속에는 그저 톱밥을 질질 흘리며 불로뉴 숲속에서 호랑이를 쫓는 터번 쓴 '캐릭터'의 모습만이 희미하게 떠올랐다.

"그러다 전쟁이 일어났습니다, 친구. 나에게는 오히려 큰 구원이었죠. 나는 죽으려고 정말로 애를 썼는데 마치 마법에 걸린 사람처럼 살아남더군요. 전쟁이 시작되자 중위로 임관했고, 아르곤 숲에서는 기관총 부대의 잔여 병력을 이끌고 너무 전방으로 나아가버려서, 좌우로 800미터나 되는 틈새가 생겨 보병이 따라올 수 없을 지경이었죠. 우리는 이틀 낮과 밤을 버텼어요. 병사 130명과 루이스식 기관총 16정뿐이었죠. 마침내 보병이 도착했을 때, 그들은 죽은 시체 더미 속에서 독일 사단 휘장 세 개를 발견했어요. 그 일로 나는 소령으로 진급했고, 모든 연합국 정부로부터 훈장을 받았죠. 심지어는 몬테네그로, 저 아드리아 해의 작은 나라인 몬테네그로에서도 말입니다!"

그 작은 몬테네그로라니! 개츠비는 그 말을 목소리 높여 반복하며 미소를 지은 채 고개를 끄덕였다. 그 미소 속에는 몬테네그로의 험난한 역사를 이해하는 듯한 연민이 깃들어 있었고, 그 작은 나라가 견뎌온 용감한 투쟁에 대한 공감이 담겨 있었다. 그는 몬테네그로의 따뜻한 마음이 자신에게 그런 훈장을 수여하게 된, 그 일련의 국가적 사정마저 온전히 이해하고 있는 듯했다. 이쯤 되자 내 의심은 어느새 매혹 속으로 잠겨들었고, 나는 마치 잡지 열두 권을 빠르게 넘기며 읽는 듯한 기분이 들었다.

개츠비가 주머니 속에 손을 넣더니 리본에 매달린 금속 조각 하나가 내 손바닥 위로 떨어졌다.

"이게 바로 몬테네그로에서 받은 거랍니다."

놀랍게도 그 물건은 진짜처럼 보였다. 거기에는 '다닐로 훈장, 몬테네그로, 니콜라스 왕'이라고 적혀 있었다.

"뒤집어보세요."

나는 '제이 개츠비 소령의 비범한 용맹함을 기리며'라고 쓰인 문구를 소리 내어 읽었다.

"여기 내가 항상 지니고 다니는 또 다른 것이 있지요. 옥스퍼드 시절 기념품이에요. 트리니티 단과대학에서 찍은 사진인데, 내 왼쪽에 있는 남자가 지금의 동캐스터 백작이에요."

사진 속에는 아치형 출입구 아래에서 운동복을 입고 한가롭게 서 있는 여섯 명의 젊은 남자가 있었다. 아치 너머로는 수많은 첨탑이 보였다. 그중 개츠비가 있었는데, 조금, 아주 조금 젊어 보였고 손에는 크리켓 배트를 들고 있었다.

그렇다면 이 모든 것이 사실이었다. 나는 대운하 위에 있는 궁전 같은 그의 저택에서 호랑이 가죽이 펄럭이는 것을 보았고, 깨진 마음의 고통을 조금이나마 덜어내려는 듯 루비 상자를 열어 그 붉은 빛을 들여다보는 것도 보았다.

"오늘 내가 당신에게 어려운 부탁을 하려고 해요." 그는 기념품을 만족스럽게 주머니에 넣으며 말했다. "그래서 당신이 나에 대해 조금은 알아야 한다고 생각했습니다. 내가 그냥 아무 사람도 아니라고 생각하게 하고 싶지는 않았거든요. 보시다시피 나는 주로 낯선 사람들 사이에 있죠. 여기저기 떠돌면서 내게 일어난 슬픈 일들을 잊으려고 하거든요." 그는 잠시 머뭇거렸다. "오늘 오후에 그 이야기를 듣게 될 겁니다."

"점심 식사를 하면서요?"

"아니요, 오늘 오후에요. 우연히 당신이 베이커 양과 차를 마시기로 했다는 걸 알게 되었거든요."

"혹시 베이커 양을 사랑한다는 말을 하고 싶은 건가요?"

"아니에요, 친구. 그런 건 아닙니다. 하지만 베이커 양이 친절하게도 이 일에 대해 당신과 이야기하는 데 동의했답니다."

'이 일'이 정확히 무엇인지 전혀 알 수 없었지만, 흥미보다는 짜증이 더 났다. 나는 제이 개츠비에 대해 이야기하려고 조던과 차를 마시려던 것이 아니었다. 개츠비의 요청은 틀림없이 터무니없는 것이리라 확신했고, 잠시 나는 사람들이 몰려 있던 그의 잔디밭에 발을 들인 것을 후회했다.

개츠비는 더 이상 한마디도 하지 않았다. 우리가 도시 근처로 다가갈수록 그의 정중함은 더욱 두드러졌다. 우리는 포트루스벨트를 지나며 붉은 띠를 두른 대형 해양선들이 언뜻 보이는 것을 지나쳤고, 1900년대 초의 도금 장식이 희미하게 남아 있는, 사람이 거의 없는 선술집들이 늘어선 빈민가의 자갈길을 속도를 내어 지나갔다. 그다음에는 회색 쓰레기 계곡이 양쪽으로 펼쳐졌고, 우리가 지나갈 때 윌슨 부인이 자동차 정비소에서 기운차게 펌프를 당기는 모습이 잠깐 보였다.

우리는 자동차의 흙받이를 날개처럼 펴고 롱아일랜드의 절반쯤을 가볍게 달렸다. 정확히 절반쯤에서 고가 철도 기둥 사이를 구불구불 지나가다가 나는 '탈, 탈, 탈!' 하는 익숙한 오토바이 엔진 소리를 들었고 경찰관 한 명이 우리 옆에 붙어 달리고 있었다.

"알겠소, 친구." 개츠비가 외쳤다. 우리는 속도를 줄였다. 개츠비는 지갑에서 하얀 카드를 꺼내 경찰의 눈앞에서 흔들었다.

"네, 됐습니다." 경찰이 모자를 살짝 들어 인사했다. "다음에는 알아보겠습니다, 개츠비 씨. 실례했습니다!"

"그게 뭐였습니까?" 내가 물었다. "옥스퍼드 시절 사진이었나요?"

"한번은 경찰서장의 부탁을 들어준 적이 있어서, 그때부터 그가 매년 크리스마스카드를 보내줍니다."

큰 다리를 건너며 철골 사이로 쏟아지는 햇빛이 움직이는 차들 위에 끊임없이 깜박거리고, 강 건너로 도시는 하얀 각설탕 덩어리처럼 솟아올라 있었다. 모두가 깨끗한 돈으로 지어진, 소원을 담은 건물들이었다. 퀸스보로 다리에서 바라본 도시는 언제나 처음 보는 도시처럼, 세상의 모든 신비와 아름다움이 처음 약속된 듯한 모습으로 다가왔다.

꽃으로 가득한 영구차가 우리를 지나갔고, 이어서 블라인드를 내린 두 대의 마차가 뒤따랐으며, 친구들을 위한 더 밝은 분위기의 마차들도 있었다. 친구들은 남동부 유럽 사람들의 비극적인 눈과 짧은 윗입술로 우리를 바라보았고, 나는 개츠비의 화려한 차가 그들의 우울한 휴일 풍경에 포함되어 있다는 사실이 기뻤다. 블랙웰 아일랜드*를 지나면서 백인 운전사가 몰던 리무진이 우리를 추월했는데, 그 안에는 세 명, 신식 복장을 한 흑인 남자 들과 여자 한 명이 앉아 있었다. 나는 그들이 오만하게 경쟁하며 달걀 노른자 같은 눈동자를 우리를 향해 굴리는 모습을 보고 소리 내어 웃었다.

'우리가 이 다리를 건넜으니 이제 무슨 일이든 일어날 수 있어….' 나는 생각했다. '정말 무슨 일이든….'

심지어 개츠비 같은 사람이 있다는 것조차도 특별히 놀랄 일이 아니었다.

*

소란스러운 정오, 시원하게 선풍기가 돌고 있는 42번가 지하 식당에서 나는 점심 식사를 위해 개츠비를 만났다. 바깥 거리의 햇살에 깜빡이며 눈을 비비다가 나는 대기실에

---

* 퀸즈와 맨해튼을 나누는 이스트강에 위치한 섬이다.

서 다른 남자와 이야기하고 있는 그를 겨우 발견했다.

"캐러웨이 씨, 이쪽은 제 친구 울프샴 씨입니다."

작고 납작한 코를 가진 유대인이 고개를 들어 나를 바라보았다. 그의 큼지막한 머리에 난 두 개의 콧구멍에서 굵은 털이 풍성하게 자라고 있었다. 잠시 후 나는 반쯤 그늘진 곳에서 그의 작은 눈을 발견했다.

"…그래서 내가 그를 한 번 봤지." 울프샴 씨가 내 손을 정성껏 흔들며 말했다. "그런데 내가 뭐라고 했을 것 같나?"

"무슨 말씀이세요?" 나는 정중히 물었다.

하지만 분명 그는 나에게 말하는 것이 아니었다. 그는 내 손을 놓고 개츠비에게 집중하며 다양한 감정을 표현하는 코로 그를 가리켰다.

"나는 돈을 캐츠포에게 건네며 말했다네. '좋아, 캐츠포, 그자가 입 닫기 전까지 한 푼도 주지 마.' 그러자 그자는 그 자리에서 입을 닫았지."

개츠비는 우리 둘의 팔을 잡고 식당 안으로 들어갔다. 그러자 울프샴은 방금 시작하려던 새로운 말을 삼키고 최면에 빠진 사람처럼 몽롱해졌다.

"하이볼 하시겠습니까?" 수석 웨이터가 물었다.

"꽤 괜찮은 식당이군." 울프샴이 천장에 있는 장로교회풍 그림에 그려진 요정들을 바라보며 말했다. "하지만 맞은편 식당이 더 마음에 들어!"

"좋지. 하이볼로 주게." 개츠비가 웨이터에게 대답하고 이어서 울프샴에게 말했다. "저쪽은 너무 더워요."

"맞아. 덥고 좁지…." 울프샴이 말했다. "하지만 추억이 가득하잖나.”

“그게 어디죠?” 내가 물었다.

“옛 메트로폴* 말입니다.”

“옛 메트로폴….” 울프샴이 음울하게 중얼거렸다. “죽고 떠난 얼굴들로 가득 찬 곳이라네. 이제 영원히 떠난 친구들로 가득 찬 곳 말일세. 내가 살아 있는 한 절대 잊을 수 없는 밤이 있지. 로지 로즌설이 거기서 총에 맞은 날. 우리 테이블엔 여섯 명이 있었고, 로지는 저녁 내내 많이 먹고 마셨어. 거의 아침이 되었을 때, 웨이터가 이상한 표정으로 다가와 말했다네. 누군가 밖에서 로지를 만나고 싶어 한다고 말이야. ‘좋아.’ 로지가 말하며 일어나려 해서 나는 그를 의자에 다시 눌러 앉혔어.

‘만나고 싶으면 저 자식들이 들어오게 해, 로지. 하지만 제발 이 방 밖으로는 나가지 마.’

그때가 새벽 4시였다네. 만약 우리가 블라인드를 올렸더라면 햇빛을 볼 수 있었겠지.”

“그래서 그가 나갔나요?” 내가 순진하게 물었다.

“물론 나갔지.” 울프샴이 분개하며 코를 내밀었다. “그가 문을 돌아서면서 말했다네. ‘웨이터가 내 커피를 가져가지 못하게 해!’ 그러고는 인도로 나가자마자 그놈들이 그의 배에 총을 세 방 쏘고는 차를 몰고 사라져버렸어.”

“그중 네 명이 전기의자로 사형당했었죠.” 내가 그 사건을 기억해내며 말했다.

---

* 브로드웨이와 43번가 근처에 위치한 호텔이다.

"베커까지 합하면 다섯 명이지." 그는 관심 어린 표정으로 콧구멍을 벌름거리며 나를 봤다. "비즈니스 거래처를 찾고 있는 모양이지."

이 두 문장이 나란히 나온 것이 놀라웠다. 개츠비가 나 대신 대답했다.

"아, 아니에요." 그가 외쳤다. "이 사람은 그 사람이 아닙니다."

"아니라고?" 울프샴은 실망한 듯 보였다.

"이 사람은 그냥 친구일 뿐이에요. 그건 나중에 다시 이야기하기로 했잖습니까."

"미안하군." 울프샴이 말했다. "내가 착각을 했어."

육즙이 가득한 맛있어 보이는 요리가 나왔고, 울프샴은 옛 메트로폴의 감상적인 분위기를 잊고 맹렬한 섬세함으로 식사를 시작했다. 그 사이 그는 눈으로 천천히 방 안을 두루 살폈다. 마지막에는 바로 뒤에 있는 사람들까지 확인하며 호를 그렸다. 만일 나만 없었다면 그가 우리 테이블 아래를 한 번 힐끗 쳐다보는 정도에 그쳤을 것이다.

"이봐요, 친구." 개츠비가 내 쪽으로 몸을 기울이며 말했다. "오늘 아침 차 안에서 당신을 좀 화나게 한 것 같아 걱정이에요."

그 특유의 미소가 다시 나타났지만 이번에는 나도 흔들리지 않았다.

"저는 수수께끼 같은 건 싫습니다." 내가 대답했다. "왜 솔직하게 당신이 원하는 걸 말하지 않는지 이해가 안 되는군요. 왜 모든 것을 베이커 양을 통해야 하는 거죠?"

“아, 전혀 숨긴 게 아니에요.” 그가 나를 안심시키며 말했다. “베이커 양은 훌륭한 운동선수잖아요. 뭐든지 옳지 않은 일을 절대 하지 않을 사람이죠.”

개츠비는 갑자기 시계를 보더니 벌떡 일어나 방을 서둘러 나갔다. 나는 울프샴과 단둘이 테이블에 남겨졌다.

“전화를 해야 한다네.” 울프샴이 시선으로 그를 따라가며 말했다. “멋진 친구야, 안 그런가? 잘생겼고 완벽한 신사지.”

“그렇죠.”

“영국의 옥스퍼드 출신이고 말이야.”

“네.”

“영국의 옥스퍼드 대학 말이야. 옥스퍼드 대학을 아나?”

“들어본 적은 있습니다.”

“세계에서 가장 유명한 대학 중 하나지.”

“개츠비 씨를 오래 알고 지내셨나요?” 내가 물었다.

“몇 년 되었지.” 그는 만족스러운 듯 대답했다. “전쟁 직후에 알게 됐다네. 한 시간 동안 이야기를 나누고 나서야 나는 훌륭한 품성을 지닌 사람을 만났음을 알았지. 마음속으로 이렇게 말할 정도였어. ‘이런 사람이면 집에 데려가서 어머니와 여동생에게 소개하고 싶군.’” 그는 잠시 말을 멈췄다. “내 커프스 단추를 보고 있구먼.”

사실 나는 그걸 보고 있지 않았지만, 그의 말 때문에 그것을 보게 되었다. 이상하게도 익숙한 상앗빛 조각들로 만들어진 단추들이었다.

“가장 좋은 인간의 어금니로 만든 거라네.” 그가 알려주었다.

"그렇군요!" 나는 그것들을 살펴보았다. "아주 흥미로운 발상이에요."

"맞아." 그는 윗도리 속에서 소매를 접어 올렸다. "개츠비는 여자에 대해서는 매우 신중해. 친구의 아내는 절대 쳐다보지도 않지."

이 본능적인 신뢰의 장본인이 다시 테이블로 돌아와 자리를 잡자 울프샴은 커피를 한 모금 급하게 마시고 자리에서 일어섰다.

"즐거운 식사였네." 그가 말했다. "두 젊은이를 그만 괴롭히고 이만 물러가야겠어."

"서두르지 마세요, 마이어." 개츠비가 별로 신나지 않은 목소리로 말했다. 울프샴 씨는 마치 축복을 내리듯 손을 들었다.

"고맙지만 나는 자네들과는 세대가 달라서 말이야." 그가 엄숙하게 말했다. "자네들은 여기 앉아 스포츠와 젊은 여자들에 대해 이야기하라고. 그리고…." 이어질 말은 알아서 상상하라는 듯이 그가 손짓했다. "나는 이제 쉰 살이고 더 이상 자네들에게 폐를 끼치고 싶지 않아."

울프샴이 악수하고 돌아설 때, 그의 비극적인 코가 떨리고 있었다. 내가 혹시 기분을 상하게 한 말이라도 했나 생각했다.

"울프샴 씨는 가끔 아주 감상적이 되죠." 개츠비가 설명했다. "오늘이 그런 날 중 하나예요. 뉴욕에서는 꽤 독특한 인물이지요…. 브로드웨이를 드나드는 사람이에요."

"도대체 누구죠, 배우인가요?"

"아니요."

"그럼 치과 의사인가요?"

"마이어 울프샴? 아니요. 그는 도박사입니다." 개츠비가 잠시 머뭇거리더니 차분하게 덧붙였다. "그가 바로 1919년에 월드시리즈*를 조작한 사람이에요."

"월드시리즈를 조작했다고요?" 내가 반복했다.

그 생각에 나는 깜짝 놀랐다. 물론 1919년에 월드시리즈가 조작된 사실은 알고 있었지만 만약 그때 그 일을 떠올렸다면 단지 자연스레 일어난 일, 불가피한 사슬의 끝이라고 생각했을 것이다. 한 사람이 5천만 명의 사람들의 믿음을 가지고 장난칠 수 있다는 생각은 전혀 할 수 없었다. 금고를 터는 도둑처럼 집요한 마음으로 말이다.

"그 사람은 어떻게 그런 짓을 한 거죠?" 내가 잠시 후 물었다.

"그냥 기회를 봤을 뿐이에요."

"대체 어떻게 감옥에 안 갔죠?"

"그 사람은 잡을 수가 없어요, 친구. 그는 영리한 사람이거든요."

나는 식사를 내가 계산하겠다고 우겼다. 웨이터가 거스름돈을 가져다줬을 때, 나는 붐비는 방 건너편에서 톰 뷰캐넌을 발견했다.

---

* 1919년 실제로 있었던 '블랙삭스 조작 사건'을 가리킨다. 시카고 화이트삭스 선수들이 도박 조직과 결탁해 월드시리즈를 고의로 패배시킨 승부조작 사건이다.

"잠깐 같이 갑시다." 내가 말했다. "인사해야 할 사람이 있어요."

톰이 우리를 보자 벌떡 일어나 우리 쪽으로 여섯 걸음 정도 달려왔다.

"어디 있었어?" 그가 간절하게 물었다. "전화도 안 한다고 데이지가 화가 났어."

"이쪽은 개츠비 씨, 이쪽은 뷰캐넌이에요."

그들은 잠시 악수를 나눴고, 개츠비의 얼굴에는 어색하고 낯선 당혹감이 스쳤다.

"아무튼 그동안 어떻게 지낸 거야?" 톰이 내게 물었다. "어떻게 여기까지 와서 밥을 먹게 된 거고?"

"개츠비 씨와 점심을 먹고 있었지."

나는 개츠비 쪽을 바라봤지만 그는 이미 그곳에 없었다.

*

1917년 10월 어느 날이었어요….

(그날 오후, 플라자 호텔의 티 가든에서 딱딱한 의자에 몸을 바짝 세우고 앉아 있던 조던 베이커가 말했다.)

저는 보도 위를 걷기도 하고 잔디 위를 걷기도 하며 이리저리 움직이고 있었어요. 잔디 위에서 걷는 게 더 즐거웠죠. 영국에서 가져온 고무 돌기가 박힌 신발을 신고 있었기 때문에 부드러운 잔디를 밟을 때마다 그 돌기를 꼭 물었거든요. 새로 산 체크무늬 치마도 입고 있었는데, 바람이 불 때마다 조금 펄럭였어요. 그러면 모든 집 앞에 걸린 빨강,

흰색, 파랑 깃발들이 뻣뻣하게 펴지며 '탓, 탓, 탓' 하고 못마땅한 듯 소리를 냈어요.

깃발과 잔디는 데이지 페이네 것이 가장 컸어요. 그녀는 겨우 열여덟 살로 저보다 두 살 많았고, 루이빌에서 가장 인기 있는 아가씨였죠. 데이지는 흰색 옷을 입고, 작은 흰색 로드스터를 몰고 다녔으며, 집 안에는 하루 종일 전화벨이 울렸죠. 캠프 테일러에서 온 흥분한 젊은 장교들이 그날 밤 그녀를 독차지하게 해달라고 요구했어요. "단 한 시간만이라도!"

그날 아침 데이지의 집 맞은편에 이르렀을 때, 그녀의 흰색 로드스터가 길 모퉁이에 세워져 있었고, 그녀는 제가 한 번도 본 적 없는 한 중위와 함께 앉아 있었어요. 두 사람은 서로에게 너무 몰두한 나머지 제가 1미터쯤 떨어진 곳에 설 때까지도 저를 보지 못했어요.

"안녕, 조던." 데이지가 놀란 듯이 저를 불러 말했어요. "이리 와봐."

데이지가 저에게 말을 걸고 싶어 한다는 사실에 기분이 좋았어요. 제가 좋아하는 언니들 중에서도 그녀를 가장 좋아했거든요. 그녀는 제가 적십자사에 붕대를 만들러 가는지 물었어요. 그렇다고 했더니, 그날은 자신이 갈 수 없으니 제가 대신 전해주겠느냐고 부탁했어요. 그 중위는 데이지가 말하는 동안 데이지를 바라보았는데, 젊은 아가씨라면 언젠가 한 번쯤 받고 싶어 하는 바로 그런 시선이었죠. 그 시선이 너무 낭만적이었어서 그 장면을 지금까지도 기억하고 있어요. 그의 이름은 제이 개츠비였고, 제가 그를 다시 보기까지 4년이 넘는 시간이 걸렸어요. 롱아일랜드에서 만났을 때조차 저는 그가 같은 사람인 줄 몰랐죠.

그때가 1917년이었어요. 그다음 해가 되자 저도 남자친구가 몇 명 생겼고, 토너먼트 경기에 참가하기 시작하면서 데이지를 자주 볼 수 없게 되었어요. 그녀는 약간 나이가 더 많은 무리와 어울렸어요. 사람을 만날 때조차도요. 데이지에 대한 소란스러운 소문이 떠돌았어요. 어느 겨울밤, 그녀가 해외로 나가는 군인에게 작별 인사를 하러 뉴욕에 가기 위해 가방을 싸는 것을 어머니에게 들켰다는 이야기였죠. 결국 그녀는 뉴욕에 못 가게 되었고 몇 주 동안 가족과 대화조차 하지 못했어요. 그 후로 그녀는 군인들과 어울리지 않았고, 단지 마을에서 군대에 들어갈 수 없는, 발이 느리고 시야가 좁은 몇몇 젊은이들과만 어울렸어요.

그다음 가을이 되자 데이지는 다시 활기를 찾았어요. 예전처럼 쾌활해졌요. 휴전 후 사교계에 데뷔하더니 2월쯤에는 뉴올리언스 출신 남자와 약혼했죠. 6월에 시카고 출신 톰 뷰캐넌과 결혼했는데, 루이빌에서 이전에는 없던 성대한 결혼식이었어요. 신랑은 100명이나 되는 하객을 기차 네 대로 데리고 왔고, 실바크 호텔 한 층 전체를 빌렸어요. 결혼식 전날에는 데이지에게 35만 달러나 하는 진주 목걸이도 선물했고요.

저는 신부 들러리였어요. 결혼식 전날 피로연이 열리기 30분 전에 데이지의 방에 들어갔을 때, 그녀는 꽃무늬 드레스를 입고 6월의 여름밤처럼 아름답게 침대에 누워 있었지만, 원숭이처럼 취해 있었어요. 한 손에는 소비뇽 와인 병을 들고, 다른 손에는 편지를 들고 있었죠.

"축하해줘." 데이지가 중얼거렸어요. "한 번도 술을 마셔 본 적 없었는데. 아, 얼마나 즐거운지 돌라."

"무슨 일이야, 데이지?"

정말 무서웠어요. 그런 데이지의 모습을 한 번도 본 적이 없었거든요.

"자, 여기." 그녀는 침대 위에 함께 놓인 휴지통을 더듬더듬 뒤지더니 진주 목걸이를 꺼냈어요. "이거 가져가서 아래 층에 있는 주인에게 돌려줘. 그리고 모두에게 데이지 마음이 바뀌었다고 전해. '데이지 마음이 바뀌었어!'라고 말해!"

데이지는 울기 시작했어요. 계속 울고 또 울었어요. 저는 급히 나가 그녀 어머니의 가정부를 불렀고, 우리는 문을 잠그고 그녀를 차가운 욕조에 넣었어요. 데이지는 편지를 놓으려 하지 않았어요. 욕조 안으로 편지를 가지고 들어가 젖은 공처럼 구겼고, 마치 눈처럼 조각조각 부서지는 것을 보고서야 제가 그것을 비누받침에 놓도톡 허락했어요.

데이지는 더 이상 아무 말도 하지 않았어요. 우리는 그녀에게 암모니아 향을 들이마시게 하고 이마에 얼음을 올려주고 다시 드레스를 입혔어요. 그리고 한 시간도 채 안 되어 방을 나섰을 때, 진주 목걸이는 이미 그녀 목에 걸려 있었고 사건은 끝이 났죠. 다음 날 5시에 그녀는 떨림도 없이 톰 뷰캐넌과 결혼했고, 남태평양으로 3개월간의 여행을 떠났어요.

그들이 돌아왔을 때 저는 샌타바버라에서 그들을 보았고, 그보다 남편에게 미친 듯이 빠진 여자를 본 적이 없다고 생각했어요. 그가 잠시 방을 떠나기라도 하면 그녀는 불안하게 두리번거리며 "톰은 어디 갔어?"라고 말했고, 그가 문으로 들어오는 것을 볼 때까지 가장 멍한 표정을 지었어요. 그녀는 몇 시간이고 모래 위에 앉아 그의 머리를 무릎 위에 올려놓고 손가락으로 그의 눈을 문지르며 헤아릴 수 없는 기쁨으로 그를 바라보곤 했어요. 그들을 보는 것은 감동적이었고, 조용히 매료되어 웃음이 나오게 했어요. 그게 8월의 일이었어요. 제가 샌타바버라를 떠난 지 일주일 후, 톰은 어느 날 밤 벤투라 도로에서 마차와 충돌해 그의 차 앞바퀴 하나를 부러뜨렸어요. 함께 있던 여자도 팔이 부러져 뉴스에 나왔어요. 그 여자는 샌타바버라 호텔의 객실 여종 중 한 명이었죠.

그다음 해 4월, 데이지는 딸을 낳았고, 그들은 1년 동안 프랑스로 갔어요. 저는 어느 봄에 칸에서 그들을 만났고, 나중에는 도빌에서도 만났으며, 그 후 시카고로 돌아와 정착했어요. 알다시피 데이지는 시카고에서 인기가 많았어요. 그들은 모두 젊고 부유하며 거친 무리와 어울렸지만, 데이지는 완벽에 가까운 평판을 유지했죠. 아마도 그녀가 술을 마시지 않았기 때문일 거예요. 술을 많이 마시는 사람들 사이에서 술을 마시지 않는 것은 큰 이점이에요. 말을 삼가할 수 있고, 더구나 자신의 작은 불규칙함을 다른 사람들이 전혀 보지 못하거나 신경 쓰지 않을 때에 맞춰서 조절할 수도 있어요. 아마도 데이지는 전혀 사랑 놀이에 빠지지 않았을지도 모르지만… 그럼에도 그녀의 목소리에는 뭔가 있었어요….

음, 6주 전쯤, 데이지는 수년 만에 처음으로 개츠비라는 이름을 들었어요. 기억나요? 당신에게 웨스트에그의 개츠비를 아느냐고 물었을 때요. 당신이 집에 간 후, 데이지가 제 방으로 들어와 저를 깨우며 말했어요. "어떤 개츠비 말이야?" 그 사람을 설명하면서 저는 반쯤 잠들어 있었는데, 데이지는 가장 이상한 목소리로 분명 예전에 알던 남자일 거라고 하더군요. 그제야 저는 이 개츠비라는 남자와 그녀의 흰색 자동차에 앉아 있던 장교를 연관 지을 수 있었죠.

*

조던 베이커가 이 모든 이야기를 마쳤을 때는 우리가 플라자를 떠난 지 이미 30분쯤 되어 있었고, 마차를 타고 센트럴파크를 달리고 있었다. 태양은 웨스트 50번가의 영화배우들이 사는 아파트 뒤로 저물고 있었고, 풀밭 위에 귀뚜라미처럼 모여 있는 아이들의 맑은 목소리가 뜨거운 땅거미 속을 가르며 퍼져 나왔다.

> *나는 아라비아의 족장*
> *그대의 사랑은 내 것이오*
> *밤에 그대가 잠들면*
> *그대의 천막 속으로 몰래 들어가리…*

"이상한 우연이군요." 내가 말했다.
"하지만 전혀 우연이 아니었어요."

"왜요?"

"개츠비가 그 집을 산 건 데이지가 바로 그 만 건너편에 살기 때문이었으니까요."

그제야 그가 단순히 6월 밤의 별들만을 바라본 것이 아니었음을 깨달았다. 그는 갑자기 목적 없는 화려함의 자궁에서 나와 나에게 살아 있는 존재로 다가왔다.

"그가 부탁하고 싶어 하는 건…." 조던이 계속 말했다. "당신이 어느 날이든 오후에 데이지를 집으로 초대하면, 그때 자신이 살짝 들러도 되겠느냐는 거예요."

그 소박한 요구에 나는 놀랐다. 개츠비는 5년을 기다려서, 우연히 날아드는 나방들에게 별빛을 뿌리기 위해 저택을 산 것이었다. 자신은 그저 어느 오후 낯선 사람의 정원에 '살짝 들르기' 위해서였다.

"그런 사소한 부탁을 하기 위해 이 모든 걸 내가 알아야 했나요?"

"그 사람은 겁이 많아요. 너무 오래 기다렸거든요. 당신이 불쾌해할까 봐 걱정도 했고요. 겉으로는 다 부드러워 보이지만 집요한 면도 있지요."

뭔가 마음에 걸렸다.

"왜 당신에게 만남을 주선해달라고 하지 않았을까요?"

"그는 데이지가 자신의 저택을 보길 원해요." 조던이 설명했다. "그리고 당신 집이 바로 옆이잖아요."

"아!"

"어느 날 밤 데이지가 자신의 파티에 슬쩍 나타나길 반쯤 기대했던 것 같아요." 조던이 계속 말했다. "하지만 데이지는 한 번도 나타나지 않았죠. 그러자 그는 사람들에게 그녀를 아는지 슬쩍 묻기 시작했고, 그렇게 그가 찾은 첫 번째 사람이 저였어요. 바로 그날 밤, 그는 무도회에서 저를 불렀죠. 그가 얼마나 정교하게 그 상황을 준비했는지 당신도 들었어야 했는데. 물론 저는 바로 뉴욕에서 점심을 먹자고 제안했죠. 그런데 그가 거의 미칠 것 같았어요.

'나는 특별한 일을 하고 싶은 게 아니에요!' 그가 계속 말했어요. '바로 옆집에서 그녀를 만나고 싶을 뿐이에요.'

당신이 톰의 특별한 친구라고 말하자 그는 그 계획을 전부 포기하려 했어요. 그는 톰에 대해 잘 알지 못했지만, 몇 년 동안 시카고 신문을 읽었다고 하더군요. 데이지의 이름이라도 스치듯 볼 수 있을까 해서요."

이제 날이 어두워졌고, 작은 다리 아래를 지날 때 나는 조던의 황금빛 어깨에 팔을 두르고 그녀를 내 쪽으로 끌어당기며 저녁 식사에 초대했다. 갑자기 나는 데이지와 개츠비에 대한 생각을 하지 않고, 보편적 회의주의를 갖고 있는, 단단하고 깔끔하며 머리가 조금 나쁜 이 사람만 떠올렸다. 그녀는 내 팔 안쪽에서 경쾌하게 기대앉아 있었다. 흥분된 느낌과 함께 귓가에는 한 구절이 맴돌았다. '쫓기는 자, 쫓는 자, 바쁜 자, 그리고 지친 자만 있을 뿐이다.'

"데이지도 자기만의 삶이 필요해요." 조던이 나에게 중얼거렸다.

"그녀가 개츠비를 만나고 싶어 할까요?"

"데이지는 이 일에 대해 알면 안 돼요. 개츠비가 그걸 원하지 않거든요. 당신은 그냥 그녀에게 차를 마시러 오라고 초대하면 돼요."

우리는 어두운 나무 장벽을 지났고, 곧 59번가 앞으로 은은한 빛이 내려앉은 한 블록이 공원으로 빛을 비추었다. 개츠비나 톰 뷰캐넌과 달리 내게는 어둡게 드리운 처마와 눈부신 간판 사이로 떠다니는 형체 없는 얼굴의 여자가 없었기에, 나는 옆에 있는 여자를 내 곁으로 끌어당기며 팔을 조였다. 그녀의 비웃는 듯한 창백한 입술이 미소 지었고, 이번에는 얼굴 가까이로 그녀를 다시 끌어당겼다.

V

　그날 밤 웨스트에그로 돌아왔을 때, 나는 집에 불이 난 줄 알고 깜짝 놀랐다. 새벽 2시인데 웨스트에그 반도의 한 모퉁이 전체가 불타오르듯 밝게 빛나 있었고, 그 빛은 덤불 위에 비현실적으로 내려앉아 가느다란 빛줄기를 도로변의 전선 위로 길게 늘어뜨리고 있었다. 모퉁이를 돌아서야 나는 그것이 꼭대기에서부터 지하실까지 온통 불을 밝혀둔 개츠비의 저택이라는 사실을 알았다.

　처음에는 또 다른 파티가 있는 줄 알았다. 집 전체를 열어놓고 '숨바꼭질'이나 '상자 속 정어리'* 같은 놀이를 벌이는 난장판쯤으로 생각했다. 그러나 아무 소리도 들리지 않았다. 다만 나무 사이로 바람이 불어 전선을 흔들었고, 그로 인해 불빛이 깜빡이며 집이 어둠 속에서 윙크하는 듯 보였다. 택시가 신음하며 멀어질 때, 개츠비가 잔디밭을 가로질러 내 쪽으로 걸어오는 것이 보였다.

　"당신 집은 꼭 세계 박람회 같아요." 내가 말했다.

　"그런가요?" 그는 무심히 눈길을 그쪽으로 돌렸다. "방 몇 개를 들여다보고 있었지요. 우리 코니아일랜드에 갈까요, 친구? 내 차로 말이에요."

---

* 숨바꼭질과는 반대로 한 사람이 숨고 나머지가 그 사람을 찾으러 다니는 놀이.

"너무 늦었는걸요."

"그럼 수영장에 몸이나 담가볼까요? 여름 내내 한 번도 쓰질 않았거든요."

"전 이제 자야겠어요."

"어쩔 수 없군요."

그는 마음을 억누르고 나를 바라보며 기다렸다.

"베이커 양과 이야기했습니다." 잠시 후 내가 말했다. "내일 데이지에게 전화를 걸어 우리 집에 차를 마시러 오라고 초대할 거예요."

"아, 그거 좋군요." 그는 아무렇지 않은 듯 말했다. "당신에게 폐 끼치고 싶진 않아요."

"언제가 좋을까요?"

"언제가 좋으세요?" 그가 재빨리 내 말을 받으며 물었다. "당신한테 정말로 폐를 끼치고 싶진 않아요, 알겠죠."

"모레쯤 어때요?"

그는 잠시 생각하더니 마지못한 듯 말했다.

"잔디를 좀 깎아야겠어요."

우리는 둘 다 잔디밭을 내려다보았다. 우리 집의 지저분한 잔디가 끝나고 잘 다듬어진 개츠비의 잔디가 시작되는 경계가 뚜렷했다. 나는 그가 우리 집 잔디를 말하고 있다는 생각이 들었다.

"또 한 가지 말씀드릴 작은 일이 있는데요." 그가 머뭇거리며 말했다.

"약속을 며칠 미루는 게 나을까요?" 내가 물었다.

"아, 그 일 때문은 아니에요. 적어도…." 그는 말을 시작하다가 멈추기를 반복했다. "저기, 말이죠, 친구…. 당신은 돈을 그다지 많이 버는 편은 아니죠?"

"많이 버는 편은 아닙니다."

내 말이 그를 안심시킨 듯했고, 그는 한결 자신 있게 말을 이어갔다.

"그럴 줄 알았어요. 무례하게 들리지 않길 바랍니다만, 제가 곁다리로 작은 사업을 하나 하고 있거든요. 일종의 부업이라고 할까요. 그래서 말인데, 당신이 그렇게 많은 돈을 버는 게 아니라면… 채권을 판다면서요, 친구?"

"노력은 하고 있습니다."

"그럼 이 일에 관심이 생길지도 모르겠네요. 시간도 많이 안 들고 꽤 괜찮은 돈을 벌 수 있을 겁니다. 다만 이게 좀 비밀스러운 일이라서요."

생각해보면, 다른 상황이었다면 그 대화가 내 인생의 중대한 순간 중 하나가 되었을지도 모른다. 하지만 그 제안은 분명하고도 서투르게 어떤 대가를 기대하는 것이었기에, 나는 그 자리에서 단호히 거절할 수밖에 없었다.

"이미 일들이 꽉 차 있어요." 내가 말했다. "정말 고맙지만 다른 일을 맡을 수 없겠네요."

"울프샴하고 직접 거래할 필요는 없을 겁니다." 그가 보기엔 내가 점심 식사를 하며 언급된 그 '사업 거래처'라는 말 때문에 피하는 줄 알았던 모양이다. 하지만 나는 그렇지 않다고 그를 안심시켰다. 그는 내가 대화를 이어주기를 바라며 잠시 더 머물렀지만, 나는 이미 생각에 잠겨 그에게 반응할 여유가 없었다. 그래서 그는 못내 아쉬운 듯 집으로 돌아갔다.

그날 밤은 이상하리만큼 들뜨고 기분이 좋았다. 아마 문을 들어서면서 곧바로 깊은 잠에 빠졌던 것 같다. 그래서 개츠비가 결국 코니아일랜드에 갔는지, 아니면 그 화려한 불빛 속에서 몇 시간이나 방들을 '들여다보았는지'는 알지 못한다. 다음 날 아침, 나는 사무실에서 데이지에게 전화를 걸어 차 한잔하러 오라고 초대했다.

"톰은 데려오지 않으면 좋겠는데." 나는 그녀에게 단단히 당부했다.

"뭐라고요?"

"톰은 데려오지 말아줘."

"톰이 누구죠?" 그녀는 천진한 목소리로 물었다.

약속한 날은 억수같이 비가 쏟아졌다. 오전 11시쯤, 비옷을 입은 한 남자가 잔디 깎는 기계를 끌며 내 현관문을 두드렸다. 개츠비가 잔디를 깎으라고 보냈다고 했다. 그제야 나는 핀란드인 가정부에게 돌아오라고 말하는 걸 깜빡했다는 사실을 떠올렸다. 그래서 나는 비에 젖은 석회색 골목들을 헤매며 그녀를 찾아낸 다음, 찻잔과 레몬, 그리고 꽃을 사기 위해 웨스트에그로 차를 몰았다.

꽃은 살 필요가 없었다. 2시가 되자 개츠비의 집에서 거의 온실 하나가 통째로 도착했기 때문이다. 수없이 많은 꽃이 담긴 그릇들이 함께 실려 있었다. 한 시간쯤 지나 현관문이 조심스레 열리더니, 흰 플란넬 양복에 은빛 셔츠, 금빛 넥타이를 맨 개츠비가 급히 들어왔다. 그의 얼굴은 창백했고, 두 눈 아래엔 잠을 못 잔 흔적이 짙게 드리워 있었다.

"준비는 잘 되었나요?" 그가 들어서자마자 물었다.

"잔디 얘기라면 아주 좋아요."

"잔디요?" 그는 멍한 표정으로 되물었다. "아, 마당의 잔디 말이군요." 그는 창밖을 내다보았지만 그 표정을 보니 아무것도 보지 못한 듯했다.

"아주 좋아 보이는군요." 개츠비는 어딘가 산만한 어조로 말했다. "어떤 신문에서는 비가 4시쯤 그칠 거라고 했어요. 아마 《저널》이었던 것 같은데. … 차를 마시는 데 필요한 건 다 준비된 건가요?"

나는 그를 식료품 저장실로 데려갔다. 그곳에서 그는 핀란드인 가정부를 약간 나무라는 듯 바라보았다. 우리는 함께 델리에서 사 온 레몬 케이크 열두 개를 살펴보았다.

"이걸로 괜찮을까요?" 내가 물었다.

"물론이죠, 물론입니다! 완벽해요!" 그리고 그는 어딘가 공허한 목소리로 덧붙였다. "…친구."

비는 3시 반쯤 젖은 안개로 바뀌었고, 그 사이로 가끔씩 이슬 같은 가는 빗방울이 흘러내렸다. 가츠비는 공허한 눈으로 클레이의 『경제학』을 들여다보며, 부엌 바닥을 흔드는 핀란드인 가정부의 발걸음을 바라보다가 때때로 흐린 창문을 향해 시선을 던졌다. 마치 눈에 보이지는 않지만 위험한 일이 외부에서 일어나고 있는 듯했다. 마침내 그는 자리에서 일어나 모호한 목소리로 집에 가겠다고 말했다.

"왜 그러세요?"

"차를 마시러 오는 사람이 아무도 없잖아요. 너무 늦었어요!" 그는 마치 다른 곳에서 급히 볼 일이 있는 듯 시계를 바라보았다. "하루 종일 기다릴 수는 없어요."

"바보 같은 소리 말아요. 이제 겨우 4시잖아요."

그는 내가 밀치기라도 한 것처럼 초라하게 다시 앉았다. 그 순간, 자동차 한 대가 우리 집 진입로로 들어서는 소리가 들렸다. 우리 둘 다 벌떡 일어났고, 나도 조금 당황하며 마당으로 나갔다.

물방울이 똑똑 떨어지는 앙상한 라일락 나무 아래로 큰 오픈카가 진입로를 따라 올라오고 있었다. 차가 멈추었다. 삼각형 모양의 라벤더색 모자를 살짝 기울인 채 데이지의 얼굴이 나를 향해 밝고 황홀한 미소를 지었다.

"정말 여기가 오빠가 사는 곳이에요?"

빗속에서 울려 퍼진 그녀의 목소리는 짜릿한 전율을 일으키는 강장제 같았다. 나는 잠시, 단지 귀로만 그 소리를 따라 위아래로 움직이며 따라가야 했고, 그제야 몇 마디 말이 들려왔다. 축축하게 젖은 머리카락 한 줄기가 그녀의 볼 위를 파란 물감 자국처럼 가로지르고 있었고, 내가 차에서 내리는 것을 도와주며 잡은 그녀의 손은 반짝이는 물방울로 젖어 있었다.

"나를 사랑하나요?" 데이지가 내 귀에 낮게 속삭였다. "아니면 왜 나 혼자만 오라고 했던 거죠?"

"그건 래크렌트 성*의 비밀이야. 네 운전사에게 멀리 가서 한 시간 정도 시간을 보내다 오라고 해."

"한 시간 후에 돌아와요, 퍼디." 그러고는 낮고 엄숙하게

---

* 아일랜드의 소설가 마리아 에지워스(Maria Edgeworth)가 쓴 소설 제목이다.

중얼거렸다. "저 사람 이름이 퍼디예요."

"휘발유 냄새만 맡다가 코가 무뎌진 거 아니야?"

"그런 것 같지 않아요." 그녀가 천진난만하게 대답했다. "근데 그건 왜요?"

우리는 안으로 들어갔다. 믿기지 않게도 거실에는 아무도 없었다.

"이것 참 이상하군!" 내가 소리쳤다.

"뭐가 이상하다는 거예요?"

그때 정문에서 위엄 있게 문을 두드리는 소리가 들리자 데이지는 고개를 돌렸다. 내가 나가서 문을 열었다. 마치 죽은 사람처럼 창백한 얼굴의 개츠비가 코트 주머니 속에 무거운 것이라도 쥔 것처럼 손을 찔러 넣고 물웅덩이에 서서 슬픈 눈빛으로 나를 응시하고 있었다.

개츠비는 여전히 코트 주머니에 손을 넣은 채 내 곁을 지나 복도로 들어가더니, 마치 전깃줄에 닿은 것처럼 갑자기 방향을 틀어 거실로 사라졌다. 전혀 웃기지 않았다. 내 심장이 요란히 뛰는 것을 의식하며 나는 점점 세차게 쏟아지는 비를 막기 위해 문을 닫았다.

잠시 아무 소리도 들리지 않았다. 그러다 거실에서 무언가 목이 막힌 듯한 중얼거림과 드문드문 웃음소리가 들렸고, 이어 데이지의 인위적인 맑은 목소리가 울려 퍼졌다.

"다시 만나게 되어 정말 기뻐요."

잠시 말이 멈췄다. 그 시간이 끔찍할 만큼 길게 느껴졌다. 나는 복도에서 할 일이 없어 방 안으로 들어갔다.

개츠비는 여전히 손을 주머니에 넣은 채 억지로 여유로

운 척, 심지어 지루하다는 듯이 태연한 척을 하며 벽난로 위에 기대어 있었다. 그의 머리는 너무 뒤로 젖혀져 고장 난 벽난로 시계에 닿아 있었고, 그 위치에서 그의 당황한 눈은 겁먹었지만 우아하게 의자 끄트머리에 앉아 있는 데 이지를 내려다보고 있었다.

"우리, 전에 만난 적 있죠." 개츠비가 중얼거렸다. 그의 눈이 잠시 나를 스쳤고, 입술은 웃음을 흉내 내려다 망친 채 벌어졌다. 다행히도 그 순간 시계가 그의 머리에 눌려 위험하게 기울었고, 그는 떨리는 손가락으로 시계를 잡아 제자리에 놓았다. 그런 다음 그는 뻣뻣하게 소파 팔걸이에 팔꿈치를 괴고 턱을 손에 받친 채 앉았다.

"시계를 건드려 미안합니다." 그가 말했다.

이제는 내 얼굴이 화끈거림으로 달아올랐다. 머릿속 수 천 개의 흔한 말 중 하나도 꺼낼 수 없었다.

"오래된 시계라 괜찮아요." 나는 멍청하게 말했다.

잠시 우리는 모두 시계가 바닥에서 산산조각이 난 줄로 믿었던 것 같다.

"정말 오랜만이에요." 데이지가 최대한 담담한 목소리로 말했다.

"11월이면 5년입니다."

개츠비의 기계적인 대답 때문에 우리는 최소한 1분쯤 더 멈춰 있었다. 나는 두 사람을 붙잡고 필사적으로 주방에서 차를 준비하도록 도와달라고 권했다. 그 순간 악마 같은 핀 란드인 가정부가 쟁반에 차를 들고 들어왔다.

찻잔과 케이크가 오가는 어수선한 환대 속에서 어느 정

도 절제된 분위기가 잡혔다. 개츠비는 그림자 속에 몸을 숨기고, 데이지와 내가 이야기를 나누는 동안 긴장되고 불행한 눈빛으로 우리 둘을 번갈아 바라보았다. 하지만 억지로 침착한 척하는 것도 더는 의미가 없어서, 나는 적당한 핑계를 대고 자리에서 일어났다.

"어디 가는 거예요?" 개츠비가 즉시 놀라 물었다.

"금방 돌아올게요."

"가기 전에 이야기할 게 있어요."

그는 미친 듯이 나를 따라 부엌으로 들어왔고, 문을 닫은 뒤 비참한 목소리로 속삭였다. "오, 세상에!"

"무슨 일이에요?"

"이건 끔찍한 실수예요." 개츠비는 머리를 좌우로 흔들며 말했다. "끔찍하고 끔찍한 실수라고요."

"그저 당황한 것뿐이에요." 다행히 나는 덧붙였다. "데이지도 당황했고요."

"그녀가 당황했다고요?" 그는 믿기지 않는 듯 되물었다.

"당신만큼이나 말이에요."

"그렇게 크게 말하지 말아요."

"당신은 지금 어린애처럼 행동하고 있어요." 나는 참지 못하고 불같이 말했다. "게다가 무례하기까지 하죠. 데이지가 지금 저 안에 혼자 앉아 있습니다."

개츠비는 내 말을 막으려 손을 들었고 잊을 수 없는 책망의 눈빛으로 나를 바라본 뒤, 조심스럽게 문을 열고 다시 방으로 돌아갔다.

나는 뒷문으로 나왔다. 마치 30분 전에 긴장한 채 집을 한 바퀴 돌았던 개츠비처럼. 그리고 비를 막아주는 울창한 잎사귀로 빽빽한, 거대한 검은 나무를 향해 달렸다. 다시 비가 쏟아졌고, 개츠비의 정원사가 잘 깎아놓은 나의 들쭉날쭉한 잔디에는 작은 진흙 웅덩이와 선사시대의 늪 같은 것들이 가득했다. 나무 밑에서는 볼 것이 없었고, 오직 개츠비의 거대한 집만이 보였다. 나는 칸트가 그의 교회 첨탑을 바라보듯 그 집을 한참 동안 바라보았다. 한 양조업자가 '시대'의 유행에 따라 약 10년 전쯤 이 집을 지었는데, 이웃 집들에 지붕을 짚으로 얹는다면 그 집들의 5년 치 세금을 자신이 내주겠다고 했다는 이야기가 있었다. 아마 그들이 거절했기 때문에 한 가문을 세우려는 그의 계획은 좌절되었고, 그 양조업자는 곧바로 쇠퇴기에 접어들었다. 그의 자녀들은 문에 아직 검은 장례 화환이 걸려 있을 때 그 집을 팔았다. 미국인들은 기꺼이, 심지어 열심히 종노릇을 하려는 경향이 있지만, 농민 신분이 되는 것만큼은 늘 고집스럽게 거부해왔다.

한 시간 반쯤 지나자 햇살이 다시 비쳤고, 식료품점 자동차가 개츠비 집의 진입로를 돌아 하인들의 저녁 식사 재료를 실어 나르고 있었다. 나는 그가 한 숟가락도 먹지 않을 것임을 확신했다. 가정부 한 명이 집의 높은 창문들을 열기 시작했고, 잠깐씩 각 창문에 모습을 드러낸 뒤, 큰 중앙 창에서 몸을 내밀고 명상하듯 정원에 침을 뱉었다. 돌아가야 할 시간이었다. 비가 내리는 동안에는 그들의 목소리가 속삭이듯 들리고 때때로 감정의 돌풍으로 조금씩 부풀어 오르는 듯했지만, 새로 찾아온 고요 속에서 나는 집 안에도 이미 침묵이 깃들었음을 느꼈다.

나는 부엌에서 스토브를 넘어뜨리는 것만 빼고 가능한 한 모든 소리를 냈다. 하지만 그들은 아무 소리도 듣지 못한 것 같았다. 그들은 소파 양 끝에 앉아 서로를 바라보고 있었는데, 마치 어떤 질문이 던져졌거나 공기 중에 맴돌고 있는 듯했으며, 어색함의 흔적은 완전히 사라져 있었다. 데이지의 얼굴에는 눈물이 번져 있었고, 내가 들어섰을 때 그녀는 깜짝 놀라 일어나 손수건으로 거울 앞에서 눈물을 닦기 시작했다. 하지만 개츠비에게는 설명할 수 없는 변화가 있었다. 그는 말이나 환희의 몸짓 없이도 문자 그대로 빛나고 있었고, 새로운 행복감이 그에게서 흘러나와 작은 방 안을 가득 채웠다.

"오. 돌아왔군요, 친구." 그는 마치 수년 만에 나를 보는 듯 말하며 잠시 손을 잡으려는 듯한 기색을 보였다.

"비가 그쳤어요."

"그런가요?" 내가 한 말의 뜻, 즉 방 안에 햇살이 반짝이고 있다는 것을 깨닫자 그는 날씨를 전하는 사람처럼, 반복되는 빛의 열광적인 후원자처럼 미소 지으며 그 소식을 데이지에게 전했다. "어때요? 비가 그쳤대요."

"좋네요, 제이." 그녀의 목소리는 아픈 듯 슬픔이 배어 있는 아름다움으로 가득했지만, 오직 예상치 못한 기쁨만을 전했다.

"자네와 데이지를 우리 집으로 초대하고 싶어요." 개츠비가 말했다. "그녀에게 집을 보여주고 싶거든요."

"정말 나도 함께 가길 바라는 겁니까?"

“물론이지요, 친구.”

데이지는 위층으로 세수를 하러 올라갔고, 나는 수건을 너무 늦게 생각해낸 것을 부끄러워했다. 그동안 개츠비와 나는 잔디밭에서 기다렸다.

“우리 집 괜찮아 보이지 않아요?” 그가 물었다. “앞면 전체가 햇빛을 받는 것 좀 봐요.”

나는 정말 멋지다고 동의했다.

“그래요.” 그의 눈이 아치형 문과 네모난 탑까지 집 전체를 훑었다. “이 집을 살 돈을 버는 데 정확히 3년 걸렸어요.”

“저는 상속받았다고 생각했어요.”

“그랬죠, 친구.” 그는 무심하게 말했다. “하지만 대부분을 대공황 때 잃었어요…. 전쟁의 공황 말입니다.”

개츠비는 자신이 지금 무슨 말을 하고 있는지 거의 의식하지 못하는 것 같았다. 내가 그에게 직업이 무엇이냐고 묻자, 그는 “그건 내 문제입니다.”라고 답했는데 곧 그것이 적절한 대답이 아님을 깨달았다.

“아, 여러 일을 했었죠.” 그가 스스로 정정했다. “약국 사업도 했고, 그다음에는 석유 사업도 좀 했고요. 하지만 지금은 둘 다 그만뒀습니다.” 그는 나를 좀 더 주의 깊게 바라보았다. “지난밤에 내가 제안한 건 곰곰이 생각해봤나요?”

내가 대답하기도 전에 데이지가 집에서 나왔고 그녀의 드레스에 두 줄로 달린 황동 단추가 햇살에 반짝였다.

“저 큰 저택에 산다는 건가요?” 그녀가 손가락을 가리키며 외쳤다.

“마음에 들어요?”

"정말 마음에 들어요. 하지만 어떻게 혼자 저기서 살 수 있는지 모르겠어요."

"항상 집을 흥미로운 사람들로 가득 채워두죠. 낮이든 밤이든 상관없이 흥미로운 일을 하는 사람들과 유명한 사람들을 말이에요."

해협을 따라 지름길로 가지 않고 우리는 길을 따라 내려가 큰 뒷문으로 들어갔다. 데이지는 뭔가에 홀린 듯이 중얼거리면서 함께 하늘을 배경으로 한 봉건시대풍 저택의 실루엣 이쪽저쪽을 감탄하며 바라보았다. 수선화의 반짝이는 향기, 산사나무와 자두꽃의 가벼운 향기, 그리고 제비꽃의 연한 금빛 향기가 공기 중에 퍼져 있는 정원을 감탄하며 걸었다. 대리석 계단에 도착했을 때는 그 화려한 드레스들이 드나드는 소란스러움도 없었고 나무 사이에서 새들의 지저 귐만 들리는 것이 이상하게 느껴졌다.

안으로 들어서 마리 앙투아네트풍 음악실과 복고풍 살롱을 돌아다니면서 나는 소파나 테이블 뒤에 손님들이 숨어 있는 듯한 느낌을 받았다. 우리가 지나갈 때까지 숨죽인 채 기다리라는 명령을 받은 것처럼 말이다. 개츠비가 '머턴 대학 서재'의 문을 닫을 때, 나는 부엉이 눈의 남자가 유령 같은 웃음을 터뜨리는 소리를 들은 것만 같았다.

우리는 2층으로 올라갔다. 장미빛과 라벤더빛 비단으로 장식하고 신선한 꽃으로 꾸며 생기 가득한 고풍스러운 침

---

* 영국 옥스퍼드 대학교에 속한 단과 대학 도서관으로, 개츠비가 이곳을 본떠 서재를 만들었다.

심들, 의상실과 당구장, 그리고 움푹 파인 욕조가 있는 욕실을 지나쳤다. 한 방에서는 흐트러진 잠옷 차림의 남자가 바닥에서 간 운동을 하고 있었는데, 그는 '하숙생' 클럽스프링어였다. 나는 그날 아침 그가 해변을 배회하며 배고파하던 모습을 본 적이 있었다. 마침내 우리는 개츠비의 방에 들어갔다. 그곳은 침실과 욕실, 그리고 애덤식으로 꾸며진 서재가 있었고, 우리는 그 방에 앉아 그가 벽 찬장에서 꺼낸 샤르트뢰즈를 한 잔씩 마셨다.

개츠비는 한순간도 데이지를 바라보는 눈을 멈추지 않았고, 나는 그가 집안의 모든 것을 그녀의 사랑스러운 눈빛이 보여주는 반응의 척도로 새롭게 평가한 것 같았다. 때때로 그는 소유물들을 멍하니 바라보기도 했는데, 그녀가 실제로, 믿기 힘들 만큼 놀랍게 눈앞에 있는 순간에는 그 어떤 것도 더 이상 현실이 아닌 것처럼 느끼는 듯했다. 한번은 거의 계단에서 굴러 떨어질 뻔하기도 했다.

개츠비의 침실은 화장대에 놓인 순금으로 장식된 화장 도구만 빼고 보자면 모든 방 중에서 가장 단순했다. 데이지는 기쁘다는 듯이 빗을 들어 머리를 빗었고, 그제서야 개츠비는 앉아 눈을 가리며 웃기 시작했다.

"정말 웃긴 일이지요, 친구." 그가 깔깔 웃으며 말했다. "나는 못하겠소…. 아무리 해보려고 해도…."

개츠비는 눈에 띄게 두 가지 감정을 거쳐 세 번째 상태에 들어서고 있었다. 당황스러움과 이유 없는 기쁨을 지나, 이제 데이지가 이곳에 실제로 존재한다는 사실에 완전히 사로잡힌 것이다. 그는 오랫동안 그 생각으로 가득 차 있었

고, 끝까지 그것만을 꿈꿔왔으며, 말하자면 믿기 어려울 정
도로 이를 악물고 기다렸었다. 이제 그 반작용 속에서 그는
너무 감정이 고조되어, 과도하게 태엽이 감긴 시계처럼 풀
려버리고 있었다.

잠시 정신을 가다듬은 개츠비는 우리를 위해 커다란 특
허 옷장 두 개를 열었다. 그 안에는 수많은 양복과 가운, 넥
타이, 그리고 벽돌처럼 쌓인 셔츠들이 잘 정리되어 있었다.

"영국에 내 옷을 사다주는 사람이 있어요. 매 시즌 초, 봄
과 가을마다 여러 가지 옷을 골라 보내죠."

개츠비는 셔츠 더미를 꺼내 하나씩 우리 앞에 던지기 시
작했다. 얇은 리넨, 두꺼운 실크, 고운 플란넬 셔츠들이 낙
하하면서 테이블 위에 다채로운 혼란을 이루었다. 우리가
감탄하는 사이, 그는 더 많은 셔츠를 가져왔고, 부드럽고
풍성한 셔츠 더미는 점점 높아졌다. 줄무늬와 곡선 무늬,
격자 무늬의 셔츠들이 산호색, 사과빛 초록색, 라벤더색,
연한 주황색으로 쌓였으며, 인디고블루색으로 그의 이니셜
이 새겨져 있었다. 갑자기 긴장된 소리와 함께 데이지가 셔
츠 속으로 얼굴을 파묻고 격렬하게 울기 시작했다.

"정말 아름다운 셔츠예요." 그녀는 두꺼운 옷감 속에서
목소리를 눌러 흐느끼며 말했다. "이런, 이런 아름다운 셔
츠를 이제껏 본 적이 없어서 슬퍼요."

*

집을 구경한 뒤에는 정원과 수영장, 모터보트, 한여름 꽃

들을 볼 예정이었지만, 창밖으로 다시 비가 내리기 시작했다. 우리는 일렬로 서서 파도 위 물결을 바라보았다.

"안개가 없었다면 당신 집이 맞은편 만 너머로 보였을 텐데요." 개츠비가 말했다. "항상 부두 끝에는 밤새 타오르는 초록빛 불이 있잖아요."

데이지는 갑자기 그의 팔에 팔짱을 끼었지만, 그는 방금 한 말에 몰두한 듯했다. 아마 그때 개츠비는 그 불빛이 지닌 거대한 의미가 이제 영원히 사라졌다는 생각을 했을지도 모른다. 데이지와 자신을 갈라놓았던 거대한 거리에 비하면, 그 빛은 그녀와 매우 가까이 있는 것처럼, 거의 닿을 듯 가까운 것처럼 보였다. 마치 별이 달에 가까이 있는 것처럼 느껴졌던 것이다. 이제 그것은 다시 부두 위의 초록 불빛일 뿐이었다. 그의 마법 같은 대상 목록에서 하나가 줄어든 셈이었다.

나는 방 안을 서성이며, 반쯤 어둠 속에서 흐릿하게 보이는 여러 물건들을 살펴보기 시작했다. 개츠비의 책상 위 벽에 걸린 요트복을 입은 노신사의 큰 사진에 눈길이 갔다.

"이분은 누구죠?"

"저 사람이요? 저분이 바로 댄 코디 씨랍니다, 친구."

그 이름이 어딘가 익숙하게 들렸다.

"지금은 돌아가셨죠. 몇 년 전까지만 해도 내 가장 친한 친구였어요."

서랍 위에는 개츠비의 작은 사진도 하나 걸려 있었다. 요트복을 입고 머리를 도도하게 젖힌 모습으로, 아마 열여덟 살 무렵에 찍은 사진인 듯했다.

"정말 사랑스러워요." 데이지가 감탄했다. "저 퐁파두르 스타일의 머리! 이런 스타일을 한 적 있다는 것도, 요트가 있다는 것도 말하지 않았잖아요."

"이거 좀 봐요." 개츠비가 재빨리 말했다. "여기 스크랩해둔 신문 기사가 잔뜩 있어요…. 전부 당신에 관한 거죠."

둘은 나란히 서서 그것을 살펴보았다. 나는 루비를 보여달라고 하려 했지만, 그 순간 전화벨이 울렸고 개츠비가 수화기를 들었다.

"그래요…. 지금은 통화할 수 없어서…. 지금은 곤란해요, 친구…. '작은' 도시라고 했잖아요…. 작은 도시가 어디인지는 그 친구가 알 텐데…. 만약 디트로이트를 작은 도시라고 생각하는 그런 사람이라면 쓸모가 없는데…."

그는 전화를 끊었다.

"어서 와요, 빨리!" 데이지가 창가에서 외쳤다.

비는 여전히 내리고 있었지만 서쪽 하늘의 어둠이 걷히며 바다 위로 분홍빛과 황금빛이 뒤섞인 거대한 구름이 부드럽게 피어올랐다.

"저걸 좀 봐요." 그녀가 속삭였다. 그리고 잠시 후 이렇게 덧붙였다. "저 분홍빛 구름 하나를 떼어서 당신을 그 안에 넣고 살짝 밀어서 하늘을 떠다니게 하고 싶어요."

나는 그때 자리를 떠보려 했지만 그들은 허락하지 않았다. 아마도 내가 있는 덕분에 그들은 더 만족스럽게 단둘이 있는 기분을 느낀 것일지도 몰랐다.

"좋아요. 이렇게 합니다." 개츠비가 말했다. "클립스프링어에게 피아노를 쳐달라고 하는 거예요."

개츠비는 방을 나가 "유잉!" 하고 부르더니, 몇 분 후 약간 쭈뼛거리는 젊은 남자와 함께 돌아왔다. 그는 뿔테 안경을 쓰고 듬성듬성한 금발머리를 가진 남자였다. 그는 목이 열린 스포츠 셔츠와 운동화, 흐릿한 빛깔의 두터운 면바지를 단정히 걸쳐 입고 있었다.

"운동하는 걸 방해했나요?" 데이지가 정중하게 물었다.

"자고 있었습니다." 클립스프링어 씨가 당황한 듯 외쳤다. "그러니까, 자다가 일어났어요…."

"클립스프링어는 피아노를 잘 칩니다." 개츠비가 끊으며 말했다. "그렇지 않나, 유잉?"

"저는 잘 못 칩니다. 거의 못 쳐요…. 연습도 제대로 안 했고…."

"자, 아래층으로 내려갑시다." 개츠비가 말을 가로막았다. 그가 스위치를 누르자 회색빛 창문은 사라지고 집 안은 환한 빛으로 가득 찼다.

음악실에서 개츠비는 피아노 옆에 하나 있는 램프를 켰다. 그는 떨리는 손에 성냥을 들고 데이지의 담배에 불을 붙여주고는 방 저편 소파에 데이지와 함께 앉았다. 그곳에는 복도에서 들어오는 빛이 바닥에 반사된 것 외에는 아무 빛도 없었다.

클립스프링어는 '사랑의 둥지'를 연주하고는 몸을 돌려 어둠 속에서 개츠비를 찾으려 안절부절못했다.

"연습을 거의 못 했어요…. 못 친다고 말씀드렸잖아요. 연습이 다…."

"말을 너무 많이 하지 말게, 친구." 개츠비가 명령했다.

"어서 연주하라고!"

아침에도
저녁에도
즐겁지 않나요…

밖에서는 바람이 세게 불고, 해협 위로 희미한 천둥소리가 흘러왔다. 웨스트에그의 모든 전등이 켜지고 있었고, 전동열차들은 사람들을 실어 뉴욕에서 내리는 빗속을 뚫고 집으로 향하고 있었다. 인간에게 깊은 변화가 일어나는 시간이었고, 흥분이 공기 중으로 퍼지고 있었다.

한 가지 확실한 것은
그리고 더 확실한 것은 없죠
부자는 더 부자가 되고
가난한 자는 아이를 낳죠
그사이에
그사이에는…

내가 작별 인사를 하러 다가갔을 때, 개츠비의 얼굴에는 다시 한번 당혹감이 스며 있는 듯 보였다. 마치 그의 현재 행복의 질에 대해 미묘한 의문이 스쳐 간 것처럼 말이다. 거의 5년이나 흘렀다! 그날 오후에도 분명 데이지가 그의 꿈에 미치지 못하는 순간이 있었을 것이다. 데이지의 잘못이 아니라, 그의 환상이 지닌 거대한 생명력 때문이었다.

그 환상은 그녀를 넘어섰고, 모든 것을 넘어섰다. 개츠비는 창조적 열정을 다해 그 속으로 몸을 던졌고, 끊임없이 환상에 새로운 장식과 밝은 깃털들을 덧입혔다. 어떤 불꽃이나 신선함도, 인간이 유령 같은 마음속에 쌓아 올린 것을 능가할 수 없다.

내가 개츠비를 지켜보는 동안, 그는 눈에 띄게 자세를 조금 고쳤다. 그의 손이 데이지의 손을 잡았고, 그녀가 귀에 낮게 속삭이자 그는 감정이 북받쳐 그녀 쪽으로 몸을 돌렸다. 나는 그 목소리가 그를 가장 사로잡았다고 생각한다. 변덕스럽고 열정적인 그 따듯함은 과장될 수 없는 것이었으니, 그 목소리는 죽지 않는 노래였다.

그들은 나를 잊은 듯했는데, 데이지는 고개를 들어 내게 손을 내밀었다. 개츠비는 이제 나를 전혀 알지 못하는 듯했다. 나는 한 번 더 그들을 바라보았고, 그들은 나를 응시하며, 강렬한 생명에 사로잡힌 듯 멀리 있는 모습이었다. 나는 방을 나서 대리석 계단을 내려 빗속으로 걸어 나왔고, 그들을 함께 남겨두었다.

VI

그즈음의 어느 날 아침 뉴욕에서 온 야심 찬 젊은 기자가 개츠비의 문을 두드리며 할 말이 없는지 물었다.

"무슨 일에 대해 말하라는 건가요?" 개츠비가 공손히 물었다.

"그냥…. 말하고 싶은 건 무엇이든지요?"

혼란스러운 5분이 지난 뒤에야 알게 된 사실은, 그 기자가 사무실에서 개츠비의 이름을 어떤 일과 관련해 들었다는 것이었다. 다만 그 연결이 무엇인지는 밝혀지지 않거나, 스스로도 정확히 이해하지 못한 상태였다. 이날은 그의 쉬는 날이었고, 그는 칭찬할 만한 적극성을 발휘해 그것을 '확인하러' 서둘러 온 것이었다.

그것은 우연한 질문이었지만 기자의 직감은 옳았다. 개츠비의 악명은, 그의 환대를 받아본 수백 명의 손님들에 의해 퍼져나가면서 그들의 증언을 통해 그의 과거에 권위가 부여된 결과, 여름 내내 커져서 거의 뉴스가 될 정도였다. '캐나다로 연결되는 지하 파이프라인' 같은 현대 전설이 그의 이름에 붙었고, 한 가지 끈질긴 소문은 그가 집에 살지 않고 집처럼 생긴 배에서 살며, 그 배를 롱아일랜드 해안 위아래로 몰래 움직인다는 것이었다. 왜 이런 이야기들이 노스다코타 주 출신의 제임스 개츠에게 만족감을 주는지 말하기는 쉽지 않다.

제임스 개츠, 그것이 실제 그의 이름 혹은 최소한 법적 이름이었다. 그는 열일곱 살 때, 자신의 성공의 시작을 목격한 바로 그때 이름을 바꾸었다. 다른 말로 하면, 댄 코디의 요트가 슈피리어 호수의 가장 음흉한 만 위에 닻을 내리는 것을 보았을 때였다. 그날 오후 해변을 걷고 있던 이는 찢어진 초록색 저지와 캔버스 바지를 입은 제임스 개츠였지만, 이미 투올로미 호로 노를 젓고 나가 댄 코디에게 바람이 불면 30분 만에 부서질지도 모른다고 알려준 이는 제이 개츠비였다.

아마 그는 오래전부터 그 이름을 준비해두었던 건지도 모른다. 그의 부모는 게으르고 무능한 농부였고, 그의 상상력으로는 결코 그들을 진정한 부모로 받아들일 수 없었다. 사실 롱아일랜드 웨스트에그의 제이 개츠비는 자신이 생각한 이상적인 자아에서 비롯된 존재였다. 그는 신의 아들이었다. 이 표현이 어떤 의미를 가진다면, 그 말 그대로의 의미이며, 그는 자신의 아버지의 일을, 곧 거대하고 천박하며 겉치레뿐인 아름다움의 봉사를 위해 헌신해야 했다. 그래서 그는 열일곱 살 소년이 만들어낼 법한 바로 그 제이 개츠비를 창조했고, 그 이상(理想)에 그는 끝까지 충실했다. 그는 1년이 넘도록 슈피리어 호숫가 남쪽을 돌아다니며 조개를 캐거나 연어를 잡는 일, 혹은 먹을 것과 잠자리를 제공하는 어떤 일이든 가리지 않고 일을 했다. 갈색으로 그을고 단단해진 그의 몸은 상쾌한 날씨 속에서 반은 힘들고 반은 느긋한 노동을 자연스럽게 견뎌냈다. 그는 일찍부터 여자를 알았고, 여자들이 자신을 망쳐놓자 그들을 경멸하게 되었다. 순진한 처녀들은 무지하다는 이유로, 다른 여자들은 그가 당연하게 여기는 일에 대해 히스테리적인 반응을 보인다는 이유로 경멸했다.

하지만 그의 마음은 끊임없이 격동하는 소요(騷擾) 속에 있었다. 가장 기괴하고 환상적인 생각들이 밤마다 그의 침대에 찾아들었다. 시계가 세면대 위에서 똑딱거리고 달빛이 젖은 옷들을 바닥에 비추는 동안, 그의 뇌 속에서는 말로 다할 수 없는 화려함의 우주가 펼쳐졌다. 매일 밤 그는 자신의 환상의 패턴에 새로운 장면을 더했고, 졸음이 찾아오면 어느 생생한 장면 속으로 무의식적으로 포옹하듯 빠져들었다. 한동안 이러한 몽상은 그의 상상력에 출구를 제공했으며, 현실의 비현실성을 암시하는 만족스러운 단서였고, 이 세상의 주춧돌이 요정의 날개 위에도 안전하게 놓일 수 있다는 약속 같았다.

그의 미래의 영광을 향한 본능은 몇 달 전, 미네소타 남부의 작은 루터교 대학인 세인트 올라프 대학으로 그를 이끌었다. 그는 그곳에서 2주를 머물렀지만, 자신의 운명을 울리는 북소리와 운명 자체에 대한 대학의 잔혹한 무관심에 실망했고, 학비를 벌기 위해 해야 할 관리인의 일을 경멸했다. 그 후 그는 다시 슈피리어 호수로 떠돌아왔고, 마침내 댄 코디의 요트가 얕은 연안에 닻을 내리던 날에도 그는 여전히 무언가 할 일을 찾고 있었다.

그때 코디는 50세였고, 그는 네바다 은광, 유콘, 1875년 이후 금속을 찾아 몰려든 모든 광풍의 산물이었다. 몬태나

구리 거래로 백만장자가 된 그는 육체적으로는 강건했지만 정신은 다소 유약해질 지경이었고, 이를 눈치챈 무수한 여성들이 그의 재산을 차지하려 했다. 신문 기자인 엘라 케이가 그의 약점을 이용해 맹트농 부인*처럼 행동하며 요트 여행을 보내는 등의 달갑지 않은 일화들은 1902년 당시 부패한 언론계의 공공연한 사실이었다. 그는 5년 동안 너무나 기후가 좋은 해안을 따라 흘러다니던 중, 리틀걸 만에서 제임스 개츠의 운명으로서 나타났다.

젊은 개츠는 노를 쉬고 난간 있는 갑판을 올려다보며, 그 요트가 세상의 모든 아름다움과 화려함을 상징한다고 생각했다. 그는 아마도 코디를 보고 웃었을 텐데, 웃으면 사람들이 좋아한다는 것을 이미 깨달았을 가능성이 높았다. 어쨌든 코디는 그에게 몇 가지 질문을 던졌고(그중 하나에 답하느라 새로 만든 이름을 지어냈다), 개츠가 총명하고 지나치게 야망적이라는 것을 알게 되었다. 며칠 후, 코디는 그를 데려가서 파란색 윗도리 한 벌, 흰색 면 바지 여섯 벌, 그리고 요트 모자를 사주었다. 그리고 투올로미 호가 서인도 제도와 바버리 해안으로 출항했을 때, 개츠도 함께 떠났다.

그는 코디와 함께 있는 동안 막연한 개인적 직책으로 고용되었는데 그동안 스튜어드, 부선장, 선장, 비서, 심지어는 감옥 간수 역할까지 번갈아 맡았다. 술에 취하지 않은 상태의 댄 코디는, 술에 취했을 때 벌일 사치스러운 일들을 미리 알고 있었고, 이런 상황에 대비해 점점 더 개츠를 신

뢰했다. 이 관계는 5년 동안 지속되었으며, 그동안 요트는 대륙을 세 차례나 돌아다녔다. 이 관계는 엘라 케이가 어느 날 밤 보스턴에서 배에 올라타고 그로부터 일주일 후 댄 코디가 불행하게 세상을 떠나지 않았다면 무한정 지속될 수도 있었다.

나는 개츠비의 침실에 걸린 그의 초상화를 기억한다. 창백하고 혈색이 좋은, 그러나 딱딱하고 공허한 얼굴의 남자. 미국의 한 시기에 동부 해안으로 국경지대 술집과 매춘업소의 야만적 폭력을 가져온 선구적 방탕자였다. 개츠비가 술을 거의 마시지 않은 것도 간접적으로는 코디 덕분이었다. 화려한 파티 도중 여자들이 샴페인을 그의 머리에 붓곤 했지만, 그는 스스로 술을 멀리하는 습관을 들였다.

그리고 개츠비가 돈을 상속받은 것도 코디로부터였다. 2만 5천 달러의 유산이었다. 하지만 실저로는 그 돈을 받지 못했다. 자신에게 불리하게 사용된 법적 장치를 결코 이해하지 못했지만, 남아 있던 수백만 달러는 그대로 엘라 케이에게 돌아갔다. 그에게 남은 것은 기묘하게도 그에게 꼭 어울리는 교육뿐이었다. 제이 개츠비라는 막연한 윤곽은 이제 한 인간의 실체로 채워져 있었다.

*

그가 이 모든 이야기를 나에게 전한 것은 훨씬 뒤의 일이었지만, 그의 배경에 대한 초기의 터무니없는 소문들을 불식할 생각으로 여기에 적어둔다. 그 소문들은 사실과는 전혀 달랐다. 게다가 그는 내가 그에 대해 모든 것을 믿기도 하고 아무것도 믿지 않기도 했던 혼란스러운 시점에 이 이야기를 들려주었다. 그래서 나는 이 짧은 휴식 기간을 이용해, 다시 말해 개츠비가 잠시 숨을 고르는 동안, 이런 오해들을 바로잡고자 한다.

이 시기는 또한 내가 그의 일과 잠시 떨어져 있던 때이기도 했다. 몇 주 동안 나는 그를 만나지도, 전화로 목소리를 듣지도 못했다. 대부분 뉴욕에서 조던과 함께 돌아다니며 그녀의 노쇠한 이모에게 잘 보이려 애쓰고 있었기 때문이다. 하지만 결국 나는 어느 일요일 오후 개츠비의 집을 찾았다. 거기 도착한 지 2분도 채 되지 않아 누군가가 술을 한잔하러 톰 뷰캐넌을 데려왔다. 나는 당연히 깜짝 놀랐다. 그러나 진짜 놀라운 점은 이런 일이 이전에는 한 번도 일어나지 않았다는 사실이었다.

그들은 세 명이서 말을 타고 왔다. 톰과 슬론이라는 남자, 그리고 갈색 승마복을 입은 예쁜 여자가 있었는데, 그녀는 이전에도 그곳에 와본 적이 있었다.

"만나서 정말 반갑습니다." 개츠비가 현관에 서서 말했다. "들러 주서서 정말 기쁩니다."

마치 그들이 신경이나 쓰는 듯한 태도는 아니었다.

"앉으세요. 담배나 시가라도 피우세요." 개츠비는 방을 재빨리 돌며 종을 울렸다. "금방 음료를 가져다 드릴게요."

개츠비는 톰이 그곳에 있다는 사실에 깊은 영향을 받았다. 하지만 어쨌든 음료를 대접하기 전까지는 불편해할 것이었다. 그는 막연하게나마 그들이 온 목적이 바로 그것뿐이라는 것을 깨닫고 있었다. 슬론 씨는 아무것도 원하지 않았다. 레모네이드? 아니요, 괜찮습니다. 샴페인 조금이라도? 아무것도 괜찮아요 … 죄송합니다….

"말 타는 건 즐거우셨나요?"

"이 근처 도로가 아주 좋아요."

"제 생각에는 자동차들이…."

"네."

강한 충동에 이끌린 듯, 개츠비는 자신을 처음 만나 소개받는 듯 구는 톰을 향해 몸을 돌렸다.

"전에 어디서 만난 적이 있는 것 같습니다, 뷰캐넌 씨."

"아, 네." 톰이 거칠게 예의를 갖추며 대답했지만 분명히 기억나지는 않는 듯했다. "그랬군요. 아주 잘 기억합니다."

"대략 2주 전쯤이었죠."

"맞아요. 당신은 여기 닉과 함께 있었죠."

"아내 되시는 분을 알고 있습니다." 개츠비가 거의 공격적으로 말을 이어갔다.

"그런가요?"

톰은 내 쪽으로 시선을 돌렸다.

"여기 근처에 사나, 닉?"

"바로 옆집에 살지."

"그래?"

슬론 씨는 대화에 끼지 않고 의자에 거만하게 몸을 기댄 채 있었다. 여인도 말이 없었다. 그러다 예상치 못하게 하이볼 두 잔을 마신 후에야 친근하게 말을 건넸다.

"다음 파티에도 모두 가겠어요, 개츠비 씨." 그녀가 제안했다. "괜찮죠?"

"물론이죠. 정말 기쁘게 모시겠습니다."

"정말 좋겠군요." 슬론 씨가 감사도 없이 말했다. "그런데… 이만 집에 가야 할 것 같아요."

"제발 서두르지 마세요." 개츠비가 재촉했다. 이제 그는 자신감이 생겼고, 톰을 더 알고 싶어 했다.

"왜… 왜 저녁도 함께하지 않으시겠어요? 뉴욕에서 다른 사람들이 들를 수도 있으니까요."

"그럼 저희 집에 오셔서 저녁 식사를 같이 해요." 여자가 열정적으로 말했다. "두 분 다요."

여기에는 나도 포함됐다. 슬론 씨가 일어섰다.

"갑시다." 그가 그녀에게만 말했다.

"진심이에요." 여자가 고집했다. "정말 오시면 좋겠어요. 자리도 많은걸요."

개츠비는 나에게 의사를 묻는 듯한 눈빛을 보냈다. 그는 가고 싶어 했고, 슬론 씨가 그런 그를 막기로 결심한 것은 알아채지 못했다.

"죄송하지만 못 갈 것 같아요." 내가 말했다.

"그럼 당신이라도 오세요." 그녀가 개츠비를 향해 재촉했다.

"지금 출발하면 늦지 않을 거예요." 그녀가 목소리를 높여 고집스럽게 말했다.

"저는 타고 갈 말이 없습니다." 개츠비가 말했다. "군대에서는 말을 타곤 했지만 직접 사본 적은 없어요. 차로 따라가야겠네요. 잠깐 실례하겠습니다.”

우리는 현관으로 나왔다. 슬론 씨와 여자는 한쪽에서 열정적으로 대화를 나누기 시작했다.

“맙소사, 그자가 정말로 따라가려는 것 같아.” 톰이 말했다. “그녀가 원하지 않는다는 걸 모르는 건가?”

“여자는 계속 오라고 했잖나.”

“그녀가 큰 파티를 여는데, 파티에 오는 사람 중에는 그자를 아는 사람이 한 명도 없을 거야.” 그는 얼굴을 찌푸렸다. “도대체 어디서 데이지를 만난 거지? 세상에, 내 생각이 구식일 수도 있지만, 요즘 여자들은 너무 돌아다녀. 온갖 미친 놈들을 만나지.”

갑자기 슬론 씨와 여자가 계단을 내려와 말에 올랐다. 그러고는 나에게 말했다.

“그 사람한테 우리가 기다릴 수 없었다고 전해주겠소?”

톰과 나는 악수를 했고, 나머지 사람들과는 무심하게 고개를 끄덕이며 인사를 나눴다. 그들은 달을 재촉해 차도를 따라 빠르게 떠났고, 8월의 짙은 나뭇잎 아래로 모습을 감추었다. 바로 그때, 개츠비가 모자와 얇은 외투를 손에 든 채 현관문 밖으로 나왔다.

*

톰은 데이지가 혼자 돌아다니는 것에 분명히 불편해했던 듯하다. 그리하여 다음 토요일 밤, 그는 데이지와 함께 개츠비의 파티에 나타났다. 아마 그의 존재가 그날 저녁을 특별히 긴장감 있게 만들었을 것이다. 그 여름 개츠비의 다른 파티들과 비교했을 때, 이 파티는 내 기억 속에서 유독 뚜렷하게 남아 있다. 똑같은 사람들이 있었고, 혹은 적어도 똑같은 종류의 사람들이 있었으며, 똑같은 샴페인이 넘쳐났고, 다채롭고 색다른 소란이 똑같이 벌어졌지만, 나는 공기 중에서 불쾌감을 느꼈다. 이전에는 없었던 전반적인 거침과 날카로움이 있었다. 혹은 단지 내가 이미 익숙해지고 웨스트에그를 독립된 세계로 받아들이게 되어, 그 자체의 기준과 위대한 인물들을 지닌 곳으로 여기게 되었기 때문일 수도 있다. 이제 데이지의 시선으로 다시 바라보니, 자신이 조정하고 맞추었던 세계를 새로운 시선으로 보는 것은 언제나 씁쓸함을 동반하는 일이었다.

그들은 황혼 무렵에 도착했고, 우리가 그야말로 반짝이는 수백 명 사이를 거닐 때, 데이지의 목소리는 목 안에서 속삭이듯 기교를 부리고 있었다.

"이런 것들은 나를 너무 흥분시켜요." 그녀가 속삭였다. "오늘 저녁 언제든지 나랑 키스하고 싶다면, 닉, 그냥 말만 해요. 그러면 기꺼이 마련해줄게요. 내 이름만 말해도 되고, 초록색 카드라도 보여줘요. 지금 줄게요…."

"주위를 둘러보세요." 개츠비가 말했다.

"둘러보고 있어요. 정말 멋진 경험이에요…."

"당신이 말로만 들어본 많은 사람들의 얼굴을 직접 볼 수 있을 겁니다."

톰의 거만한 눈이 군중 속을 훑었다.

"우린 별로 돌아다니지 않아요." 그가 말했다. "사실, 지금 보니 여기 아는 사람이 한 명도 없는 것 같군."

"아마 저 부인은 아실 텐데요."

개츠비는 하얀 자두나무 아래 위엄 있게 앉아 있는, 거의 인간 같지 않은 화려한 난초 같은 여성을 가리켰다. 톰과 데이지는 영화 속에서만 보던 유령 같은 유명인을 실제로 마주한 듯한, 특이하게 현실감 없는 표정으로 바라보았다.

"정말 아름다워요." 데이지가 말했다.

"그녀에게 몸을 숙이고 있는 남자가 감독이에요."

개츠비는 의례적으로 그들을 한 무리씩 소개했다.

"뷰캐넌 부인… 그리고 뷰캐넌 씨…." 잠시 머뭇거린 뒤 그는 덧붙였다. "폴로 선수지요."

"아닙니다." 톰이 재빨리 반박했다. "저는 아니에요."

하지만 그 말이 개츠비를 분명히 즐겁게 한 모양이었다. 톰은 그날 저녁 내내 '폴로 선수'로 남았다.

"이렇게 많은 유명인을 만나본 적이 없어요." 데이지가 감탄하며 말했다. "저 남자가 마음에 들었어요. 이름이 뭐였더라? 코가 푸르스름한 저 사람 말이에요."

개츠비가 그를 가리키며 평범한 제작자라고 덧붙였다.

"그래도 전 그가 마음에 들었어요."

"나는 폴로 선수보다는 차라리…" 톰이 즐겁게 말을 이었다. "이 유명인사들을 한가운데서, 그러니까 무심히 바라보는 편이 낫겠어."

데이지와 개츠비가 함께 춤을 추었다. 그의 우아하고 절제된 폭스트롯에 나는 놀랐는데, 전에 그가 춤추는 모습을 본 적이 없었기 때문이다. 그 후 그들이 우리 집으로 천천히 걸어와 계단에 앉아 한동안 머물렀다. 나는 그녀의 부탁으로 정원에서 망을 보았다.

"혹시 불이 나거나 홍수 혹은 어떤 신의 뜻 같은 일이 생길지도 모르잖아요." 그녀가 설명했다.

톰은 우리가 함께 저녁을 먹으려고 앉았을 때, 자신의 무관심에서 깨어난 듯 나타났다.

"저기 앉은 사람들과 같이 먹어도 괜찮겠나?" 그가 물었다. "어떤 사람이 웃긴 이야기를 하고 있거든."

"그럼, 가서 드세요." 데이지가 상냥하게 대답했다. "원하시면 주소를 적어둘 작은 금색 연필도 여기 있어요…." 잠시 둘러본 뒤 데이지는 그 여자가 '품위 없지만 예쁘다'고 말했다. 나는 데이지가 개츠비와 단둘이 보낸 그 30분을 제외하면, 그녀가 그다지 즐거워하고 있지 않다는 것을 알아차렸다.

우리는 특히 취기가 오른 테이블에 앉아 있었다. 그건 내 잘못이었다. 개츠비가 전화 때문에 자리를 비운 사이, 나는 불과 2주 전에 만났던 그 사람들과 즐거운 시간을 보낸 것이다. 하지만 그때 즐거웠던 분위기는 이제 공기 중에 썩은 듯 퍼져 있었다.

"기분이 어때요, 베데커 양?"

그녀는 내 어깨에 기대어 늘어지려 했지만 실패하고 있었다. 이 질문에 그녀는 몸을 일으켜 눈을 크게 떴다.

"뭐라고요오?"

데이지에게 내일 지역 클럽에서 골프를 치자고 권유하던 거대하고 나른해 보이는 여자가 베데커 양을 옹호하며 말했다.

"아, 그 애는 괜찮아요. 칵테일을 더여섯 잔 마시면 항상 저렇게 소리를 지르거든요. 술 마시지 말라고 그렇게 말해도."

"술에는 손도 안 댔다고." 공격받은 여자가 공허하게 답했다.

"네가 소리 지르는 걸 다 들었어. 그래서 시베트 박사에게 말했지. '도와줄 사람이 필요해요, 의사 선생님.'"

"애도 정말 고마워할 거예요, 분명히."라고 또 다른 친구가 무심하게 말했지만 "근데 선생님이 애 머리를 수영장에 집어넣어서 드레스가 다 젖었잖아요."

"내가 제일 싫어하는 게 머리를 수영장에 빠뜨리는 거야." 베데커 양이 중얼거렸다. "한번은 뉴저지에서 거의 익사할 뻔했거든."

"그럼 술을 그만 좀 마시지." 시베트 탁사가 반박했다.

"당신이나 잘하세요!" 베데커 양이 격하게 외쳤다. "손이 떨리잖아요. 절대 선생님한테 수술을 받지는 않을 거예요!"

그런 식이었다. 내가 거의 마지막으로 기억하는 장면은 데이지와 함께 서서 영화 감독과 그의 스타를 바라보던 순간이었다. 그들은 여전히 흰 자두나무 아래 있었고, 얼굴은 서로 맞닿아 있었지만, 창백하고 가는 달빛 한 줄기만이 그 사이를 비추고 있었다. 문득 나는 그가 이날 저녁 내내 이렇게 데이지에게 가까이 가기 위해 천천히 몸을 숙였다는 생각이 들었고, 내가 지켜보는 동안에도 그는 마지막으로 한 걸음 더 숙여 그녀의 뺨에 입을 맞췄다.

“저 여자가 마음에 들어요.” 데이지가 말했다. “정말 사랑스러운 것 같아요.”

그러나 나머지 사람들은 데이지를 불쾌하게 만들었다. 그리고 그것은 명백히, 몸짓이 아니라 감정 때문이었다. 그녀는 웨스트에그에, 브로드웨이가 롱아일랜드의 작은 어촌에 만들어놓은 이 전례 없는 ‘장소’에 충격을 받았다. 구식의 진부한 미사여구에, 거칠게 드러나는 짜증과, 지름길을 따라 주민들을 무(無)에서 또다시 무로 몰아가는 너무 뻔한 운명에 충격을 받았다. 데이지는 자신이 이해하지 못하는 그 단순함 속에서 끔찍한 무엇인가를 보았다.

나는 그들과 함께 현관 계단에 앉아 그들의 차를 기다렸다. 이쪽은 어두웠고, 오직 밝은 현관문만이 부드러운 검은 아침 속으로 1제곱미터 남짓의 빛을 퍼뜨리고 있었다. 가끔 드레스룸 블라인드 위로 그림자가 움직였고, 또 다른 그림자로 바뀌며, 보이지 않는 거울 앞에서 루즈를 바르고 파우더를 칠하는 불확실한 그림자들의 행렬이 이어졌다.

“도대체 이 개츠비라는 사람은 누구야?” 갑자기 톰이 물었다. “거물 밀주업자인가?”

“그 이야긴 어디서 들었어?” 내가 물었다.

“듣진 않았어. 그냥 상상한 거지. 요즘 부자들 중 많은 사람들이 그런 밀주업자들이거든.”

“개츠비는 아니야.” 내가 짧게 말했다.

톰은 잠시 침묵했다. 그의 발 아래에서 진입로 자갈이 바스락거렸다.

“그래도 분명히 저 많은 사람들을 한자리에 모으려면 엄청 애썼겠지."

바람이 불어 데이지의 회색 모피 칼라를 살짝 흔들었다.

"적어도 우리가 아는 사람들보다는 더 흥미롭잖아요." 그녀가 애써 말했다.

"그렇게 흥미로워 보이진 않았는데."

"그랬어."

톰이 웃으며 내 쪽으로 몸을 돌렸다.

"그 아가씨가 데이지에게 찬물 샤워를 시켜달라고 했을 때 데이지 표정 봤나?"

데이지는 음악에 맞춰 허스키하면서도 리드미컬한 속삭임으로 노래를 시작했다. 그녀의 목소리는 각 단어에 전에 없던, 그리고 다시는 없을 의미를 불어넣었다. 멜로디가 고조될 때면 그녀의 목소리는 달콤하게 갈라지며, 콘트랄토 특유의 방식으로 따라가면서 공기 중에 그녀의 따듯한 인간적 마법을 조금씩 흘려보냈다.

"초대받지 않은 사람도 많이 와요." 데이지가 갑자기 말했다. "저 여자도 초대받지 않았죠. 그냥 밀고 들어오는 거예요. 그 사람은 너무 예의 바른 나머지 거절하지 못하는 거고요."

"그가 누구고 무슨 일을 하는지 알고 싶군." 톰이 고집스럽게 말했다. "내가 직접 알아봐야겠어."

"지금 바로 말씀드릴 수 있어요." 데이지가 대답했다. "그는 약국 몇 군데, 아주 많은 약국을 소유하고 있어요. 모두 스스로 일군 거예요."

리무진이 느릿느릿 진입로를 굴러 올라왔다.

"잘 가요, 닉." 데이지가 말했다.

데이지의 시선은 나를 떠나 계단 꼭대기 불빛으로 향했다. 그곳에서는 그해 유행하던 산뜻하고도 쓸쓸한 왈츠, '새벽 3시'가 열린 문을 통해 흘러나오고 있었다. 결국 개츠비의 파티가 지닌 격식 없는 분위기 속에는, 데이지의 세상에서는 전혀 느낄 수 없는 낭만적인 가능성이 숨어 있었다. 그 노래 속에서 그녀를 다시 안으로 부르는 듯한 것은 무엇이었을까? 이제, 흐릿하고 예측할 수 없는 시간 속에서 무슨 일이 일어날까? 어쩌면 믿기 어려운 손님이 나타나, 무한히 희귀하고 감탄할 만한 인물이 나타나, 한 번의 신선한 눈 맞춤과 한순간의 마법 같은 만남으로, 5년 동안의 흔들림 없는 헌신을 한순간에 지워버릴지도 몰랐다.

*

나는 그날 밤 늦게까지 머물렀다. 개츠비는 자신이 여유로워질 때까지 기다려달라고 했고, 나는 정원에 남아 있었다. 어두컴컴한 해변에서 시원하고 들뜬 기분으로 수영이 끝나고, 위층 객실의 불이 꺼질 때까지 기다렸다. 마침내 개츠비가 계단을 내려왔을 때, 까무잡잡하게 그은 피부는 평소보다 유난히 팽팽했고, 그의 눈은 반짝이면서도 피곤해 보였다.

"데이지가 마음에 들어 하지 않았어요." 개츠비가 곧바로 말했다.

"물론 마음에 들어했습니다."

"아니, 데이지가 마음에 들어 하지 않았어요." 그가 재차 강조했다. "좋은 시간을 보내지 못했다고요."

개츠비는 잠시 침묵했고, 나는 그의 말로 표현할 수 없는 우울함을 짐작했다.

"그녀와 멀리 떨어져 있는 기분이 들어요." 그가 말했다. "그녀를 이해시키기가 어려워요."

"춤 이야기하는 겁니까?"

"춤이요?" 그는 손가락을 튕기며 그가 열었던 모든 무도회를 일축했다. "친구, 무도회 따위는 중요하지 않아요."

그가 데이지에게 바란 것은 단 하나, 그녀가 톰에게 가서 "난 당신을 사랑한 적이 없어요."라고 말하는 것이었다. 그 한 문장으로 지난 3년을 지워버리면 두 사람이 현실적으로 취해야 할 조치들을 결정할 수 있었다. 그중 하나는 그녀가 자유로워진 후 루이빌로 돌아가 그녀의 집에서 결혼하는 것이었다. 마치 5년 전으로 돌아간 것처럼.

"하지만 데이지는 이해하지 못해요." 그가 절망적으로 말했다. "예전이었다면 이해했겠죠. 우리는 몇 시간이고 앉아서…."

개츠비는 말을 끊고 과일 껍질과 버려진 선물, 짓밟힌 꽃들로 뒤덮인 황량한 길을 오르내리기 시작했다.

"데이지에게 너무 많은 걸 바라면 안 돼요." 내가 조심스레 말했다. "과거를 되풀이할 수는 없잖습니까."

"과거를 되풀이할 수 없다니?" 그가 믿을 수 없다는 듯 외쳤다. "당연히 할 수 있어요!"

개츠비는 저택의 그림자 어딘가에 과거가 숨어 있는 듯,

손이 닿지 않는 곳을 맴돌며 미친 듯이 주위를 둘러보았다.

"모든 걸 예전 그대로 되돌릴 거예요." 그가 단호하게 끄덕이며 말했다. "그녀도 알게 될 거예요."

개츠비는 과거에 대해 많은 이야기를 했고, 나는 그가 무언가를 되찾고 싶어 한다는 것을 알았다. 그것은 아마도 데이지를 사랑하는 동안 생겼던, 자신에 대한 어떤 이미지였을지도 모른다. 그 이후로 그의 삶은 혼란스럽고 어수선했지만, 한 번만 특정한 출발점으로 돌아가 천천히 모든 걸 다시 살펴본다면, 그는 그 '무언가'를 발견할 수 있을 것 같았다.

*

5년 전 가을 어느 밤, 그들은 길을 걷고 있었고 낙엽이 흩날리고 있었다. 나무가 하나도 없는 곳에 이르렀을 때, 인도는 달빛으로 하얗게 빛나고 있었다. 그들은 그 자리에서 멈춰 서로를 바라보았다. 이제는 해가 바뀌는 두 시점에서 오는 신비로운 흥분이 느껴지는 시원한 밤이었다. 집 안의 고요한 불빛들이 어둠 속으로 잔잔히 울려 퍼지고, 별들 사이로는 소란과 분주함이 흘러나왔다. 개츠비는 곁눈질로 인도 블록들이 실제로는 사다리를 이루어 나무 위의 비밀스러운 곳으로 이어지는 것을 보았다. 혼자 올라간다면 그는 그곳에 닿을 수 있었고, 일단 도달하면 삶의 진수(乳汁)를 빨아들이고, 비교할 수 없는 경이의 젖을 삼켜 마실 수 있을 터였다.

그의 심장은 데이지의 하얀 얼굴이 자신의 얼굴 가까이 다가오자 더 빨리 뛰었다. 그는 알았다. 이 아가씨에게 입을 맞추고, 자신의 말로 다 표현할 수 없는 환상을 그녀의 덧없는 숨결과 영원히 결합시키는 순간, 그의 마음은 다시는 신의 마음처럼 자유롭게 뛰놀지 못할 것이라는 것을. 그래서 그는 잠시 더 기다리며, 별 위에서 울려 퍼진 조율의 울림에 귀를 기울였다. 그리고 그는 그녀에게 입맞춤을 했다. 그의 입술이 닿자 그녀는 꽃처럼 그를 위해 피어났고, 그 순간의 구현은 완전해졌다.

그가 하는 모든 말, 심지어 그 끔찍할 정도의 감상적 표현 속에서도, 나는 무언가를 떠올렸다. 잡히지 않는 리듬, 잃어버린 말의 조각, 오래전 어딘가에서 들었던 그것. 잠시 내 입안에서 한 구절이 형태를 갖추려 했고, 내 입술은 마치 벙어리처럼 갈라졌다. 그 위에 더 많은 것이 얹혀 있는 듯, 놀란 숨을 뱉을 때보다 더 많은 것이 얽혀 있는 듯 보였다. 그러나 소리는 나지 않았고, 내가 거의 기억해낼 뻔한 그 구절도 영원히 전달할 수 없었다.

VII

개츠비에 대한 나의 호기심이 절정에 달한 건 어느 토요일 밤 그의 집 불이 켜지지 않았던 때부터였다. 그가 트리말키오*처럼 살던 시절도 시작만큼이나 애매하게 끝나버렸다.

그의 진입로로 기대감에 차서 들어오던 자동차들이 잠시 머물다 시무룩하게 떠난다는 것을 나는 서서히 깨달았다. 그가 아픈 것은 아닌지 궁금해하며 가서 확인하려 했지만 악랄한 얼굴을 한 낯선 집사가 문에서 의심스러운 눈초리로 나를 바라보았다.

"개츠비 씨가 어디 아프신가요?"

"아니요." 잠시 멈췄다가 그는 느릿하고 마지못해 '선생님'이라고 덧붙였다.

"최근에 뵌 적이 없어서 좀 걱정이 되었습니다. 개츠비 씨에게 캐러웨이가 왔다고 전해주세요."

"누구요?" 그는 무례하게 물었다.

"캐러웨이요."

"캐러웨이 씨…. 알겠습니다. 전하겠습니다."

---

* 고대 로마의 풍자 소설 『사티리콘』에 등장하는 인물로, 호화로운 파티를 열며 방탕하게 부를 과시하는 인물이다.

그러고는 갑자기 문을 쾅 닫았다.

우리 집 핀란드인 가정부는 개츠비가 일주일 전에 집 안의 모든 하인을 내보내고 여섯 명 남짓의 새로운 하인들로 교체했다고 알려주었다. 그들은 웨스트에그 마을에 나가 상인들에게 뇌물을 받는 법도 없었고, 전화로만 적당히 필요한 물품을 주문했다. 식료품을 배달하는 소년은 주방이 돼지우리처럼 엉망이었다고 전했고, 마을 사람들 사이에서는 새 하인들이 사실 하인이 아니라고 여기는 것이 일반적인 의견이었다.

다음 날, 개츠비가 나에게 전화를 걸었다.

"다른 곳으로 떠나는 겁니까?" 내가 물었다.

"아닙니다, 친구."

"하인들을 다 내보냈다고 들었어요."

"입이 무거운 사람을 원했거든요. 데이지가 오후에 꽤 자주 와서요."

데이지의 눈에 담긴 불만 때문에 그 대저택이 카드집처럼 무너지고 말았던 것이다.

"울프샴이 뭔가를 도와주고 싶어 했던 사람들입니다. 다 형제자매 같은 사이고, 예전에 작은 호텔도 운영했다더군요."

"그래요."

개츠비는 데이지의 요청으로 전화를 걸었으며 내일 그녀의 집에서 점심을 같이 하자고 했다. 베이커 양도 올 거라고 덧붙였다. 30분쯤 뒤 데이지가 직접 전화를 걸어, 내가 오기로 한 사실에 안도하는 듯한 기색을 보였다. 뭔가 일이 있는 듯했다. 그럼에도 불구하고, 나는 그들이 이 기회를 가지고 소동을 벌일 거라고는 믿을 수 없었다. 특히 정원에서 개츠비가 상상했던, 꽤나 긴장되는 장면을 위해서라면 더더욱.

다음 날은 찌는 듯이 더웠다. 거의 여름의 마지막 날이었고, 분명 가장 더운 날이었다. 기차가 터널을 빠져나와 햇빛 속으로 들어서자 정오의 잠잠함을 깨는 것은 내셔널 비스킷 회사의 뜨거운 호루라기 소리뿐이었다. 객차의 짚으로 된 좌석은 곧 타버릴 듯이 달궈져 있었다. 내 옆에 앉은 여자는 흰 셔츠 안으로 땀이 흐르는 걸 참다가, 읽고 있던 신문이 손가락에 눅눅해지자 깊은 더위 속에서 절망적으로 몸을 맡기며 탄식했다. 그녀의 핸드백은 바닥에 털썩 떨어졌다.

"어머!" 그녀가 숨을 헐떡였다.

나는 지친 몸을 구부려 그것을 집어 그녀에게 건넸다. 팔을 쭉 뻗고 모서리 끝만 살짝 잡아 내가 아무 의도가 없음을 보여주려 했지만 그 여자를 포함한 근처의 사람들은 모두 나를 의심하는 눈치였다.

"덥네요!" 차장이 친숙한 얼굴들에게 외쳤다. "정말 더운 날씨예요! … 더워요! … 더워! … 이 정도면 정말 덥지 않나요…?"

내 통근 승차권은 차장의 손에서 묻은 검은 얼룩과 함께 돌아왔다. 이 더위 속에서 그가 누구의 붉어진 입술에 입을 맞추었는지, 누구의 머리가 그의 가슴 위 잠옷 주머니를 적셨는지, 누가 신경이나 쓴단 말인가!

… 뷰캐넌 저택의 복도를 통해 희미한 바람이 불어왔다. 그 바람은 전화벨 소리를 실어 왔고, 나는 개츠비와 함께 현관에서 기다리며 그 소리를 들었다.

"주인 어른의 시신이요?" 집사는 수화기에 대고 고함쳤다. "죄송합니다, 부인. 하지만 오늘 정오에는 너무 더워서 시신을 만질 수 없습니다!"

실제로 그가 한 말은 이랬다. "네… 네… 알겠습니다."

그는 수화기를 내려놓고 약간 번들거리는 얼굴로 우리에게 다가와 뻣뻣한 밀짚 모자를 받아 들었다.

"부인께서는 응접실에서 기다리십니다!" 그는 불필요하게 그 방향을 가리키며 외쳤다. 이 더위 속에서는 불필요한 몸짓 하나조차 생명력을 낭비하는 무례처럼 느껴졌다.

그늘막으로 잘 가려진 방 안은 어둡고 시원했다. 데이지와 조던은 선풍기가 만드는 바람 속에서 흰 드레스를 눌러가며 은빛 우상처럼 거대하고 긴 소파에 누워 있었다.

"움직일 수가 없어요." 두 사람은 동시에 말했다.

조던의 손가락은 황갈색 피부 위에 하얗게 분가루가 묻은 채 잠시 내 손 안에 머물렀다.

"우리의 운동선수 토머스 뷰캐넌 씨는요?" 내가 물었다.

동시에 나는 복도 너머로 전화를 거는 그의 목소리를 들었다. 거칠고, 묵직하고, 허스키한 목소리였다.

개츠비는 진홍빛 카펫 한가운데 서서 매혹된 눈으로 사방을 둘러보았다. 데이지는 그를 바라보며 웃었다. 그녀의 달콤하고 흥미로운 웃음에 가슴 위의 분가루가 작은 바람결에 흩날렸다.

“소문이 있어요.” 조던이 속삭였다. “저 전화기 건너편의 여자가 톰의 애인이래요.”

우리는 말없이 있었다. 복도에서 들려오는 목소리는 짜증 섞인 톤으로 높아졌다.

“좋아. 그럼 차는 절대 안 팔겠네…. 난 자네에게 아무런 빚진 게 없다고…. 점심시간에 그것 때문에 귀찮게 구는 것도 이젠 못 참아!”

“수화기를 막고 저러는 거예요.” 데이지가 냉소적으로 말했다.

“아니야, 그렇지 않아.” 내가 그녀에게 확신하며 말했다. “진짜 거래 전화일 거야. 나도 그 일에 대해 알거든.”

톰은 문을 거칠게 열고, 잠시 두툼한 몸으로 문 공간을 가로막더니 방 안으로 성큼 들어왔다.

“개츠비 씨!” 그는 넓고 평평한 손을 내밀며 숨기기 힘든 불쾌감을 감추었다. “보게 되어 기뻐요. 오, 닉….”

“차가운 음료 좀 만들어줘요.” 데이지가 외쳤다.

그가 다시 방을 나서자 데이지는 일어나 개츠비에게 다가가 그의 얼굴을 잡고 입을 맞췄다.

“내가 당신을 사랑하는 거 알죠.” 그녀가 속삭였다.

“여기 숙녀가 있다는 걸 잊은 모양이군.” 조던이 말했다.

데이지는 의심스러운 눈길로 주변을 둘러보았다.

“그럼 너도 닉 오빠에게 키스해.”

“정말 저속하고 천박한 부인이군!”

“상관없어!” 데이지가 소리치며 벽난로 위를 두드리기 시작했다. 그러다가 더위를 떠올리고는 죄책감 어린 표정으로 소파에 앉았다. 마침 유모가 갓 세탁한 옷을 입은 작은 소녀를 데리고 방으로 들어왔다.

"사—랑스러운 보—물." 그녀가 부드럽게 노래하듯 말하며 두 팔을 벌렸다. "너를 사랑하는 엄마에게 오렴."

유모에게서 풀려난 아이는 방을 가로질러 달려와 수줍게 엄마의 드레스에 얼굴을 묻었다.

"사—랑스러운 보—물아! 엄마가 너의 노란 머리카락에 분가루가 묻었네. 이제 일어서서 '안녕하세요' 하고 인사해야지."

그때 우리 둘, 개츠비와 나는 차례토 몸을 숙여 그 작고 망설이는 손을 잡았다. 그 후에도 개츠비는 계속 놀란 듯 아이를 바라보았다. 아마 아이의 존재를 정말로 믿어본 적이 없었던 듯했다.

"점심 먹기 전인데 이렇게 옷을 입었어요." 아이가 기대에 찬 눈으로 데이지를 향해 말했다.

"그건 엄마가 널 자랑하고 싶어 했기 때문이란다." 데이지는 아이의 작고 하얀 목에 난 한 줄 주름 쪽으로 얼굴을 기울였다. "너는 꿈 같아. 완벽한 작은 꿈 그 자체야."

"응." 아이는 침착하게 인정했다. "조던 아줌마도 하얀 드레스 입었어요."

"엄마 친구들 마음에 들어?" 데이지가 아이를 돌려 개츠비를 바라보게 했다. "아저씨들 멋지지 않니?"

"아빠는 어디 있어요?"

"얘는 아빠를 안 닮았어요." 데이지가 설명하듯 말했다. "저를 닮았죠. 머리카락도, 얼굴형도 저랑 똑같아요."

데이지는 다시 소파에 앉았다. 유모는 한 발 앞으로 나와 손을 내밀었다.

"가자, 패미."

"안녕, 우리 사랑스런 아이!"

조금 망설이며 뒤를 돌아보던 얌전한 아이는 유모의 손을 잡고 문밖으로 끌려 나갔다. 바로 그때 톰이 돌아왔고, 네 잔의 진 리키를 들고 들어오며 얼음이 부딪히는 소리를 냈다.

개츠비가 자신의 음료를 들었다.

"정말 시원해 보이는군요." 그가 눈에 띄게 긴장하며 말했다.

우리는 그것을 탐욕스럽게 쭉 들이켰다.

"어디서 읽었는데, 태양이 매년 더 뜨거워진다더군." 톰이 상냥하게 말했다. "조만간 지구가 태양으로 빨려 들어갈 것 같다고 했던가. 잠깐, 반대야. 태양이 매년 더 차가워진다고 했나…."

그는 개츠비에게 제안했다. "밖으로 나갑시다. 우리 집도 한번 구경시켜주고 싶어서요."

나는 그들과 함께 베란다로 나갔다. 열기에 갇힌 초록빛 해협 위로 한 척의 작은 돛단배가 천천히 신선한 바다를 향해 나아가고 있었다. 개츠비의 시선이 잠시 그것을 따라갔다. 그는 손을 들어 만을 가리켰다.

"저는 바로 저 맞은편에 삽니다."

"그러시군요."

우리의 시선은 장미 화단과 뜨거운 잔디밭, 해안가를 따라 더위에 시달린 잡초 더미를 보았다. 천천히, 하얀 돛의 날개가 푸른 하늘의 시원한 경계에 맞서 움직였다. 앞에는 물결진 바다와 축복받은 섬들이 가득 펼쳐져 있었다.

"저기 좀 봐요. 재밌어 보이지 않습니까?" 톰이 고개를 끄덕이며 말했다. "한 시간쯤 이 사람과 함께 나가보고 싶군요."

우리는 열기를 피하려고 커튼을 치고 어둡게 만든 식당에서 점심을 먹었다. 차가운 흑맥주와 함께 긴장된 즐거움을 들이켰다.

"오늘 오후에는 뭘 할까요?" 데이지가 외쳤다. "그리고 그다음 날, 그리고 앞으로 30년은 어떻게 하죠?"

"유난스럽게 굴지 마." 조던이 말했다. "가을 공기가 서늘해지면 인생도 다시 시작되는 거야."

"하지만 너무 더운걸." 데이지가 눈물을 글썽이며 말했다. "모든 게 너무 뒤죽박죽이에요. 우리 시내로 가요!"

데이지의 목소리는 열기를 뚫고 버둥거리며, 혼란스러운 감정을 형태로 빚어내려 애쓰고 있었다.

"마구간을 차고로 만든 이야기는 들어봤지만." 톰이 개츠비에게 말하며 웃었다. "차고를 마구간으로 만든 사람은 내가 처음일 거요."

"누구 시내로 가고 싶은 사람 없어요?" 데이지가 집요하게 물었다. 개츠비의 시선이 그녀를 향해 떠올랐다. "아." 그녀가 외쳤다. "당신, 정말 멋져 보여요."

두 사람의 눈이 마주쳤고, 그들은 서로만 바라보며 공간 속에 단둘이 서 있는 듯했다. 데이지는 겨우 힘을 내어 테이불을 내려다보았다.

"당신을 늘 그렇게 멋져 보였어요." 그녀가 다시 말했다.

그녀는 방금 개츠비에게 사랑한다고 말한 것이었고, 톰 뷰캐넌은 그것을 알아차렸다. 그는 충격을 받은 듯 입을 약간 벌리고 개츠비를 바라보다가 다시 데이지를 바라보았다. 마치 그녀를 오래전 알았던 사람처럼, 지금에서야 다시 알아본다는 듯한 눈빛이었다.

"당신은 광고에 나오는 그 사람과 닮았어요." 그녀가 천진난만하게 이어 말했다. "그 사람 아시죠?"

"좋아." 톰이 재빨리 끼어들었다. "시내로 가는 건 전혀 문제없지. 자, 가죠. 모두 시내로 갑시다."

톰이 자리에서 일어섰다. 눈빛은 여전히 개츠비와 아내 사이를 번뜩이며 오갔다. 그러나 아무도 움직이지 않았다.

"자, 가자고!" 그의 성급함이 조금 드러났다. "대체 무슨 일이야? 시내로 갈 거면 지금 출발하자고."

자제하려는 노력으로 떨리는 손에 든 맥주잔을 입술에 가져가 마지막 한 모금을 마셨다. 데이지의 목소리가 우리를 일으켜 세우고 작열하는 자갈길로 이끌었다.

"그냥 가는 거예요?" 그녀가 반문했다. "이렇게? 담배를 피울 사람은 피우도록 하지 않고요?"

"점심 내내 다들 담배를 피웠잖아."

"오, 그냥 즐기자고요." 그녀가 그에게 간청했다. "이렇게 더운데 싸우긴 너무 싫어요."

그는 대답하지 않았다.

"알겠어요. 당신 마음대로 해요." 데이지가 말했다. "가자, 조던."

그들은 준비를 위해 위층으로 올라갔고, 우리 세 남자는
그 사이 자갈길 위에서 발로 땅을 차며 서 있었다. 은빛 초
승달이 이미 서쪽 하늘에 떠 있었다. 개츠비가 말을 꺼내려
다 마음을 바꿨지만, 그 전에 톰은 기대하는 눈빛으로 그를
향해 몸을 돌렸다.

"여기 마구간 있습니까?" 개츠비가 겨우 말을 꺼냈다.

"도로를 따라 400미터쯤 내려가면 있지요."

"아."

잠시 정적이 흘렀다.

"시내에 가겠다는 게 도대체 무슨 생각이야?" 톰이 거
칠게 내뱉었다. "여자들은 가끔 이런 이상한 생각이나 하
고…."

"뭐라도 마실 것을 가져갈까요?" 데이지가 위층 창문에
서 불렀다.

"위스키 좀 가져올게." 톰이 대답하며 안으로 들어갔다.

개츠비가 나를 똑바로 바라보며 말했다.

"그의 집에서는 아무 말도 못 하겠어요, 친구."

"데이지의 목소리가 좀 조심성이 없어요." 내가 말했다.
"뭔가…." 말을 멈췄다.

"그녀의 목소리는 돈으로 가득 차 있어요." 그가 갑자기
말했다.

바로 그거였다. 이제야 이해가 갔다. 그녀의 목소리는
돈으로 가득 차 있었다. 그 안에 오르내리는 끝없는 매력,
그 울림, 심벌즈의 노래 같은…. 하얀 궁전 높은 곳의 왕녀,

황금빛 소녀….

톰이 집에서 1리터짜리 술병을 수건에 싸 들고 나왔고, 뒤이어 데이지와 조던이 금속사 천으로 된 작은 꼭 맞는 모자를 쓰고 가벼운 망토를 팔에 걸친 채 나왔다.

"모두 제 차를 타고 가실까요?" 개츠비가 제안했다. 그는 뜨겁게 달궈진 초록빛 가죽 시트에 손을 댔다. "그늘에 놔둘 걸 그랬군요."

"수동 변속이죠?" 톰이 딱딱하게 물었다.

"네."

"그럼 당신이 내 쿠페를 타고, 내가 당신 차를 몰고 시내로 가죠."

개츠비에게는 이 제안이 마음에 들지 않았다.

"기름이 별로 없는 것 같은데요." 개츠비가 반대했다.

"기름은 충분해요." 톰이 뽐내듯이 말했다. 그는 연료 계량기를 바라보았다. "설사 다 떨어진다 해도 약국에 들르면 되겠죠. 요즘은 약국에서 뭐든 살 수 있으니까."

이 겉보기에 쓸데없는 말이 끝난 뒤 잠깐의 정적이 흘렀다. 데이지는 찡그리며 톰을 바라보았고, 개츠비의 얼굴에는 설명하기 어려우면서도 어딘가 낯익은 듯한, 마치 내가 말로만 들어본 듯한 표정이 스쳐 지나갔다.

"자, 데이지." 톰이 손으로 그녀를 개츠비의 차 쪽으로 밀며 말했다. "이 광대 마차에 태워주지."

톰이 문을 열었지만 데이지는 그의 팔 안에서 살짝 빠져나왔다.

"닉과 조던은 당신이 태워요. 우리는 쿠페를 타고 따라갈

게요."

데이지는 개츠비 가까이로 걸어가며 손으로 그의 윗도리를 스쳤다. 조던과 톰, 그리고 나는 개츠비의 차 앞좌석에 앉았고, 톰은 익숙하지 않은 기어를 조심스럽게 밀며, 숨막히는 더위 속으로 질주했다. 그 뒤로 개츠비와 데이지는 시야에서 사라졌다.

"봤어, 방금?" 톰이 다그치듯 말했다.

"뭘 말이야?"

톰이 나를 예리하게 바라보았다. 조던과 내가 이미 모든 걸 알고 있었음을 눈치챈 듯했다.

"자네는 내가 꽤 멍청하다고 생각하지?" 그가 말했다. "아마 그럴지도 모르지. 하지만 난 가끔… 예지력 같은 게 생겨서 뭘 해야 할지 알 때가 있어. 자네는 믿지 않을 수도 있겠지만, 과학이라는 게…."

그는 잠시 멈췄다. 즉각적인 상황이 그를 붙잡아 이론의 심연 가장자리에서 끌어내렸다.

"그자의 정체를 좀 캐봤어." 그가 계속 말했다. "미리 알았더라면 더 제대로 파헤쳤을 텐데 말이지…."

"점쟁이에게라도 갔다는 거예요?" 조던이 장난스럽게 물었다.

"뭐라고?" 우리가 웃자 그는 혼란스러운 표정으로 우리를 바라보았다. "무당이라고?"

"개츠비에 대해서요."

"개츠비에 대해서! 아니, 안 갔어. 그냥 그의 과거를 조금 조사해본 거지."

“그가 옥스퍼드 나온 사람이라는 것도 알아냈겠죠?” 조 던이 친절하게 덧붙였다.

“옥스퍼드 출신이라니!” 그는 믿기지 않는다는 듯 말했 다. “말도 안 돼! 분홍색 양복을 입는 사람이잖아.”

“그럼에도 그는 옥스퍼드 출신인걸요.”

“뉴멕시코 주에 있는 옥스퍼드겠지.” 톰이 경멸 섞인 콧 방귀를 뀌었다. “아무튼 그런 데일걸.”

“들어봐요, 톰. 그렇게 속물처럼 굴 거라면 왜 그를 점심 에 초대했어요?” 조던이 짜증스럽게 물었다.

“데이지가 초대했어. 우리가 결혼하기 전에 데이지가 그 를 알았던 거야. 도대체 어디서인지는 알 수 없지만!”

우리는 모두 식어가는 맥주 때문에 짜증이 나 있었고, 그 걸 의식하며 한동안 침묵 속에서 운전했다. 그러다 도로 아 래로 T. J. 에클버그 의사의 희미한 눈이 보이자, 나는 기름 이 별로 없다던 개츠비의 말을 떠올렸다.

“시내까지 갈 만큼은 충분해.” 톰이 말했다.

“하지만 바로 여기 주유소가 있잖아요.” 조던이 반박했 다. “이 뜨거운 날씨에 차가 멈추는 건 싫어요.”

톰은 참지 못해 브레이크를 동시에 걸고 차를 덜컥 먼지 속에서 멈췄다. 잠시 후 가게 주인이 안에서 나와 허공을 응시하듯 차를 바라보았다.

“기름 좀 넣지!” 톰이 거칠게 외쳤다. “무슨 경치 구경하 러 멈춘 줄 알아?”

“몸이 안 좋아요.” 윌슨은 움직이지 않은 채 말했다. “하 루 종일 아팠거든요.”

"무슨 일이야?"

"완전히 지쳐버렸어요."

"그럼, 내가 직접 넣을까?" 톰이 말했다. "전화할 때는 괜찮아 보였는데."

윌슨은 힘겹게 문간 그늘에 기대 있다가 몸을 떼고는 숨을 가쁘게 몰아쉬며 탱크 뚜껑을 풀었다. 햇빛 아래 그의 얼굴은 창백한 푸른 빛을 띠었다.

"점심 식사 방해하려던 건 아니었습니다." 그가 말했다. "하지만 돈이 정말 급해서요. 오래된 차를 어떻게 하실 생각인지 궁금했습니다."

"이 차는 마음에 드나?" 톰이 물었다. "지난주에 샀어."

"멋진 노란색이네요." 윌슨이 손잡이를 힘껏 돌리며 말했다.

"사고 싶나?"

"좋은 차예요." 윌슨이 희미하게 웃었다. "하지만 싫어요. 다른 차로는 돈을 좀 벌 수 있을 것 같습니다."

"갑자기 왜 돈이 필요하다는 건가?"

"여기 너무 오래 있었어요. 떠나고 싶습니다. 마누라와 함께 서부로 가고 싶어어요."

"아내도 그걸 원한다고?" 톰이 놀라서 말했다.

"마누라는 이미 10년 동안 그 얘기를 해왔습니다." 윌슨은 잠시 펌프에 기대어 눈을 가렸다. "이제는 원하든 원치 않든 가게 될 겁니다. 마누라를 데리고 떠날 겁니다."

그때 쿠페가 먼지를 흩날리며 손을 흔들고 찰나의 번뜩임과 함께 우리 곁을 스쳐 지나갔다.

"얼마인가?" 톰이 거칠게 물었다.

"지난 이틀 동안 뭔가 이상한 걸 알아차렸어요." 윌슨이 말했다. "그래서 떠나고 싶은 겁니다. 그래서 차 때문에 귀찮게 굴었던 거고요."

"내가 얼마를 내야 하냐고."

"1달러 20센트요."

지독한 더위에 혼란스러워진 나는 그제야 윌슨의 의심이 아직 톰에게로 향하지 않았다는 것을 깨달았다. 그는 머틀이 자신과는 다른 세계에서 다른 삶을 살고 있다는 사실을 알아차렸고, 그 충격 때문에 몸이 아플 정도였다. 나는 그를 바라보다가 톰을 보았다. 톰 역시 한 시간도 채 안 되어 비슷한 사실을 깨달았고, 나는 남자들 사이의 지능이나 인종보다 건강한 사람과 병든 사람 사이의 차이가 훨씬 깊다는 생각이 들었다. 윌슨은 너무 아파서 죄책감에 휩싸인 듯 보였고, 마치 갓 임신한 가엾은 소녀를 만나버린 사람처럼 용서할 수 없을 만큼 죄책감에 찬 모습이었다.

"그 차는 자네에게 주지." 톰이 말했다. "내일 오후에 갖다주겠네."

이 지역은 언제나 어딘지 모르게 불안감을 주는 곳이었다. 한낮의 강한 햇빛 속에서도 그랬고, 나는 지금도 뒤에서 무언가를 경고받은 듯 고개를 돌렸다. 쓰레기 계곡 위로 T. J. 에클버그 의사의 거대한 눈이 여전히 감시하듯 서 있었지만, 잠시 후 나는 또 다른 눈들이 우리를 6미터도 채 되지 않는 거리에서 묘하게 집중된 시선으로 지켜보고 있다는 것을 깨달았다.

　　정비소 위 한 창문에서 커튼이 조금 젖혀져 있었고, 머틀 윌슨이 차를 내려다보고 있었다. 그녀는 너무 몰입한 나머지 자신이 관찰당하고 있다는 사실조차 의식하지 못했고, 한 감정에서 다음 감정으로 얼굴에 스며들어 마치 천천히 현상되는 사진 속 사물처럼 나타났다. 그녀의 표정은 묘하게 익숙했다. 여자들에게서 종종 보던 표정이었는데 머틀 윌슨의 표정은 목적도 없고 설명할 수 없는 듯 보였다. 그러다 문득 깨달았다. 질투와 공포로 크게 떠진 그녀의 눈이 톰이 아니라, 그가 아내라고 착각한 조던 베이커에게 고정되어 있었다는 것을.

*

　　단순한 마음의 혼란만큼 큰 혼란은 없다. 우리가 차를 몰고 떠날 때, 톰은 뜨겁게 채찍질하듯 밀려오는 공황을 느끼고 있었다. 불과 한 시간 전까지만 해도 완전히 자기 손 안에 있다고 여겼던 자신의 아내와 정부가 이제 그의 손아귀를 벗어나 급속히 멀어지고 있었다. 본능적으로 그는 가속 페달을 밟았다. 데이지를 따라잡고 동시에 윌슨을 따돌리려는 두 가지 목적에서였다. 우리는 시속 80킬로미터로 애스토리아를 향해 질주했고, 고가 철도의 거미줄 같은 철골 구조물 사이로 느긋하게 달리는 하늘색 쿠페가 보였다.

　　"50번가 근처의 대형 영화관이 시원해요." 조던이 제안했다. "난 모두가 떠난 여름 오후의 뉴욕을 정말 좋아해요. 뭔가 관능적인 느낌이 있달까. 과하게 익어서, 온갖 이상한 과일들이 손 안으로 떨어질 것만 같은 그런 기분 말이죠."

'관능적'이라는 단어는 톰을 한층 더 불안하게 만들었다. 그러나 그가 반박할 말을 떠올리기도 전에 쿠페가 멈춰 섰고, 데이지가 우리에게 멈추라며 손짓했다.

"어디로 갈 거예요?" 그녀가 외쳤다.

"영화 보러 가는 건 어때?"

"너무 더워요." 그녀가 투덜거렸다. "당신들끼리 가세요. 우리는 그냥 드라이브 좀 하다가 나중에 합류할게요." 그녀는 힘겹게 재치 있는 말을 덧붙였다. "어딘가 길모퉁이에서 만나요. 한 번에 담배 두 개비를 피우고 있는 사람이 보이면 나인 줄 알라고요."

"여기서 말장난은 그만하지." 뒤에서 트럭이 거칠게 경적을 울리자 톰이 초조하게 말했다. "센트럴파크 남쪽, 플라자 호텔 앞에서 만나."

그는 몇 번이나 고개를 돌려 그들의 차가 따라오고 있는지 확인했고, 교통신호가 막혀 그 차가 늦어지면 그들이 다시 보일 때까지 속도를 늦췄다. 아마도 그들이 어느 골목으로 휙 빠져들어 자신의 인생에서 영원히 사라질까 봐 두려웠던 것 같다.

하지만 그들은 그러지 않았다. 그리고 우리는 모두 이해하기 어려운 선택을 했다. 플라자 호텔의 한 스위트룸 응접실을 잡은 것이다.

우리를 그 방으로 몰아넣게 된 그 길고 소란스러운 논쟁의 전말은 기억나지 않는다. 다만 그동안 내 속옷이 축축한 뱀처럼 다리 위로 계속 말려 올라가고, 등에는 땀방울이 간

헐적으로 흘러내렸던 생생한 감각만은 또렷이 남아 있다. 그 시작은 욕실 다섯 개를 빌려서 찬물 목욕이나 하자는 데 이지의 제안이었다. 그러다 그것은 점차 구체적인 형태를 띠며 '민트 줄렙 한잔할 만한 곳'으로 변해갔다. 우리 모두 그게 말도 안 되는 생각이라고 몇 번이고 되풀이하면서, 어 리둥절한 호텔 직원에게 모두 한꺼번에 말을 걸었고, 우리 가 아주 우스운 짓을 하고 있다고 생각하거나, 적어도 그런 척을 했다….

방은 크고 숨막힐 듯했으며, 이미 4시가 넘었지만 창문 을 열어도 공원에서 불어오는 후텁지근한 나무 냄새만 들 어올 뿐이었다. 데이지는 거울 앞으로 가서 우리에게 등을 돌린 채 머리를 다듬었다.

"멋진 스위트룸이네." 조던이 존중 어린 목소리로 속삭 였고, 모두 웃음을 터뜨렸다.

"다른 창문도 열어." 데이지가 돌아보지 않고 명령했다.

"더 이상 창문이 없는걸."

"그럼 도끼라도 가져오라고 하지, 뭐…."

"지금 해야 할 일은 더위를 그냥 잊어버리는 거야." 톰이 초조하게 말했다. "덥다 덥다 투덜대니가 열기가 열 배는 더 심해지는 거라고."

그는 수건에서 위스키 병을 꺼내 탁자 위에 올려놓았다.

"그녀를 그냥 내버려두는 게 어때요, 친구?" 개츠비가 말 했다. "시내에 오자고 한 건 당신이잖아요."

잠시 침묵이 흘렀다. 못에 걸려 있던 전화번호부가 미끄 러져 바닥으로 떨어지며 소리를 냈고, 조던이 작게 "미안합니다.”라고 속삭였지만 이번에는 아무도 웃지 않았다.

“내가 주울게요.” 내가 말했다.

“제가 하죠.” 개츠비는 끊어진 줄을 살펴보며 흥미로운 듯 “흠!” 하고 말하고는 전화번호부를 의자 위에 던졌다.

“정말 독특한 표현을 쓰시네요, 그렇죠?” 톰이 날카롭게 말했다.

“뭐가요?”

“그 ‘친구’라는 표현 말이에요. 어디서 배운 겁니까?”

“저기, 톰.” 데이지가 거울에서 돌아서며 말했다. “계속 그런 식으로 인신공격이나 할 거라면 난 여기서 한순간도 못 있겠어요. 전화해서 민트 줄렙에 넣을 얼음이나 좀 시켜 줘요.”

톰이 수화기를 집는 순간, 답답하게 눌린 열기가 소리로 폭발했고, 우리는 아래 볼룸에서 들려오는 멘델스존의 ‘결혼 행진곡’의 장엄한 화음을 듣고 있었다.

“이 더위에 누군가와 결혼하다니. 상상 좀 해봐요!” 조던 이 음울하게 외쳤다.

“그래⋯. 나도 6월 중순에 결혼했잖아.” 데이지가 떠올렸 다. “루이빌의 6월! 누군가가 기절했었는데. 누구였죠, 톰?”

“빌록시.” 그가 짧게 대답했다.

“‘블록스’ 빌록시라는 남자였어요. 상자를 만드는 사람이 었죠. 진짜예요. 테네시 주 빌록시 출신이었어요.”

“사람들이 그를 우리 집으로 옮겼어요.” 조던이 덧붙였 다. “교회에서 불과 두 집 건너에 살았거든요. 그는 3주나 우리 집에 머물렀어요. 결국 아버지가 나가라고 할 때까지요. 그가 떠난 다음 날, 아버지가 돌아가셨어요."

잠시 후, 그녀는 다소 불경하게 들릴 수도 있는 듯 덧붙였다. "그게 무슨 관련이 있는 건 아니고요."

"나도 멤피스 출신의 빌 빌록시를 알고 있어요." 내가 말했다.

"그 사람은 블록스 빌록시의 사촌이에요. 그가 떠나기 전에 가족사를 다 알려줬거든요. 그가 내게 알루미늄 골프채도 줬는데 지금까지도 잘 쓰고 있죠."

결혼식이 시작되자 음악은 잦아들었고, 창문 너머로 길게 환호가 들려왔다. 이어서 간헐적으로 '예… 예… 예!' 하는 외침과 함께 마침내 춤이 시작되며 재즈 연주가 터져 나왔다.

"우린 늙어가고 있어요." 데이지가 말했다. "젊었으면 일어나서 춤을 췄을 텐데 말이에요."

"빌록시 기억나지?" 조던이 그녀에게 경고했다. "톰, 당신은 그 사람을 어디서 알았어요?"

"빌록시?" 그는 힘겹게 집중했다. "난 그를 몰라. 데이지의 친구였거든."

"그렇지 않아요." 그녀가 부정했다. "난 그 사람을 한 번도 본 적 없는걸요. 그 사람은 자가용을 타고 왔어요."

"글쎄, 당신이 아는 사이라고 했잖아. 루이빌에서 자랐다고도 했고. 에이서 버드가 마지막 순간에 그를 데려오면서 자리가 있냐고 물었지."

조던이 웃었다.

"아마 그는 남의 차를 타고 고향에 돌아가던 참이었나 봐요. 나한테는 당신과 같이 예일대에 다닐 때 동기 학생회장이었다고 했거든요."

톰과 나는 멍하니 서로를 바라보았다.

"빌록시가?"

"무엇보다도, 예일에는 동기 학생회장이라는 게 없었습니다."

개츠비는 짧게 안절부절못하며 발을 두드렸고, 톰은 갑자기 그를 주시했다.

"그런데 개츠비 씨, 제가 알기로는 옥스퍼드 출신이시라고요."

"꼭 그렇진 않아요."

"아, 네. 제가 알기로는 옥스퍼드에 다니셨다던데요."

"네. 거기 다녔습니다."

잠시 침묵이 흘렀다. 그리고 톰의 믿기지 않을 만큼 모욕적인 목소리가 이어졌다.

"빌록시가 뉴헤이븐에 갔을 때쯤 거기 다니셨겠군요."

잠시 또 침묵이 흘렀다. 그때 웨이터가 노크하며 들어와 으깬 민트와 얼음을 갖다주었다. 그가 나가면서 "감사합니다." 하는 인사나 부드럽게 닫히는 문 소리에도 정적은 깨지지 않았다. 마침내 개츠비의 엄청난 과가가 밝혀질 순간이었다.

"제가 거기 다녔다고 말했잖아요." 개츠비가 말했다.

"들었어요. 그런데 언제였는지 알고 싶네요."

"1919년이었어요. 단지 다섯 달만 머물렀습니다. 그래서 제가 진정한 옥스퍼드 출신이라고는 할 수 없죠."

톰은 우리가 그의 불신을 함께 느끼는지 살펴보려고 주위를 둘러보았다. 그러나 우리는 모두 개츠비를 바라보고 있었다.

"정전 후 장교 몇몇에게 주어진 기회였어요." 그가 말을 이어갔다. "우리는 영국이나 프랑스의 어떤 대학이든 갈 수 있었죠."

나는 일어나 그의 등을 한 번 두드려주고 싶었다. 전에 느꼈던 것과 같은, 그에 대한 완전한 신뢰가 새로 돋는 그런 순간이었다.

데이지가 미소를 띤 채 일어서서 탁자 쪽으로 갔다.

"위스키 병 좀 열어요, 톰." 그녀가 명령했다. "내가 민트 줄렙을 만들어줄게요. 그럼 당신이 그렇게 멍청해 보이지 않을 거예요…. 이 민트를 좀 봐요!"

"잠깐만." 톰이 날카롭게 말했다. "가츠비 씨에게 한 가지만 더 묻고 싶은데."

"계속하세요." 개츠비가 정중히 말했다.

"도대체 내 집에서 무슨 소동을 일으키려는 거야?"

마침내 모든 것이 공공연하게 드러났고, 개츠비는 만족스러워했다.

"소동을 일으키는 건 그가 아니에요." 데이지가 절망적인 표정으로 이쪽에서 저쪽을 번갈아 바라보며 말했다. "소동을 일으키는 건 당신이에요. 제발 자제 좀 해요."

"자제라니!" 톰이 믿을 수 없다는 듯 반복했다. "어디서 굴러먹다 온 건지도 모르는 이가 내 아내에게 사랑을 고백하도록 그냥 내버려두는 게 요즘 유행인가 보군. 글쎄, 그게 목적이라면 난 못 하겠어…. 요즘 사람들은 가족과 가정 제도를 비웃기 시작해서, 다음엔 모든 걸 뒤엎고 흑인과 백인의 혼인까지 하려 들겠지.”

열정적으로 횡설수설하며 얼굴이 붉어진 톰은 문명의 마지막 장벽 위에 홀로 서 있다는 듯이 말했다.

“여기 있는 사람들은 모두 백인이네요.” 조던이 중얼거렸다.

“내가 별로 인기가 없는 걸 알아. 성대한 파티도 안 열고 말이야. 현대 사회에서 친구를 사귀려면 집을 돼지우리처럼 만들어야 하는 모양이지.”

모두와 마찬가지로 나도 화가 치밀었지만, 톰이 입을 열 때마다 웃음이 나올 뻔했다. 방탕한 바람둥이에서 도덕군자로의 전환이 너무 완벽했기 때문이다.

“할 말이 있습니다, 친구.” 개츠비가 말을 꺼냈다. 그러나 데이지는 그의 의도를 이미 눈치챘다.

“제발 그만해요!” 그녀가 무력하게 끼어들었다. “제발 우리 모두 집으로 가요. 왜 다들 집으로 가지 않는 거죠?”

“좋은 생각이에요.” 내가 일어나며 말했다. “이만 가지, 톰. 아무도 술 마실 생각 없어.”

“난 개츠비 씨가 내게 무슨 말을 하려는지 알고 싶은데.”

“당신 아내는 당신을 사랑하지 않아요.” 개츠비가 말했다. “그녀는 한 번도 당신을 사랑한 적이 없어요. 그녀는 나를 사랑해요.”

“제정신이 아니군!” 톰이 자동적으로 소리쳤다.

개츠비는 흥분해서 벌떡 일어섰다.

"그녀는 당신을 한 번도 사랑한 적 없어요. 알아들어요?" 그가 외쳤다. "그녀가 당신과 결혼한 건 가난했던 나를 기다리다 지쳤기 때문이에요. 끔찍한 실수였지만, 그녀 마음 속엔 나 외에는 아무도 사랑한 적이 없었다고요!"

조던과 나는 자리를 떠나려 했지만 톰과 개츠비는 경쟁하듯 단호하게 우리가 남아야 한다고 고집했다. 마치 그들 중 누구도 숨길 것이 없고, 그들의 감정을 대리로 경험하는 것이 특권이라도 되는 양 말이다.

"앉아, 데이지." 톰의 목소리가 아버지 같은 어조를 찾으려 했지만 실패했다. "무슨 일이 있었던 거야? 전부 듣고 싶어."

"무슨 일이 있었는지 말했잖습니까." 개츠비가 말했다. "5년 동안 있었던 일이고… 당신은 몰랐던 거고."

톰은 날카롭게 데이지를 바라보았다.

"이자를 5년 동안 만난 거야?"

"만난 건 아닙니다. 우리는 만날 수 없었어요. 하지만 그 시간 내내 서로 사랑했습니다, 친구. 그리고 당신은 몰랐던 거죠. 가끔은 혼자 웃기도 했습니다" 그러나 그의 눈에는 웃음이 없었다. "당신이 몰랐다는 생각에 말입니다."

"아…. 그게 다인가." 톰은 두툼한 손가락을 성직자처럼 맞부딪치며 의자에 기대 앉았다.

"당신, 미쳤군!" 톰이 폭발했다. "5년 전 일을 이야기하진 않겠어. 그때 난 데이지를 몰랐으니까. 그리고 당신이 식료품을 배달하러 뒷문으로 들어간 게 아니라면 어떻게 데이지에게 조금이라도 가까이 다가갈 수 있었는지 난 이해할 수 없어. 하지만 나머지 전부는, 젠장할, 거짓말이야. 데이지는 결혼할 때 나를 사랑했고, 지금도 날 사랑한다고.”

“아니요.” 개츠비가 고개를 저었다. “하지만 그녀는 날 사랑하고 있어요. 문제는 가끔 어리석은 생각이 들어서 자기가 무슨 짓을 하는지 모른다는 거죠.” 그는 현명한 듯 고개를 끄덕였다. “게다가 나도 데이지를 사랑합니다. 가끔은 흥청망청하고 바보처럼 굴기도 하지만, 항상 제자리로 돌아오죠. 마음속에서는 늘 그녀를 사랑하고 있어요.”

“역겹군요.” 데이지가 말했다. 그녀는 내 쪽으로 몸을 돌렸고, 목소리를 한 옥타브 낮추어 방 안을 스릴 넘치는 경멸로 채웠다. “우리가 왜 시카고를 떠났는지 알아요? 그 시시콜콜하고 흥청망청한 이야기를 오빠에게 해주지 않았다니 놀라워요.”

개츠비가 다가가 그녀 옆에 섰다.

“데이지, 이제 다 끝났어.” 그가 진지하게 말했다. “이제는 중요하지 않아. 그냥 진실을 말해. 그를 사랑한 적이 없다고. 그러면 모든 게 영원히 지워질 거야.”

그녀는 멍하니 그를 바라보았다. “왜… 어떻게 저 사람을 사랑할 수 있었겠어요?”

“당신은 한 번도 저 사람을 사랑한 적이 없어.”

그녀는 머뭇거렸다. 그녀의 눈은 조던과 내게 향하며 일종의 호소를 담고 있었다. 마치 이제야 자신이 무슨 짓을 하고 있는지 깨달은 듯했고, 그동안 아무것도 할 의도가 없었던 것처럼 보였다. 그러나 이제 이미 끝난 일이었다. 너무 늦었다.

"난 저 사람을 사랑한 적 없어요." 데이지가 망설임을 담아 말했다.

"카피올라니에서도?" 톰이 갑자기 물었다.

"그래요."

아래층 연회장에서는 뜨거운 공기 위로 눅눅하고 답답한 화음이 흘러 올라왔다.

"내가 펀치볼에서 당신을 안아들고 신발을 젖지 않게 해줬던 날에도 날 사랑하지 않았다고?" 그의 목소리에는 거친 부드러움이 섞여 있었다. "…데이지?"

"제발 그만해요." 그녀의 목소리는 차가웠지만 원한은 사라져 있었다. 그녀는 개츠비를 바라보았다. "자, 제이." 그녀가 말했다. 하지만 담배에 불을 붙이려는 손은 떨리고 있었다. 갑자기 그녀는 담배와 타고 있는 성냥을 카펫 위로 던졌다.

"당신은 너무 많은 걸 원해요!" 그녀가 개츠비에게 외쳤다. "지금 난 당신을 사랑해요. 그거면 충분하지 않나요? 지난 일을 어쩔 수는 없어요." 그녀가 무력하게 흐느끼기 시작했다. "한때 저 사람을 사랑했지만, 당신도 사랑했어요."

개츠비의 눈이 열렸다 닫혔다.

"나도 사랑했다고?" 개츠비가 그녀의 달을 되풀이했다.

"그것조차 거짓말이야." 톰이 잔혹하게 말했다. "데이지는 당신이 살아 있는지조차 몰랐어. 데이지와 나 사이에는 당신이 결코 모를 일들이 있어. 우리 둘 다 결코 잊을 수 없는 일들이."

그 말들은 마치 실제로 개츠비의 몸을 파고드는 듯했다.

"데이지와 단둘이 이야기하고 싶습니다." 그가 고집스럽게 말했다. "지금 데이지가 너무 흥분해 있어…."

"톰을 한 번도 사랑하지 않았다고는… 단둘이라도 말할 수 없어요." 그녀가 애처로운 목소리로 인정했다. "그건 사실이 아니에요."

"물론 아니지." 톰이 동의했다.

그녀는 남편을 향해 몸을 돌렸다.

"당신한테 그게 무슨 상관이 있죠?" 그녀가 말했다.

"당연히 상관있지. 이제부터는 내가 잘 보살필 거니까."

"당신은 이해 못 해요." 개츠비가 다급한 기색으로 말했다. "당신은 더 이상 그녀를 돌봐줄 필요가 없어요."

"그럴 필요가 없다고?" 톰이 눈을 크게 뜨고 웃었다. 이제 그는 자신의 감정을 통제할 여유가 생겼다. "왜 그렇지?"

"데이지가 당신을 떠날 테니까."

"말도 안 되는군."

"하지만 난 떠나요." 데이지가 눈에 띄게 노력을 기울이며 말했다.

"날 떠난다고?" 톰의 말이 갑자기 개츠비 쪽으로 숙여졌다. "절대 안 돼. 그녀 손가락에 끼운 반지를 훔쳐야 할 평범한 사기꾼 때문에라면 말이지."

"더 이상 참을 수 없어요!" 데이지가 외쳤다. "제발, 여기서 나가요."

"당신 도대체 누구야?" 톰이 폭발했다. "당신이 마이어 울프샴과 어울리는 무리 중 하나라는 건 알고 있어. 당신 일에 대해 조금 조사해봤고, 더 파고들 생각이지."

"마음대로 하시죠, 친구." 개츠비가 침착하게 말했다.

"당신의 그 '약국'이 뭔지 알아냈어.' 그는 우리를 향해 빠르게 말을 이어갔다. "저자와 울프샴은 여기와 시카고의 골목길 약국들을 사들여, 그곳에서 에틸알코올을 몰래 팔았지. 그게 저자의 작은 술수 중 하나고. 처음 봤을 때부터 난 저자가 밀주업자일 거라 생각했고, 크게 틀리진 않았어."

"그게 뭐 어쨌다고요?" 개츠비가 정중하게 말했다. "당신 친구 월터 체이스는 자존심이 없어서 이 일에 꼈답니까?"

"그리고 당신들이 그를 곤란하게 만들었잖아, 그렇지? 뉴저지에서 한 달 동안 감옥에 가게 내버려뒀잖아. 세상에! 월터가 당신을 두고 하는 말 좀 들어봐야겠어."

"그는 완전히 빈털터리인 상태로 우리에게 왔어요. 돈 좀 벌게 되어 아주 기뻐했죠, 친구."

"그렇게 부르지 마!" 톰이 소리쳤다. 개츠비는 아무 말도 하지 않았다. "월터는 도박법으로도 널 고발할 수 있었겠지만 울프샴이 겁박해서 입을 다물게 했지."

그 익숙하면서도 낯선 표정이 다시 개츠비의 얼굴에 돌아왔다.

"그 약국 사건은 그냥 작은 돈벌이에 불과했겠지." 톰이 천천히 말을 이어갔다. "하지만 지금 당신은 월터가 나한테 말하기 겁내는 무언가를 가지고 있군."

나는 데이지를 흘끗 보았다. 그녀는 개츠비와 남편 사이에서 겁에 질려 있었다. 그리고 조던을 보니, 그녀는 보이지 않지만 집중을 요하는 물체를 턱 끝 위에 균형 맞추기 시작하고 있었다. 그다음 다시 개츠비를 바라보았는데 그의 표정에 깜짝 놀랐다. 그는, 정원에서의 떠벌려진 중상모략에 대한 모든 경멸을 담아 말하자면 '사람을 죽여본 사람'처럼 보였다. 잠시 동안 그의 표정은 정말로 그렇게 환상적으로 묘사될 수 있었다.

그 표정은 지나갔고, 그는 데이지에게 흥분한 목소리로 말을 하기 시작했다. 모든 것을 부인하며, 실제로 제기되지도 않은 비난으로부터 자신을 변호했다. 그러나 그의 말이 거듭될수록 그녀는 점점 더 자신의 세계 속으로 들어갔고, 그는 결국 포기했다. 오직 죽어버린 꿈만이 오후가 흘러가는 동안 싸움을 계속했다. 더 이상 손에 잡히지 않는 것을 붙잡으려 애쓰며, 방 건너편에서 들려오는 잃어버린 목소리를 향해, 불행하게도 그러나 절망하지 않고 몸부림쳤다.

그 목소리가 다시 떠나자고 애원했다.

"제발요, 톰! 더 이상 참을 수 없어요."

데이지의 겁에 질린 눈빛은, 그녀가 가지고 있었던 어떤 의도나 용기가 확실히 사라졌음을 보여주었다.

"둘이 먼저 집으로 가, 데이지." 톰이 말했다. "개츠비 차로."

그녀는 이제 놀란 눈으로 톰을 바라보았지만, 그는 너그러운 듯 경멸 섞인 태도로 고집했다.

"가라고. 저자가 당신을 괴롭히지 않을 거야. 자기의 건방진 작은 바람기가 끝났다는 걸 깨달은 것 같거든."

그들은 한 마디도 없이, 툭 끊어지듯, 우연히, 고립된 채, 심지어 우리의 연민조차 무시한 채 사라졌다.

잠시 후 톰은 일어나서 아직 개봉하지 않은 위스키 병을 수건에 싸기 시작했다.

"이거 좀 마시겠나? 조던? …닉?"

나는 대답하지 않았다.

"닉?" 그가 다시 물었다.

"뭐라고?"

"이거 좀 마시겠냐고."

"아니…. 그냥 오늘이 내 생일이란 거 생각났어."

나는 서른이 되었다. 내 앞에는 새로운 10년의 불길하고 위협적인 길이 펼쳐져 있었다.

우리가 톰과 함께 쿠페에 올라 롱아일랜드로 향했을 때 시각은 7시였다. 톰은 끊임없이 이야기하며 흥분과 웃음을 터뜨렸지만, 그의 목소리는 조던과 나에게, 인도 위의 이질적인 소음이나 머리 위로 달리는 고가철도의 소란만큼이나 멀게 느껴졌다. 인간의 공감에는 한계가 있었고, 우리는 그들의 비극적인 논쟁이 도시의 불빛과 함께 사라지도록 내버려두었다. 서른, 외로움이 약속된 10년, 알게 될 독신 남성들의 줄어드는 나이, 줄어드는 열정이라는 서류 가방, 가늘어지는 머리카락. 그러나 내 옆에는 조던이 있었고, 그녀는 데이지와 달리 세월 속에 잘 잊고 있던 꿈을 끌어안지는 않을 만큼 현명했다. 어두운 다리를 지나면서 그녀의 창백한 얼굴이 내 윗도리 어깨에 느긋하게 기대어 있었고, 서른이라는 강력한 충격은 그녀 손의 위안 어린 압력과 함께 사라졌다.

그리하여 우리는 식어가는 황혼 속에서 죽음을 향해 계속 차를 몰았다.

쓰레기 계곡 옆 커피 가게를 운영하던 젊은 그리스인 마이클리스가 부검 조사의 주요 증인이었다. 그는 5시가 넘어서까지 더위에 낮잠을 자다가 느긋하게 정비소로 걸어갔고, 사무실에서 조지 윌슨이 몸져누워 있는 것을 발견했다. 윌슨은 정말로 아파서, 자신의 창백한 머리칼처럼 얼굴이 새하얗고 온몸이 떨리고 있었다. 마이클리스는 그에게 잠자리에 들라고 권했지만, 윌슨은 그러면 많은 사업을 놓칠 것이라며 거부했다. 그가 이웃의 설득을 듣고 있을 때, 위쪽에서 격렬한 소란이 터졌다.

"마누라를 저 위에 가둬놨거든." 윌슨이 침착하게 설명했다. "모레까지 저기에 둘 거고, 그다음에 우리는 이사할 거야."

마이클리스는 깜짝 놀랐다. 그들은 4년 동안 이웃이었는데, 윌슨이 그런 말을 할 수 있는 사람처럼 보인 적은 한 번도 없었다. 일반적으로 그는 이렇게 지친 남자 중 한 명이었다. 일하지 않을 때는 문간의 의자에 앉아 지나가는 사람들과 차들을 바라보며 시간을 보냈다. 누군가가 그에게 말을 걸면 그는 언제나 기분 좋은, 그러나 생기 없는 방식으로 웃었다. 그는 자기 자신으로 살기보다는 아내의 남자로서 사는 사람이었다.

그래서 자연스럽게 마이클리스는 무슨 일이 있었는지 알아보려 했지만, 윌슨은 한마디도 하지 않았다. 대신 그는 방문객에게 호기심 어린, 의심스러운 시선을 던지며 특정 날 특정 시간에 무엇을 하고 있었는지 물었다. 마이클리스가 불편해지려는 순간, 몇 명의 일꾼이 그의 식당으로 향하며 문 앞을 지나갔고, 마이클리스는 나중에 돌아오겠다는 생각으로 자리를 떠날 기회를 잡았다. 하지만 그는 돌아오지 않았다. 그냥 잊어버린 것뿐이다. 7시가 조금 지나서 그가 다시 밖으로 나왔을 때, 정비소 아래층에서 들려오는 월슨 부인의 크고 꾸짖는 목소리를 듣고 그 대화가 떠올랐다.

"때려요!" 그녀가 외치는 소리가 들렸다. "날 내동댕이치고 때려요, 이 더러운 겁쟁이!"

잠시 후 그녀는 손을 흔들고 소리치며 황혼 속으로 뛰쳐나갔다. 그가 문에서 움직이기도 전에 그 일은 끝났다.

신문에서 '죽음의 차'라고 부른 그 차는 멈추지 않았다. 어둠 속에서 나타나 잠시 비극적으로 흔들리더니, 다음 굽이를 돌아 사라졌다. 마브로 마이클리스는 차 색깔조차 확신하지 못했다. 그는 처음에는 경찰에게 연두색이라고 말했다. 뉴욕 쪽으로 가던 다른 차는 90미터쯤 지나서 멈췄고, 운전자는 길바닥에 무릎 꿇고 죽음을 맞은 머틀 월슨과 그녀의 진하고 검은 피가 먼지와 섞이는 곳으로 서둘러 돌아왔다.

마이클리스와 그 남자가 먼저 그녀에게 도착했지만, 땀으로 아직 축축한 블라우스를 찢었을 때, 왼쪽 가슴이 늘어진 덮개처럼 헐겁게 흔들리고 있어 그 아래 심장을 들여다볼 필요조차 없었다. 입은 크게 벌어져 있고 모서리가 조금 찢겨 있었으며, 마치 오랫동안 쌓아온 엄청난 생명력을 내

놓으면서 잠시 숨이 막힌 듯 보였다.

*

우리는 아직 꽤 먼 거리에서 서너 대의 자동차와 군중을 볼 수 있었다.

"사고가 났군!" 톰이 말했다. "좋아. 윌슨이 드디어 장사를 좀 할 수 있겠어."

그는 속도를 늦췄지만 여전히 멈출 생각은 없었다. 그러나 우리가 가까이 다가가자, 정비소 문 앞 사람들의 조용하고 긴장된 얼굴을 보고 본능적으로 브레이크를 밟았다.

"한번 살펴보지." 그가 의심스러운 듯 말했다. "그냥 보기만 하는 거야."

나는 정비소에서 끊임없이 울리는 공허하고 흐느끼는 소리를 알아차렸다. 우리가 쿠페에서 내려 문 쪽으로 걸어가자, 그 소리는 숨을 헐떡이며 반복해서 내뱉는 "오, 맙소사!"라는 말로 분명히 들렸다.

"무슨 큰일이 났나 보군." 톰이 흥분하며 말했다.

그는 까치발을 들고 머리들 사이로 정비소 안을 들여다보았다. 정비소에는 흔들리는 철제 등갓 속 노란 전구만 빛났다. 안을 들여다보던 톰이 갑자기 목에서 거친 소리를 내더니 강력한 팔로 세게 밀며 사람들 사이를 뚫고 들어갔다.

주위를 둘러싼 원은 다시 항의의 속삭임과 함께 닫혔고, 내가 무언가를 볼 수 있기까지 잠시 시간이 걸렸다. 그러다 새로 온 사람들이 원을 흐트러뜨렸고, 조던과 나는 갑자기 안쪽으로 밀려 들어갔다.

머틀 윌슨의 시신은 마치 뜨거운 밤에 추위라도 염려되는 것처럼 담요로 한 번, 다시 또 다른 담요로 한 번 감싸여 벽 옆 작업대 위에 놓여 있었다. 톰은 우리에게 등을 돌린 채 그 위로 몸을 숙인 채 움직이지 않고 있었다. 그의 옆에는 오토바이 경찰관이 작은 수첩에 땀을 흘리며 여러 번 수정하며 이름을 적고 있었다. 처음에는 텅 빈 정비소 안에서 울려 퍼지는 날카롭고 신음 섞인 소리의 출처를 찾을 수 없었지만, 곧 윌슨이 사무실의 높게 솟은 문지방 위에 서서 몸을 앞뒤로 흔들며 두 손으로 문 기둥을 붙잡고 있는 것이 보였다. 어떤 남자가 낮은 목소리로 그에게 말을 걸고 때때로 그의 어깨에 손을 얹으려 했지만, 윌슨은 듣지도 보지도 못했다. 그의 눈은 천천히 흔들리는 불빛에서 벽 옆에 놓인 무거운 테이블로 내려갔다가 다시 불빛으로 튀어 올랐고, 그는 끊임없이 높고 끔찍한 외침을 내뱉었다.

"오, 맙소사! 오, 맙소사! 오, 맙소사! 오, 맙소사!"

잠시 후 톰은 갑자기 머리를 들고, 유리처럼 흐린 눈으로 정비소를 둘러본 뒤 경찰관에게 중얼거리듯 뜻 모를 말을 건넸다.

"마—브—." 경찰관이 말했다. "오—."

"아니요. 로—." 남자가 고쳤다. "마—브—로—."

"내 말 좀 들어요!" 톰이 날카롭게 중얼거렸다.

"로—." 경찰관이 말했다. "오—."

"그—."

"그—." 경찰관은 톰의 넓은 손이 어깨 위로 세게 내려앉는 것을 보고 올려다보았다.

"뭡니까?"

"무슨 일이 있었는지 알고 싶습니다!"

"자동차에 치여 즉사했습니다."

"즉사했다고요?" 톰이 빤히 바라보며 되풀이했다.

"길로 뛰어나왔다더군요. 그 빌어먹을 자식이 차를 멈추지 않았고요."

"차가 두 대 있었습니다." 마이클리스가 말했다. "한 대는 이쪽으로 오고 있었고, 한 대는 반대로 가고 있었어요. 아시겠어요?"

"어디로 가고 있었다고요?" 경찰관이 날카롭게 물었다.

"각자 다른 방향으로 가고 있었어요. 그런데 글쎄, 저 여자가⋯." 그의 손이 담요 쪽으로 올랐지만 중간에서 멈추고 옆구리로 내려갔다. "⋯저 여자가 도로로 뛰어나왔고, 뉴욕 쪽에서 오는 차가 시속 50~60킬로미터로 그녀를 그대로 들이받았어요."

"여기 지명이 뭐요?" 경찰관이 물었다.

"지명은 따로 없어요."

잘 차려입은 해쓱한 흑인이 다가왔다.

"노란 차였습니다." 그가 말했다. "큰 노란색 차. 새 거였어요."

"사고를 봤습니까?" 경찰관이 물었다.

"아니요. 하지만 그 차가 내 옆을 지나가면서 시속 60킬로미터보다 빨리 달렸어요. 80, 아니 100킬로미터까지 밟더군요."

"이리 와서 이름 좀 알려주시죠. 자, 비켜주세요. 그 사람 이름을 알아야겠습니다."

이 대화 몇 마디가 사무실 문에 서서 흔들리던 월슨에게도 들렸는지, 갑자기 그의 절규 속에서 새로운 주제가 목소리를 얻었다.

"무슨 차였는지 나한테 말할 필요 없어! 무슨 차였는지 내가 알아!"

톰을 바라보며 나는 그의 윗도리 아래 어깨 뒤 근육이 긴장하는 것을 보았다. 그는 월슨에게 빠르게 다가가 그의 앞에 서서 양쪽 팔 위쪽을 단단히 붙잡았다.

"정신 단단히 차려야 해." 톰이 부드럽지만 단호한 목소리로 말했다.

월슨의 시선이 톰에게 떨어졌다. 월슨은 놀라서 발끝으로 몸을 들어 올렸고, 톰이 그를 바로 세우지 않았다면 무릎을 꿇었을 것이다.

"잘 들어." 톰이 그를 살짝 흔들며 말했다. "나는 방금 막 뉴욕에서 왔어. 우리가 이야기하던 그 쿠페를 가져다주려고 말이지. 오늘 오후에 내가 몰던 노란 차는 내 차가 아니라고…. 알겠나? 오늘 오후 내내 그 차를 본 적이 없어."

오직 나와 그 흑인만이 톰의 말을 들을 수 있을 정도로 가까이 있었지만, 경찰관은 말투에서 뭔가를 감지하고 날카로운 눈으로 쳐다보았다.

"그게 무슨 소리요?" 그가 물었다.

"난 이 사람 친구입니다." 톰은 머리를 돌렸지만 여전히 월슨의 몸을 단단히 잡고 있었다. "이 사람이 사고 낸 차를 안다고 하네요…. 노란 차 말이에요."

어떤 희미한 충동이 경찰관으로 하여금 톰을 의심스러운 눈으로 바라보게 만들었다.

"그럼 당신 차 색깔은 뭡니까?"

"파란 차입니다. 쿠페요."

"우리는 뉴욕에서 방금 왔습니다." 내가 말했다.

조금 뒤따라오던 운전자가 이를 확인해주자 경찰관은 몸을 돌렸다.

"자, 그러면 이름을 다시 정확히 알려주시겠습니까?"

윌슨을 인형처럼 안아 사무실 안으로 데려간 톰은 그를 의자에 앉히고 다시 돌아왔다.

"누군가 여기 와서 이 사람과 함께 있어줘야겠군요." 톰이 권위 있게 말했다. 그는 가장 가까이 서 있던 두 사람이 서로를 힐끔 쳐다보고 마지못해 방 안으로 들어가는 것을 지켜보았다. 그러고 나서 톰은 그들 뒤로 문을 닫고 한 계단을 내려오면서 테이블을 피했다. 그가 내 옆을 지나가며 속삭였다. "나가지."

자신감 없는 듯했지만 그의 권위적인 팔이 길을 열어주는 덕분에 우리는 아직 모여 있는 군중을 뚫고 지나갔다. 한 손에 진료 가방을 든 의사가 급히 지나갔는데, 그는 한 시간 전 미친 듯한 희망 속에서 불려 왔던 사람이었다.

톰은 굽이를 지나 우리가 그들의 시야에서 벗어날 때까지 천천히 운전하다가, 그때 액셀을 세게 밟았고 쿠페는 밤길을 질주했다. 얼마 지나지 않아 나는 낮고 거친 흐느낌을 들었고, 그의 얼굴에 눈물이 흘러넘치는 것을 보았다.

"그 젠장할 겁쟁이!" 그가 흐느끼며 말했다. "차도 멈추지 않았어."

*

뷰캐넌 부부의 집이 어둡게 바스락거리는 나무들 사이로 갑자기 우리 쪽으로 다가왔다. 톰은 현관 옆에 차를 세우고, 덩굴 사이에서 빛나는 2층의 두 창문을 올려다보았다.

"데이지가 집에 있군." 그가 말했다. 우리가 차에서 내리자 그는 나를 힐끗 보고 약간 찡그렸다.

"닉, 자네를 웨스트에그에 내려줬어야 했는데. 오늘 밤은 아무것도 할 수 없겠어."

톰은 아까와 달리 진지하고 단호하게 말했다. 우리가 달빛 아래 자갈길을 지나 현관으로 걸어갈 때, 그는 몇 마디 간결한 말로 상황을 정리했다.

"집까지 택시를 불러주겠네. 기다리는 동안 자네와 조던은 부엌으로 가서 저녁을 뭐라도 좀 먹는 게 좋겠어. 원한다면 말이야." 그는 문을 열며 말했다. "들어와."

"아니요, 괜찮아요. 하지만 택시는 불러주시면 좋겠어요. 밖에서 기다릴게요."

조던이 내 팔에 손을 얹었다.

"들어오지 않을 텐가, 닉?"

"아니, 괜찮아."

나는 조금 몸이 좋지 않았고 혼자 있고 싶었다. 하지만 조던은 잠시 더 머물렀다.

"아직 9시 반이에요." 그녀가 말했다.

나는 절대 들어가지 않을 작정이었다. 하루 동안 모두에게 지쳤고, 갑자기 그 대상에 조던도 포함되었다. 그녀는 내 표정에서 뭔가를 읽었는지 갑자기 몸을 돌려 현관 계단을 올라 집 안으로 달려갔다. 나는 잠시 머리를 두 손에 묻고 앉아 있다가, 안에서 전화 소리와 집사가 택시를 부르는 소리를 들었다. 그런 다음 나는 천천히 차도를 따라 집에서 멀어지며 문 앞에서 기다릴 생각으로 걸었다.

스무 걸음쯤 갔을 때 내 이름이 들렸고, 개츠비가 두 그루의 덤불 사이에서 길로 걸어나왔다. 그때쯤 나는 꽤 이상한 기분이 들었다. 달빛 아래 그의 분홍색 양복이 반짝이는 것 외에는 아무 생각도 나지 않았다.

"뭐 하고 있는 겁니까?" 내가 물었다.

"그냥 여기 서 있는 거예요, 친구."

왠지 그게 비열한 행동처럼 보였다. 내가 아는 한, 그는 금세 그 집을 털러 갈지도 몰랐다. 어둠 속 덤불 뒤에서 '울프샴 일당' 같은 불길한 얼굴들을 보는 것도 놀랍지 않았을 것이다.

"길에서 뭐라도 봤나요?" 그가 잠시 후 물었다.

"봤어요."

그는 잠시 망설였다.

"그녀가 죽었던가요?"

"네."

"그럴 줄 알았어요. 데이지에게도 그렇게 말했지요. 충격은 한꺼번에 오는 게 낫거든요. 그래도 데이지가 꽤 잘

버텼어요."

그는 마치 데이지의 반응만이 중요하다는 듯 말했다.

"나는 옆길로 빠져웨스트에그에 갔고, 차는 내 차고에 두었어요. 아무도 우리를 못 본 것 같긴 하지만 확실치는 않습니다."

그때쯤 나는 그를 너무 싫어한 나머지 그가 틀렸다고 말할 필요조차 느끼지 못했다.

"그 여자는 누구였습니까?" 그가 물었다.

"윌슨 부인이요. 남편이 자동차 정비소를 하고 있죠. 도대체 어떻게 된 겁니까?"

"글쎄, 핸들을 틀어보려고 했는데…." 그는 말을 끊었고, 나는 갑자기 진실을 짐작했다.

"데이지가 운전했나요?"

"맞아요." 그가 잠시 후 말했다. "하지만 물론 내가 운전했다고 말할 거예요. 들어봐요. 우리가 뉴욕을 떠날 때 그녀는 매우 긴장했었고, 운전하면 안정될 거라 생각했죠. 그런데 우리가 반대편에서 오는 차를 지나가던 바로 그 순간 그 여자가 우리 쪽으로 달려나온 거예요. 모든 일이 순식간에 일어났어요. 그녀가 우리에게 말을 걸고 싶어 하는 것 같았고, 우리를 아는 사람이라고 생각한 듯했죠. 처음에는 데이지가 그 여자 쪽에서 다른 차 쪽으로 몸을 돌렸고, 그다음 용기를 잃고 다시 돌아섰죠. 내가 손을 핸들에 댄 순간 충격이 느껴졌고, 그녀는 아마 즉사했을 거예요."

"그녀의 몸이 찢겨서…."

"말하지 말아요, 친구." 그는 움찔했다. "어쨌든… 데이지가 페달을 밟았어요. 난 차를 세우려 애썼지만 그러지 못했고, 그래서 비상 브레이크를 당겼어요. 그러자 그녀가 내 무릎 위로 쓰러졌고 나는 계속 운전했습니다."

개츠비가 이내 말을 이었다. "내일이면 데이지는 괜찮아질 거예요. 나는 여기서 기다리면서 혹시 톰이 오늘 오후 그 불쾌한 일로 데이지를 귀찮게 하려 드는지 볼 참이고요. 데이지는 방에 틀어박혀 문을 잠갔고, 톰 그자가 어떤 폭력을 쓰려 들면 불을 껐다 켰다 하기로 했어요."

"톰이 데이지를 건드리진 않을 거예요." 내가 말했다. "그는 지금 데이지는 신경도 못 쓰고 있어요."

"난 그를 믿지 못하겠어요, 친구."

"얼마나 기다릴 작정입니까?"

"필요하다면 밤새도록 기다려야겠지요. 어쨌든 다들 잠자리에 들 때까지는 기다릴 겁니다."

새로운 생각이 하나 떠올랐다. 만약 톰이 데이지가 운전했다는 사실을 알게 된다면? 그가 거기서 어떤 연관성을 발견할 수도 있었다. 지금 그가 무슨 생각을 하고 있는지 알 수가 없었다. 나는 집을 바라보았다. 아래층에는 두세 개의 밝은 창문이 있었고, 1층 데이지의 방에서는 분홍색 불빛이 흘러나왔다.

"여기서 기다려요." 내가 말했다. "무슨 소란이 있는 건 아닌지 살펴보고 올게요."

나는 잔디 경계를 따라 걸으며 자갈길을 조용히 건너고, 발끝으로 베란다 계단을 올랐다. 응접실 커튼은 열려 있었고, 방 안이 비어 있는 것을 볼 수 있었다. 세 달 전 그 6월

밤에 우리가 저녁을 먹었던 베란다를 지나 작은 사각형의 빛을 발견했는데, 그 빛은 식료품 저장실의 창문에서 나오는 것이었다. 블라인드는 내려져 있었지만 나는 창틀에 난 틈을 발견했다.

데이지와 톰은 부엌 식탁에서 서로 마주 앉아 있었고, 그들 사이에는 차가운 프라이드 치킨 한 접시와 흑맥주 두 병이 놓여 있었다. 그는 식탁 건너편에서 그녀에게 열심히 말을 걸고 있었고, 진지함 속에서 그의 손이 그녀의 손 위에 덮였다. 가끔 그녀는 그를 올려다보고 고개를 끄덕이며 동의했다.

그들은 행복해 보이지 않았고, 치킨이나 흑맥주에는 손대지도 않았다. 그렇다고 불행해 보이지도 않았다. 그 장면에는 부인할 수 없는 자연스러운 친밀감이 감돌았고, 누구든 그 장면을 봤다면 그들이 무언가를 함께 꾸미고 있다고 말했을 것이다.

내가 발끝으로 살금살금 걸어 현관을 나올 때, 택시가 어두운 길을 더듬으며 집 쪽으로 다가오는 소리를 들었다. 개츠비는 내가 그를 두고 온 차도에서 나를 기다리고 있었다.

"집 안은 조용하던가요?" 그가 걱정스레 물었다.

"네, 조용했어요." 나는 잠시 망설였다. "집에 가서 좀 쉬는 게 좋겠습니다."

그는 고개를 저었다.

"난 데이지가 잠들 때까지 여기서 기다릴 겁니다. 잘 가세요, 친구."

개츠비는 손을 주머니에 넣고, 마치 내 존재가 그 성스러운 감시를 해치는 것처럼 집을 바라보며 다시 돌아섰다. 나는 발걸음을 돌려 달빛 아래 아무것도 아닌 것을 지키는 그를 그대로 두고 떠났다.

VIII

나는 밤새 잠을 이룰 수 없었다. 허협에서 안개 경보가 끊임없이 울렸고, 나는 기괴한 현실고 야만적이고 무서운 꿈 사이에서 반쯤 아파하며 뒤척였다. 새벽 무렵, 택시가 개츠비 저택의 진입로를 올라가는 소리를 들었고, 나는 즉시 침대에서 벌떡 일어나 옷을 입기 시작했다. 그에게 꼭 전해야 할 것, 경고해야 할 것이 있다고 느꼈고, 아침이 되면 너무 늦을 것 같았다.

그의 잔디밭을 가로질러 가면서, 나는 현관문이 아직 열려 있고 그가 복도 안 탁자에 기대어 있는 것을 보았다. 그는 깊은 낙담이나 잠에 젖어 있는 듯 보였다.

"아무 일도 없었어요." 그가 창백하게 말했다. "나는 기다렸고, 새벽 4시쯤 그녀가 창가에 와서 잠시 서 있다가 불을 끄더군요."

그날 우리가 거대한 방들을 뒤져 담배를 찾을 때만큼 그의 집이 거대하게 느껴진 적이 없었다. 우리는 파빌리온처럼 펼쳐진 커튼을 옆으로 밀어젖히고 수많은 어두운 벽에서 전등 스위치를 더듬었다. 한번은 유령 같은 피아노의 건반 위로 넘어지기도 했다. 설명할 수 없을 만큼 먼지가 곳곳에 쌓여 있었고, 방들은 오래 공기가 통하지 않은 듯 퀴퀴한 냄새가 났다. 나는 낯선 탁자 위에서 담뱃갑을 발견했는데, 그 안에는 오래되어 바싹 마른 두 개의 담배가 들어 있었다. 응접실의 프랑스식 창문을 활짝 열고, 우리는 어둠 속을 내다보며 담배를 피웠다.

"떠나는 게 좋겠어요." 내가 말했다. "그들이 당신 차를 추적할 겁니다."

"지금 떠나라고요, 친구?"

"일주일 동안 애틀랜틱시티에 가 있거나, 아니면 몬트리올로 가세요."

그는 떠나는 건 고려조차 하지 않았다. 데이지가 무엇을 할지 알기 전까지는 절대로 떠날 수 없었던 것이다. 그는 마지막 희망 하나를 붙잡고 있었고, 나는 그를 억지로 흔들어 그것은 놓게 할 수도 없었다.

바로 그날 밤, 그는 내게 젊은 시절 댄 코디와 함께했던 이상한 이야기를 들려주었다. '제이 개츠비'라는 이름이 톰의 냉혹한 악의 앞에서 유리처럼 산산조각 나고, 그 길고 은밀한 사치극이 끝나자 그랬다. 나는 그가 지금이라면 무엇이든 거리낌 없이 인정했을 것이라고 생각하지만, 그가 이야기하고 싶었던 것은 데이지였다.

데이지는 그가 처음으로 만난 '우아한' 여자였다. 다양한 알 수 없는 신분으로 그는 그런 사람들과 접촉한 적이 있었지만, 항상 알아차릴 수 없는 철조망 같은 벽이 그 사이에 놓여 있었다. 그는 그녀를 흥미롭게도 매력적으로 느꼈다. 처음에는 캠프 테일러에서 온 다른 장교들과 함께 그녀의 집을 찾았고, 나중에는 혼자 갔다. 그는 놀랐다. 그전까지 이렇게 아름다운 집에 들어가본 적이 없었다. 그러나 그 집이 숨 막히게 강렬한 분위기를 가진 이유는 데이지가 그곳에 살고 있었기 때문이었다. 그녀에게는 그의 캠프 텐트만큼이나 일상적인 일이었다. 집 안에는 성숙한 신비로움이 깃들어 있었다. 위층의 다른 방보다 더 아름답고 시원한 침실이 있을 것 같았고, 복도에서는 화사하고 활기찬 일들이 잔뜩 일어날 것 같았으며, 라벤더에 넣어두어 곰팡내 나는 것이 아닌, 올해 출시된 빛나는 자동차처럼 생기 넘치는 로맨스가 있을 것 같았고, 시들지 않는 꽃처럼 무도회가 계속 열릴 것만 같았다. 또한 이미 많은 남자들이 데이지를 사랑했다는 사실은 그에게 그녀의 가치를 더욱 높이는 요소였다. 개츠비는 그들의 존재가 집 안 구석구석에 스며들어 있으며, 아직 생생한 감정의 그림자와 메아리로 공기를 가득 채우고 있다고 느꼈다.

하지만 개츠비는 자신이 데이지의 집에 있는 것이 엄청난 우연임을 알고 있었다. 제이 개츠비로서의 미래가 아무리 영광스럽다 해도, 지금 그는 과거 없이 무일푼인 청년일 뿐이었고, 언제든지 그의 어깨에 걸친 군복의 보이지 않는 망토가 미끄러질 수도 있었다. 그래서 그는 시간을 최대한 활용했다. 그는 얻을 수 있는 것을 게걸스럽고 무자비하게 취했다. 결국 그는 한 이른 10월의 밤, 데이지를 취했다. 그녀의 손을 만질 진정한 권리가 없었음에도 그렇게 했다.

개츠비는 분명히 잘못된 방식으로 데이지를 얻었기 때문에 스스로를 경멸했을지도 모른다. 내가 말하는 것은 그가 환상의 수백만 달러를 내세워 거래했다는 뜻이 아니라, 그가 의도적으로 데이지에게 안전하다는 느낌을 주었다는 것이다. 그는 그녀로 하여금 자신이 그녀와 거의 같은 계층 출신이며, 그녀를 충분히 부양할 수 있는 사람이라고 믿게 했다. 사실 개츠비에게는 그런 능력이 전혀 없었다. 넉넉한 가문이 그 뒤를 받쳐주지도 않았고, 그는 비인격적인 정부의 변덕에 따라 세상의 어느 곳으로든 날아갈 수 있는 처지였다.

하지만 개츠비는 스스로를 경멸하지 않았고, 일이 그가 상상한 대로 되지도 않았다. 그는 아마도 가질 수 있는 것을 취하고 떠날 생각이었을 것이다. 하지만 이제 그는 자신이 성배(聖杯)를 좇느라 스스로를 묶어버렸음을 깨달았다. 그는 데이지가 특별하다는 것은 알고 있었지만, '우아한' 여자 한 명이 얼마나 특별할 수 있는지는 깨닫지 못했다. 그녀는 자신의 풍요로운 집과 풍성한 삶 속으로 사라져버렸고, 개츠비에게 남은 것은 아무것도 없었다. 그는 그저 그녀와 결혼한 듯한 기분만 느꼈을 뿐이었다.

그들이 이틀 뒤 다시 만났을 때, 숨이 가쁜 쪽은 개츠비였고 어쩐지 배신당한 기분마저 들었다. 그녀의 현관은 별빛으로 장만한 사치로 환하게 빛났고, 그녀가 몸을 돌리자 등나무 의자가 유행처럼 삐걱거렸다. 개츠비는 그녀의 호기심 가득하고 사랑스러운 입술에 키스했다. 그녀는 감기에 걸려 있었고, 그 때문에 목소리가 더 허스키하고 매력적으로 들렸으며, 개츠비는 부가 가두어 보호해주는 젊음과 신비, 많은 옷들의 신선함, 그리고 가난한 사람들의 치열한 싸움 위에서 은빛처럼 빛나며 안전하고 당당한 데이지를 압도적으로 의식했다.

*

　"내가 그녀를 사랑한다는 사실을 알게 되었을 때 얼마나 놀랐는지는 말로 다 표현할 수 없습니다, 친구. 잠시 동안은 그녀가 나를 버리기를 바라기도 했지만, 그러지 않았지요. 왜냐하면 그녀도 나를 사랑하고 있었거든. 그녀는 내가 많은 걸 안다고 생각했요. 나는 그녀가 아는 것들과는 다른 것들을 알고 있었으니까…. 글쎄, 나는 그때 내 야망과는 완전히 동떨어져 있었고, 매 순간 점점 더 사랑에 빠지고 있었어요. 그런 건 갑자기 상관없어졌습니다. 내가 위대한 일을 하는 게 무슨 소용이겠습니까. 그녀에게 내가 무엇을 하려고 하는지 말하며 더 즐거운 시간을 보낼 수 있는데 말이에요."

　개츠비가 해외로 파병되기 전날 오후, 그는 데이지를 팔에 안고 오랫동안 아무 말 없이 앉아 있었다. 가을의 차가운 날이었지만 방에는 난로가 켜져 있었고, 데이지의 뺨은 붉게 물들어 있었다. 가끔 그녀가 몸을 움직이면 그는 팔을 조금 바꾸었고, 한번은 그녀의 어두운 빛나는 머리카락에 입을 맞추기도 했다. 오후 시간은 잠시 그들을 평온하게 만들었고, 마치 다음 날 약속된 긴 이별을 위한 깊은 기억을 남겨주려는 듯했다. 두 사람이 사랑한 한 달 동안 데이지가 조용히 그의 어깨에 입술을 스치거나, 마치 그녀가 잠든 것처럼 그녀의 손끝을 부드럽게 만질 때만큼 그렇게 가깝다고 느끼거나, 서로에게 그렇게 깊이 마음을 전했던 순간도 없었다.

*

그는 전쟁에서 뛰어난 성과를 올렸다. 전선에 나가기 전에 이미 대위였고, 아르곤 전투 후에는 소령 계급과 사단 기관총 부대의 지휘권을 얻었다. 휴전 후 그는 필사적으로 집으로 돌아가려 했지만, 어떤 복잡한 상황이나 오해 때문에 대신 옥스퍼드로 가게 되었다. 그는 걱정이 많았다. 데이지의 편지에는 긴장된 절망감이 배어 있었다. 그녀는 왜 그가 올 수 없는지 이해하지 못했고, 외부 세계의 압박을 느끼며 그의 존재를 옆에서 보고 싶어 했으며, 결국 자신이 올바른 선택을 하고 있다는 확신을 얻고자 했다.

데이지는 아직 젊었고, 그녀의 인공적인 세계는 난초 향기와 쾌활하고 즐거운 속물근성으로 가득했으며, 삶의 슬픔과 암시를 그해의 새로운 곡조에 담은 오케스트라의 음악으로 가득 차 있었다. 밤새 색소폰은 '비일 스트리트 블루스'의 절망적인 감상을 울부짖었고, 수백 켤레의 금빛과 은빛 구두가 빛나는 먼지를 스치며 움직였다. 어둑한 오후 차를 마시는 시간이면 항상 방 안이 낮고 달콤한 열기로 끊임없이 요동쳤고, 신선한 얼굴들이 장미 꽃잎처럼 여기저기 떠다니며, 바닥 주변의 쓸쓸한 나팔 소리에 흩날렸다.

이 황혼 같은 세계 속에서 데이지는 다시 계절에 맞춰 움직이기 시작했다. 갑자기 그녀는 하루에 여섯 명의 남자와 여섯 번의 약속을 잡고, 새벽에 잠에 빠져 깨어나며, 침대 옆 바닥 위에 죽어가는 난초 사이로 저녁 드레스의 구슬과 시폰이 얽힌 채로 잠들곤 했다. 그리고 그 모든 순간, 그녀

안에는 결정을 내리고자 하는 무언가가 울부짖고 있었다. 그녀는 지금, 즉시 자신의 삶이 정해지기를 원했고, 그 결정을 내려줄 힘이 필요했다. 사랑이든, 돈이든, 의심할 여지 없는 실용성이든, 그 힘은 가까이 있어야 했다.

그 힘은 봄의 한가운데, 톰 뷰캐넌이 나타나면서 모습을 갖추었다. 그의 체격과 지위에는 건전한 풍채가 있었고, 데이지는 기분이 좋았다. 분명 어떤 갈등과 어떤 안도감이 있었을 것이다. 그 편지는 개츠비가 아직 옥스퍼드에 있을 때 도착했다.

*

롱아일랜드에는 이제 새벽이 밝았고, 우리는 아래층의 창문들을 열며 집 안을 회색과 금빛이 섞이는 빛으로 가득 채웠다. 나무 그림자가 이슬 위로 갑자기 드리워졌고, 푸른 잎 사이로 유령 같은 새들이 노래하기 시작했다. 바람이라 부르기에는 미미한, 느리고 기분 좋은 공기의 움직임이 시원하고 아름다운 하루를 약속하고 있었다.

"난 데이지가 그 사람을 사랑한 적이 없다고 생각해요." 개츠비가 창문에서 돌아서며 도전하듯 나를 바라보았다. "생각해봐요, 친구. 오늘 오후에 데이지는 매우 흥분해 있었죠. 그 사람이 그런 얘기를 꺼내서 데이지를 놀라게 했으니까요. 마치 내가 비겁한 사기꾼인 것처럼 몰아세웠어요. 결국 데이지는 자기가 무슨 말을 하고 있는지 거의 알지 못했던 겁니다."

그는 음울한 모습으로 자리에 앉았다.

"물론, 결혼 초반에는 잠깐 그를 사랑했을지도 모르죠….
하지만 그때조차 나를 더 사랑했을 겁니다. 알겠어요?"

갑자기 그는 이상한 말을 내뱉었다.

"어쨌든 그건 단지 개인적인 문제였어요." 그가 말했다.

그것을 어떻게 이해할 수 있을까? 다만 그의 연애관념
안에 측정할 수 없는 강렬함이 있다고 의심하는 것 외에 말
이다. 개츠비가 프랑스에서 돌아왔을 때 톰과 데이지는 아
직 신혼여행 중이었고, 그는 군대 마지막 월급으로 루이빌
까지 괴롭지만 저항할 수 없는 여행을 떠났다. 그는 일주
일 동안 그곳에 머물며, 11월의 밤에 그들의 발자국이 함께
울렸던 거리를 걷고, 그녀의 하얀 차로 갔던 외진 장소들을
다시 찾아갔다. 데이지의 집이 언제나 그에게 다른 집들보
다 신비롭고 화려하게 느껴졌던 것처럼, 그녀가 떠난 뒤에
도 그 도시 자체에 대한 그의 생각은 우울하지만 아름다운
감정으로 가득 차 있었다.

개츠비는 더 열심히 찾았더라면 그녀를 찾을 수 있었을
지도 모른다는 생각과 함께, 자신이 그녀를 뒤에 두고 떠
난다는 느낌을 안고 떠났다. 낮 기차는(그는 이제 무일푼이
었다)무척 더웠다. 그는 열린 현관으로 나가 접이식 의자에
앉았고, 역은 미끄러지듯 지나가며 낯선 건물들의 뒷모습
이 스쳐 갔다. 그리고 봄 들판으로 나서자, 한동안 노란 전
차가 그들을 앞질렀고, 그 안에는 언젠가 우연한 거리에서
그녀의 창백한 마법 같은 얼굴을 보았을지도 모를 사람들
이 타 있었다.

철로는 굽이를 그리며 이제 태양으로부터 멀어지고 있었고, 태양은 점점 낮게 내려가면서 그녀가 숨을 쉬었던 사라져가는 도시에 축복을 내리듯 빛을 뿌렸다. 그는 절박하게 손을 뻗어 공기 한 올이라도 붙잡으려는 듯, 그가 아름답게 느낀 그곳의 조각을 붙잡으려 애썼다. 그러나 모든 것이 그의 흐릿한 눈에는 너무 빨리 지나갔고, 그는 그 신선하고 가장 빛나던 부분을 영원히 잃고 말았다는 것을 깨달았다.

아침 식사를 마치고 베란다로 나온 시간은 9시였다. 밤사이 날씨가 확 달라져 공기에는 가을의 기운이 섞여 있었다. 개츠비의 이전 하인 중 마지막으로 남은 정원사가 계단 아래로 다가왔다.

"오늘 수영장을 비우겠습니다, 개츠비 씨. 곧 낙엽이 떨어지기 시작할 거고, 그러면 배관에 늘 문제가 생겨서요."

"오늘은 비우지 말아요." 개츠비가 대답했다. 그는 미안한 듯 나를 돌아보며 말했다.

"있잖습니까, 친구. 올여름 내내 그 수영장을 한 번도 써 본 적이 없어요."

나는 시계를 보고 일어섰다.

"기차까지 12분 남았어요."

나는 시내로 가고 싶지 않았다. 아무런 일도 제대로 해낼 기분이 아니었고, 그보다 더 큰 이유는 개츠비를 떠나고 싶지 않았기 때문이었다. 나는 그 기차를 놓쳤고, 또 그다음 것도 놓친 뒤에야 겨우 발길을 돌릴 수 있었다.

"나중에 전화하겠습니다." 나는 마침내 말했다.

"그래요, 친구."

“정오쯤 전화할게요.”

우리는 천천히 계단을 내려갔다.

“데이지도 전화하겠지요.” 그는 초조한 듯 나를 바라보며 말했다. 마치 내가 동의해주기를 바라는 눈치였다.

“그럴 겁니다.”

“그럼, 안녕히 가세요.”

우리는 악수했고 나는 떠났다. 울타리에 다다르기 직전에 뭔가가 생각나 돌아섰다.

“저 인간들은 다 엉망이야!” 나는 잔디밭 건너편으로 소리쳤다. “당신이 저 모든 인간보다 훨씬 가치 있어요!”

나는 그 말을 한 것을 항상 기쁘게 생각한다. 그것이 내가 그에게 준 유일한 칭찬이었기 때문이다. 나는 처음부터 끝까지 그를 탐탁지 않게 여겼다. 처음에 그는 공손히 고개를 끄덕였고, 그다음에는 그 환하고 이해심 어린 미소가 얼굴에 번졌다. 마치 우리가 그 사실을 처음부터 함께 황홀하게 공유하고 있었던 것처럼. 그의 화려한 분홍색 허름한 정장은 하얀 계단 위에서 선명한 무늬가 되었고, 나는 세 달 전 처음 그의 저택에 왔던 밤을 떠올렸다. 잔디밭과 진입로는 그의 부패를 짐작한 사람들의 얼굴로 붐볐고, 그는 그 계단 위에 서서 부패하지 않은 꿈을 감춘 채 그들을 향해 작별 인사를 했었다.

나는 그의 환대에 감사를 표했다. 우리는 늘 그에게 그렇게 감사했다. 나도, 다른 사람들도 말이다.

“안녕히 계세요.” 내가 외쳤다. “아침 식사 즐거웠어요, 개츠비.”

　　　　　　　　　　　*

　도시에 올라가서 한동안 끝없이 쏟아지는 주식 시세를 정리하려고 애썼지만, 결국 회전의자에서 잠이 들고 말았다. 정오 직전, 전화가 울리며 나는 이마에 식은땀이 흐르며 벌떡 일어났다. 조던 베이커였다. 그녀는 호텔과 클럽, 개인 주택 사이를 오가며 움직임이 불확실했기 때문에 다른 방법으로는 찾기 어려워서 이 시간에 자주 전화를 걸곤 했다. 보통 그녀의 목소리는 마치 사무실 창문으로 푸른 골프장의 흙덩이가 날아 들어온 듯 전화선을 타고 들어오는 신선하고 시원한 느낌이 있었는데 오늘 아침은 거칠고 건조하게 느껴졌다.

　"데이지 집을 나왔어요." 조던이 말했다. "헴스테드에 있고, 오늘 오후에는 사우샘프턴으로 내려가려고 해요."

　아마도 데이지 집을 나오는 것이 눈치 있는 행동이었을 테지만, 그 행동이 나를 짜증나게 했고, 그녀의 다음 말은 내 몸을 경직되게 만들었다.

　"어젯밤 당신이 나한테 그렇게 친절하지 않았잖아요."

　"그 상황에서 그게 무슨 상관이 있었겠어요?"

　잠시 침묵이 흘렀다.

　"그런데… 난 당신을 보고 싶어요."

　"나도 보고 싶어요."

　"그럼 내가 사우샘프턴 안 가고 오늘 오후에 시내로 가면 어때요?"

　"아니. 오늘 오후는 안 될 것 같아요."

"알겠어요."

"오늘 오후에는 도저히 불가능해요. 여러 가지로…."

그렇게 잠시 이야기를 나누다가 갑자기 더는 말하지 않게 되었다. 누가 먼저 날카롭게 '뚝' 하고 전화를 끊었는지 모르겠지만 나는 신경 쓰지 않았다. 그날 다시는 그녀와 말하지 못한다고 해도, 그날은 테이블 건너편에서 그녀와 이야기를 나눌 수는 없었을 것이다.

몇 분 후 나는 개츠비 집에 전화를 걸었지만 통화 중이었다. 네 번이나 시도했지만 받지 않자 결국 짜증난 교환원이 디트로이트에서 장거리 통화를 위해 회선이 열려 있다고 알려주었다. 시간표를 꺼내 3시 50분 기차를 작은 원으로 표시한 뒤, 의자에 몸을 기대고 생각하려 했다. 이제 막 정오가 되었을 뿐이었다.

*

그날 아침 기차에서 쓰레기 계곡을 지날 때, 나는 일부러 객차 반대편으로 건너갔다. 하루 종일 그곳에는 호기심 어린 사람들이 몰려 있을 것이고, 먼지 속에서 어두운 자리를 찾는 작은 소년들과, 무슨 일이 있었는지 계속해서 되풀이하며 떠드는 수다스러운 남자가 있을 것이라고 생각했다. 그러다 보면 사건은 점점 그 자신에게조차도 덜 실감나게 되고, 더 이상 이야기할 수 없게 되며, 머틀 윌슨의 비극적인 운명은 잊히게 될 터였다. 이제 나는 조금 돌아가서, 우리가 전날 밤 그곳을 떠난 뒤 정비소에서 무슨 일이 있었는지 이야기하고 싶다.

경찰들은 머틀의 자매인 캐서린을 찾는 데 어려움을 겪었다. 그날 밤 그녀는 분명 음주 금지를 어겼던 모양이었다. 도착했을 때 그녀는 술에 취해 멍했고, 구급차가 이미 플러싱으로 간 사실을 이해하지 못했다. 그것을 설명하자 그녀는 즉시 기절했는데, 마치 사건에서 참을 수 없는 부분이 바로 그것인 듯했다. 누군가, 친절했거나 호기심이 많았던 사람이 그녀를 자기 차에 태워 언니의 시신을 따라 운전해 데려갔다.

한밤중이 훨씬 지난 뒤까지도 군중이 바뀌어가며 정비소 앞에 모여들었고, 그 안에서는 조지 윌슨이 소파에 앉아 앞뒤로 흔들며 몸을 달랬다. 한동안 사무실 문은 열려 있었고, 정비소에 들어오는 사람들은 저절로 그 안을 흘끗 쳐다보았다. 마침내 누군가가 부끄러운 일이라며 문을 닫았다. 마이클리스와 몇몇 남자들이 윌슨과 함께 있었다. 처음에는 네다섯 명, 그다음에는 두세 명, 나중에는 마이클리스가 마지막 낯선 사람에게 15분만 더 기다리라고 부탁하고 자기 자리로 돌아가 커피를 끓였다. 그 후 그는 새벽까지 윌슨과 단둘이 그곳에 머물렀다.

새벽 3시쯤, 윌슨의 뒤죽박죽 중얼거리기 시작했다. 그는 조용해졌고, 노란 차에 대해 이야기하기 시작했다. 그는 노란 차가 누구의 것인지 알아낼 방법이 있다고 선언한 뒤, 몇 달 전 그의 아내가 도시에서 돌아왔을 때 얼굴이 멍들고 코가 부어 있었다고 불쑥 털어놓았다.

하지만 자신이 그렇게 말하는 것을 들었을 때, 그는 움찔

하며 다시 한숨 섞인 목소리로 "오, 세상에!"라고 울기 시작
했다. 마이클리스는 어색하게 그를 달래려 했다.

"조지, 결혼한 지 얼마나 됐어요? 자, 잠깐 가만히 앉아서
질문에 대답해보세요. 결혼한 지 얼마나 됐나요?"

"12년 됐지."

"아이는 없나요? 자, 조지, 가만히 좀 앉아보세요…. 내
가 질문하고 있잖아요. 아이는요?"

단단한 갈색 딱정벌레들이 흐릿한 전등에 부딪히며 쿵쿵
소리를 냈고, 마이클리스가 밖 도로를 자동차가 질주하는
소리를 들을 때마다 몇 시간 전에 멈추지 않았던 그 차 소
리와 겹쳐 들렸다. 그는 정비소 안으로 들어가는 것을 꺼려
했는데, 작업대는 시체가 누워 있던 자리라 얼룩져 있었기
때문이다. 그래서 그는 사무실 안을 불편하게 돌아다녔고,
아침까지 그 안의 모든 물건을 다 알게 되었다. 때때로 윌
슨 곁에 앉아 그를 조금이라도 진정시키려 애썼다.

"혹시 가끔 다니는 교회가 있나요, 조지? 오래 다니지 않
았다 해도 말이에요. 내가 교회에 전화해서 신부님을 불러
드릴 수도 있어요. 와서 얘기를 좀 나눠주실 수도 있고요."

"교회는 안 다니는데."

"이런 때를 위해서는 교회가 있어야죠, 조지. 분명 한 번
쯤은 가본 적 있을 거예요. 교회에서 결혼하지 않았나요?
들어보세요, 조지. 교회에서 결혼 안 했나요?"

"그건 아주 오래전 일이야."

대답하려는 노력이 흔들거리는 그의 리듬을 깨뜨렸다.
잠시 그는 말없이 있었다. 그러다 다시 반쯤 아는 듯, 반쯤

어리둥절한 표정이 그의 빛바랜 눈에 돌아왔다.

"저기 서랍을 봐." 그는 책상을 가리키며 말했다.

"어느 서랍이요?"

"저 서랍, 저거 말이야."

마이클리스가 손에 가까운 서랍을 열었다. 안에는 작은 값비싼 개 목줄 하나만 들어 있었다. 가죽으로 만들고 은실로 땋아져 있었으며, 분명 새 것이었다.

"이거요?" 그가 그것을 들어 올리며 물었다.

윌슨은 바라보다가 고개를 끄덕였다.

"어제 오후에 찾았지. 마누라는 나한테 설명하려 했지만, 뭔가 이상하다는 걸 알았어."

"그 말은, 부인이 이걸 샀다는 겁니까?"

"마누라가 그걸 포장지에 싸서 화장대 위에 두었거든."

마이클리스는 그것에서 이상한 점을 찾지 못했고, 윌슨에게 아내가 개 목줄을 샀을 법한 수많은 이유를 이야기해주었다. 하지만 아마 윌슨은 이전에 머틀로부터 비슷한 설명을 들어본 적이 있었던 모양이었다. 그는 다시 속삭이듯 "오, 맙소사!" 하고 말하기 시작했다. 그의 위로자가 여러 설명을 공중에 남겨두었다.

"그럼 그 사람이 내 마누라를 죽인 거야." 윌슨이 말했다. 그의 입이 갑자기 벌어졌다.

"누구 말입니까?"

"내가 다 알아낼 방법이 있지."

"지금 당신 제정신이 아니에요, 조지." 그의 친구가 말했다. "이 일로 많이 지쳤고, 당신이 무슨 말을 하는지도 모를 거예요. 아침까지 조용히 앉아서 쉬는 게 좋겠어요."

"그 놈이 내 마누라를 죽였어."

"그건 사고였어요, 조지."

윌슨은 고개를 저었다. 그의 눈은 좁아지고, 입은 살짝 벌어지며 '흠!' 하고 으스스하게 감탄하는 듯한 표정을 지었다.

"나는 다 알지." 그가 단호하게 말했다. "난 누굴 잘 의심하는 성격도 아니고, 누구에게 해를 끼칠 생각도 안 해. 하지만 내가 뭔가를 안다고 하면 그건 확실히 아는 거지. 그 차에 있던 남자였어. 마누라가 그 놈에게 말하려고 뛰어나갔는데 그놈이 차를 멈추지 않았던 거지."

마이클리스도 그 장면을 보긴 했지만, 거기에 특별한 의미가 있다고는 생각하지 못했다. 그는 머틀 윌슨이 특정한 차를 막으려 한 것이 아니라 남편에게서 도망치려 한 것이라고 믿었다.

"부인이 왜 그랬겠습니까?"

"엉큼한 여자니까." 윌슨이 말했다. 그 말이면 충분하다는 듯이. "아…."

그는 다시 몸을 흔들기 시작했고, 마이클리스는 손에 쥔 목줄을 이리저리 비볐다.

"혹시 전화할 수 있는 친구라도 있나요, 조지?"

그건 거의 희망 없는 부탁이었다. 윌슨에게 친구가 있을 리가 거의 없었다. 그는 자신의 아내를 감당할 만한 존재감조차 충분치 않았다. 나중에 창가에서 파랗게 빛나는 기운을 보고 새벽이 머지않았음을 깨달았을 때, 그는 조금 안도

했다. 새벽 5시쯤 되자 밖은 불을 끌 단큼 충분히 푸르게 변해 있었다.

월슨의 흐릿한 눈은 쓰레기 계곡 쪽으로 향했다. 작은 회색 구름들이 희미한 새벽바람 속에서 기묘한 형태로 변하며 이리저리 흩날리고 있었다.

그는 긴 침묵 끝에 중얼거렸다. "내가 마누라에게 말했지. 나를 속일 수는 있어도 하나님은 속일 수 없다고. 그리고 마누라를 창문으로 데려가서…." 그는 몸을 일으켜 뒤쪽 창가로 걸어가 얼굴을 창문에 갖다 대며 말했다. "이렇게 말했어. '하나님은 당신이 한 모든 일을 알고 계셔. 나를 속일 수는 있어도 하나님은 속일 수 없어!'"

그 뒤에 서 있던 마이클리스는 충크과 함께 그가 이제 막 사라져 가는 밤 속에서 창백하고 거대하게 모습을 드러낸 T. J. 에클버그 의사의 눈을 바라보고 있음을 보았다.

"하나님은 모든 것을 보고 계시지." 월슨이 되풀이했다.

"저건 광고판일 뿐이에요." 마이클리스가 안심시키듯 말했다.

무언가가 그를 창문에서 돌려 방 안으로 시선을 돌리게 만들었다. 하지만 월슨은 오랫동안 그 자리에 서서, 얼굴을 창유리 가까이 대고 황혼 속을 응시하며 고개를 끄덕였다.

*

새벽 6시가 되자 마이클리스는 지쳐 있었고, 밖에서 차가 멈추는 소리에 안도했다.

어젯밤 지켜보던 사람 중 한 명이 돌아오기로 약속했던 것이었다. 그는 세 사람분의 아침을 준비했고, 자신과 다른 한 사람이 함께 먹었다.

월슨은 이제 한결 조용해졌고, 마이클리스는 집으로 돌아가 잠을 잤다. 네 시간 후 잠에서 깨어 급히 정비소로 돌아갔을 때, 월슨은 이미 사라지고 없었다.

그의 행방(그는 계속 걸어서 이동했다)은 나중에 포트 루스벨트와 개즈힐까지 추적되었다. 개즈힐에서는 먹지 않은 샌드위치와 커피 한 잔을 샀다. 그는 분명 피곤했을 것이고 천천히 걸었을 터라, 정오가 되어서야 개즈힐에 도착했다. 여기까지는 그의 행방을 설명하는 데 어려움이 없었다. 약간 미친 사람처럼 행동하는 남자를 본 소년들과, 도로 옆에서 그 남자를 이상하게 쳐다본 운전자들이 있었다. 그런데 그 후 세 시간 동안 그는 시야에서 사라졌다. 경찰은 그가 마이클리스에게 방법을 알고 있다고 말한 것을 근거로, 그가 근처 차고를 돌아다니며 노란 차를 찾고 있었을 것으로 추정했다. 그러나 그를 본 차고 주인은 아무도 나타나지 않았고, 아마 그에게는 원하는 정보를 얻는 더 쉽고 확실한 방법이 있었을 것이다. 오후 2시 반쯤 그는 웨스트에그에 있었고, 누군가에게 개츠비의 집 가는 길을 물었다. 따라서 그때쯤 그는 이미 개츠비의 이름을 알고 있었던 셈이다.

*

오후 2시가 되자 개츠비는 수영복으로 갈아입고 집사에

게 전언을 남겼다. 누군가 전화하면 수영장으로 전해 달라는 것이었다. 그는 여름 내내 손님들을 즐겁게 했던 공기 매트리스를 가지러 차고에 들렀고, 운전사는 그것을 부풀리는 것을 도왔다. 그다음 그는 어떤 경우에도 오픈카를 밖으로 내보내지 말라는 지시를 내렸다. 이상한 점은, 앞 오른쪽 펜더에 수리가 필요했음에도 그런 지시를 내렸다는 것이다.

개츠비는 공기 매트리스를 어깨에 메고 수영장을 향해 걸어갔다. 한 번 멈춰서 매트리스를 조금 옮기기도 했고, 운전사가 도와줄까 묻자 그는 고개를 저었다. 그리고 잠시 후 노랗게 물든 나무들 사이로 사라졌다.

전화는 없었지만, 집사는 잠을 포기하고 4시까지 기다렸다. 그 시간이면 전화를 받는 사람이 아무도 없을 때였다. 내 생각에, 개츠비 자신도 전화가 올 거라 믿지 않았고, 아마 더 이상 신경 쓰지도 않았을 것이다. 만약 그 말이 사실이라면, 그는 오래도록 한 가지 꿈과 함께 살아온 대가로 따스한 세상을 잃었다는 것을 느꼈을 것이다. 그는 낯선 하늘을 올려다보며, 무섭게 흔들리는 잎사귀 사이로 장미가 얼마나 기괴한 존재인지, 이제 막 생겨난 풀 위에 햇빛이 얼마나 날것인지 떨며 깨달았을 것이다. 새로운 세상, 실체는 없지만 물질로 존재하는 곳, 그곳에서 가난한 유령들은 공기처럼 꿈을 호흡하며 우연히 떠다니고 있었다…. 마치 흔들리는 나무 사이로 그에게 미끄러져 다가오는 잿빛, 환상적인 형체처럼.

운전사(그는 울프샴의 후원자 중 한 명이었다)가 총성을 들었다. 그 후 그는 별로 신경 쓰지 않았다고만 말했다. 나는 역에서 곧장 개츠비의 집으로 차를 몰고 갔고, 내가 초조하게 현관 계단을 달려 올라간 것이 처음으로 누구에게나 경각심을 불러일으켰다. 하지만 나는 그때 이미 사람들이 알고 있었다고 굳게 믿는다. 거의 말 한마디 없이, 우리 넷, 운전사, 집사, 정원사, 그리고 나는 급히 수영장으로 달려갔다.

물 위에는 미세하게, 거의 감지할 수 없을 정도의 움직임이 있었다. 한쪽 끝에서 들어오는 신선한 물줄기가 다른 쪽 배수구로 향하며 흐름을 만들고 있었기 때문이다. 거의 파도의 그림자에 불과한 작은 잔물결 속에서, 짐을 싣고 있던 매트리스는 물결을 따라 불규칙하게 움직였다. 표면을 거의 일그러뜨리지 않는 작은 바람에도 우연히 놓인 짐과 그 우연한 경로는 흐트러졌다. 나뭇잎 더미가 매트리스를 천천히 회전시키며, 마치 컴퍼스의 다리처럼 물 위에 가는 붉은 원을 그렸다.

우리가 개츠비의 시체를 들고 집으로 향할 때쯤, 정원사가 조금 떨어진 잔디 위에 놓인 윌슨의 시신을 발견했고, 그로써 참극은 완성되었다.

IX

　2년이 지난 지금, 나는 그날과 그 밤, 그리고 다음 날을 오직 끝도 없는 반복처럼 떠올린다. 경찰과 사진사, 신문기자들이 개츠비의 현관문을 들락날락하던 그 광경을. 정문은 밧줄이 둘려 있었고, 그 옆에는 경찰이 서서 구경꾼들을 막고 있었다. 그러나 곧 꼬마 아이들이 내 마당을 통해 저택 안으로 들어갈 수 있다는 사실을 알아냈고, 항상 몇 명쯤은 입을 벌린 채 수영장 주위에 모여 있었다. 어쩌면 형사일지도 모르는, 어조가 단호한 누군가가 그날 오후 윌슨의 시체를 내려다보며 '미치광이'라는 말을 내뱉었고, 그의 목소리에 실린 그 우연한 권위가 다음 날 신문 기사들의 논조를 결정지었다.

　대부분의 기사들은 악몽 같았다. 기괴하고, 세세하며, 호들갑스럽고, 거짓이었다. 조서에서 마이클리스의 증언으로 윌슨이 아내를 의심했다는 사실이 드러났을 때, 나는 곧 그 이야기가 선정적인 풍자 기사로 요란하게 소비될 줄 알았다. 그러나 무엇이든 말할 수 있었던 캐서린은 한마디도 하지 않았다. 오히려 놀라울 만큼 침착하고 강단 있는 태도를 보였다. 다듬어진 눈썹 아래 결연한 눈빛으로 검시관을 바라보며, 언니는 개츠비를 전혀 본 적이 없다고, 언니는 남편과 아주 행복했다고, 언니는 그 어떤 부정한 일에도 연루

된 적이 없다고 맹세했다. 그녀 스스로도 그것을 믿어버렸고, 그 생각만으로도 견딜 수 없다는 듯 손수건에 얼굴을 묻고 울었다. 결국 윌슨은 '슬픔에 미쳐버린 남자'로 단순하게 규정되었고, 사건은 그 형태 그대로 마무리되었다.

하지만 이런 모든 일들은 멀고도 중요하지 않게 느껴졌다. 나는 어느새 홀로 개츠비의 편에 서 있었다. 웨스트에 그에 전화를 걸어 이 비극의 소식을 알린 그 순간부터, 개츠비에 관한 모든 추측과 실질적인 문제들이 나에게로 쏠렸다. 처음에는 놀랍고 혼란스러웠지만, 그가 집 안에 누워 아무 움직임도, 숨결도, 말소리도 없이 시간이 흘러갈수록 아무도 그에게 관심을 두지 않는다는 사실 때문에 내가 책임을 져야 한다는 생각이 점점 깊어졌다. 여기서 말하는 '관심'이란, 인간이라면 누구나 마지막 순간에 받을 자격이 있는, 그 절실한 개인적 관심을 말하는 것이다.

개츠비를 발견하고 나서 30분쯤 뒤, 나는 본능적으로 아무 망설임 없이 데이지에게 전화를 걸었다. 하지만 데이지와 톰은 그날 오후 일찍 짐을 챙겨 떠난 뒤였다.

"주소는 안 남겼나요?"

"아니요."

"언제 돌아온다고 했나요?"

"모르겠어요."

"어디로 갔는지, 어떻게 연락할 수 있는지 아시나요?"

"모릅니다. 말씀드릴 수 없어요."

나는 누군가를 개츠비에게 데려오고 싶었다. 그가 누워 있는 방으로 들어가 말해주고 싶었다. "개츠비, 내가 누군가를 데려올게. 걱정하지 마. 나만 믿어. 반드시 누군가를 데려올게."

마이어 울프샴의 이름은 전화번호부에 없었다. 집사는 브로드웨이에 있는 그의 사무실 주소를 알려주었다. 나는 안내계에 전화를 걸었지만 번호를 알아냈을 때는 이미 5시 가 훌쩍 넘어 있었고, 아무도 전화를 받지 않았다.

"다시 한번 걸어주시겠어요?"

"이미 세 번이나 걸었습니다."

"아주 중요한 일이라서 그럽니다."

"죄송하지만, 아무도 없는 것 같네요."

나는 다시 응접실로 돌아갔다. 순식간에 방 안을 가득 채운 이 사람들은 그저 공무 때문에 왔다 가버릴 사람들이라는 생각이 들었다. 그러나 그들이 시트를 걷고 충격에 찬 눈으로 개츠비를 바라보는 동안에도 개츠비의 항변이 내 머릿속에서 계속 울렸다.

"이봐요, 친구. 나를 위해 누군가를 데려와야 해요. 제발 노력해주시오. 나 혼자서는 이 일을 견딜 수가 없어요."

누군가 내게 질문을 하려 했지만, 나는 몸을 일으켜 위층으로 올라가 그의 책상 열려 있는 부분들을 급히 살펴보았다. 그가 부모님이 돌아가셨다는 것을 나에게 분명하게 말한 적은 없었다. 그러나 방에는 벽에 걸린 댄 코디의 사진한 장만이 남아 잊혀진 폭력의 상징처럼 내려다보고 있었을 뿐 아무것도 없었다.

다음 날 아침, 나는 집사에게 뉴욕으로 편지를 보내 울프샴에게 정보를 요청하고 다음 기차로 와주길 부탁한다고 전했다. 그 요청은 내가 편지를 쓸 때는 이미 불필요해 보였다. 나는 그가 신문을 보면 깜짝 놀랄 것이라 확신했고, 데이지에게도 정오까지 전보가 올 것이라고 확신했지만 전보도, 울프샴도 오지 않았다. 도착한 사람은 경찰과 사진사, 기자들뿐이었다. 집사가 울프샴의 답장을 가져왔을 때, 나는 개츠비와 나 사이에 형성된 반항적 연대감과 경멸의 감정을 느끼기 시작했다.

친애하는 캐러웨이 씨께,

이번 일은 제 인생에서 겪은 가장 끔찍한 충격 중 하나였습니다. 사실인지조차 믿기 힘들 정도입니다. 그 남자가 저지른 그런 미친 행동은 우리 모두에게 깊이 생각하게 합니다. 저는 지금 중요한 일에 얽매여 있어 이 일에 개입할 수 없습니다. 나중에라도 제가 조금이라도 도울 수 있는 일이 있다면, 에드거를 통해 편지로 알려주십시오. 이런 소식을 들으면 내가 어디에 있는지도 모를 정도로 완전히 기운이 빠지고 맥이 빠집니다.

진심을 담아
마이어 울프샴

추신: 장례식 등에 대해서 알려주세요. 그리고 그의 가족에 대해서는 전혀 알지 못합니다.

그날 오후 전화가 울리고 교환원이 시카고에서 장거리 전화가 걸려왔다고 했을 때, 나는 드디어 데이지가 연락한 것이라고 생각했다. 하지만 연결된 목소리는 남자의 것이었고, 매우 가늘고 멀리서 들리는 소리였다.

"슬레이글입니다…."

"네?" 이름이 낯설었다.

"굉장한 소식이지 않습니까? 제 전보 받으셨나요?"

"아뇨. 전보는 못 받았는데요."

"파크 청년이 곤경에 빠졌습니다." 그가 빠르게 말했다. "그가 채권을 카운터에 넘기다가 붙잡혔거든요. 뉴욕에서 채권 번호가 담긴 통신문이 들어온 지 겨우 5분 만이었습니다. 뭐 들은 것도 없으세요? 이런 시골 마을에선 절대 예측할 수 없는 일이라…."

"이보세요!" 나는 숨을 헐떡이며 말을 끊었다. "잠깐, 저는 개츠비 씨가 아닙니다. 개츠비 씨는 죽었어요."

전화 저편에서 놀란 탄성이 들리더니 긴 침묵이 이어졌고, 이내 짧게 불평하는 소리가 들리더니 곧바로 연결이 끊겼다.

*

미네소타의 한 마을에서 헨리 C. 개츠라는 사람이 서명한 전보가 셋째 날쯤 도착했던 것 같다. 내용은 단순히 그가 즉시 떠날 것이므로 그가 도착할 대까지만 장례식을 미뤄달라는 것이었다.

개츠비의 아버지는 근엄한 노인이었고, 매우 무력하고 당황한 모습이었다. 따듯한 9월 날씨에도 그는 헐값의 긴

울스터 코트를 껴입고 있었다. 그의 눈에서는 흥분 때문에 눈물이 계속 흘렀고, 내가 그의 손에서 가방과 우산을 받아 들자 그는 희미한 회색 수염을 쉬지 않고 당겨서 그의 코트를 벗기는 데 애를 먹었다. 그는 거의 기절할 지경이어서 나는 그를 음악실로 데려가 앉히고 무언가 먹을 것을 가지러 갔다. 하지만 그는 아무것도 먹으려 하지 않았고, 떨리는 손에 든 우유 잔은 쏟아지고 말았다.

"시카고 신문에서 봤다네." 그가 말했다. "모두 시카고 신문에 나왔더군. 나는 신문을 보자마자 출발했지."

"어떻게 연락해야 할지 몰랐습니다."

그의 눈은 아무것도 보지 못하면서도 방 안을 끊임없이 훑고 있었다.

"그건 미친 짓이었어." 그가 말했다. "그 사람은 분명 미쳤던 게지."

"커피라도 드릴까요?" 내가 권했다.

"아무것도 안 먹겠네. 지금은 괜찮아. 자네 이름이…?"

"캐러웨이입니다."

"아, 그렇군. 이제 괜찮네. 지미는 어디에 안치했나?"

나는 그의 아들이 누워 있는 거실로 그를 데리고 가서 그를 그곳에 남겨두고 나왔다. 작은 소년 몇 명이 계단 위로 올라와 현관을 들여다보고 있었는데, 방금 도착한 사람이 누구인지 말하자 아이들은 마지못해 자리를 떠났다.

잠시 후, 개츠비의 아버지인 개츠 씨가 문을 열고 나왔다. 입은 살짝 벌어져 있었고, 얼굴은 약간 붉었으며, 눈에서는 불규칙하게 눈물이 흘러나왔다. 그는 이미 죽음이 더 이상 끔찍한 놀라움으로 다가오지 않는 나이에 이르렀고, 이제 처음으로 주변을 둘러보며 홀의 높은 천장과 웅장함, 그리고 그로부터 이어지는 방들을 보고 그의 슬픔은 경외심 어린 자부심과 뒤섞이기 시작했다. 나는 그를 위층 침실로 안내했고, 그가 코트와 조끼를 벗는 동안 나는 모든 장례 준비를 그가 올 때까지 연기했다고 말했다.

"무엇을 원하실지 몰라서요, 개츠비 씨."

"개츠가 내 이름이오."

"…개츠 씨. 혹시 시신을 서부로 옮기고 싶으실까 해서요."

그는 고개를 저었다.

"지미는 항상 동부를 더 좋아했다네. 동부에서 자신의 지위를 쌓아 올렸지. 내 아들의 친구였나…?"

"우리는 친한 친구였습니다."

"그 애에게는 큰 미래가 있었지. 잘 알겠지만 젊은 나이에 머리가 아주 좋았거든."

그는 인상 깊게 머리를 만졌고, 나는 고개를 끄덕였다.

"그 애가 살아 있었다면 위대한 사람이 되었을 거야. 제임스 J. 힐* 같은 사람 말이네. 나라를 세우는 데 큰 도움을 줬을 테지."

"그렇죠." 나는 불편하게 대답했다.

그는 자수 덮개를 더듬어 침대에서 벗기려 애썼고, 뻣뻣하게 누운 채 바로 잠들었다.

---

* 19세기 후반에서 20세기 초반, 미국의 철강쪽에서 활동했던 철도 재벌이다.

그날 밤, 명백히 겁먹은 사람이 전화를 걸어와 자신의 이름을 밝히기 전에 내가 누구인지 묻고 나서야 말을 이었다.

"캐러웨이입니다." 내가 말했다.

"아!" 안도하는 듯한 목소리였다. "클립스프링어입니다."

나도 안도했다. 그것은 개츠비의 무덤에 또 한 명의 친구가 있음을 약속하는 것처럼 보였기 때문이다. 나는 이 일이 신문에 나서 구경꾼이 몰리는 일이 있기를 원치 않았기에 직접 몇 사람에게 전화를 걸고 있었다. 하지만 찾기가 쉽지 않았다.

"장례식은 내일이에요." 내가 말했다. "3시에 여기 개츠비의 저택에서요. 관심 있을 사람들에게 전해주면 좋겠습니다."

"아, 전할게요." 그가 급히 말했다. "물론 누구를 만나게 될 가능성은 별로 없지만, 만난다면요."

그의 말투는 나를 의심하게 만들었다.

"물론 당신도 꼭 올 거죠?"

"글쎄요, 꼭 노력해보겠습니다. 제가 전화한 이유는…."

"잠깐만요." 내가 말을 끊었다. "꼭 오겠다고 말하는 건 어때요?"

"사실은요…. 정말 사실대로 말하면, 제가 지금 그리니치에 있는 몇 사람 집에 머물고 있는데, 내일은 그들과 함께 있을 거라고 기대하고 있어요. 사실, 소풍 같은 걸 가기로 했거든요. 물론 최대한 시간을 내서 가도록 하겠지만요."

나는 참지 못하고 "허!" 하고 소리쳤고, 그는 내 반응을 들은 모양인지 긴장하며 계속 말했다.

"제가 전화한 이유는 거기에 두고 온 신발 한 켤레 때문이에요. 집사가 신발을 보내주는 게 너무 번거롭지 않을까 해서요. 테니스화인데, 그 신발 없이는 좀 곤란하거든요. 제 주소는 B. F. …."

내가 전화를 끊어버려 나머지 주소는 듣지 못했다.

그 이후에 나는 개츠비에게 약간의 부끄러움을 느꼈다. 내가 전화를 건 한 신사 중 한 명은 개츠비가 당연히 겪어야 할 일을 겪었다는 식으로 말했다. 하지만 그건 내 잘못이었다. 그는 개츠비의 술 덕분에 개츠비를 가장 신랄하게 조롱하던 사람 중 한 명이었고, 내가 전화를 걸기 전에 더 잘 알아봤어야 했다.

*

장례식 날 아침, 나는 마이어 울프샴을 만나러 뉴욕으로 올라갔다. 다른 방법으로는 도저히 그에게 닿을 수 없을 것 같았다. 엘리베이터 보이의 조언에 따라 밀고 들어간 문에는 '스와스티카 지주 회사'라고 적혀 있었고, 처음에는 안에 아무도 없는 듯 보였다. 내가 여러 번 '안녕하세요."라고 소리쳤지만 헛수고였고, 칸막이 뒤에서 언쟁이 벌어지자 곧 안쪽에서 한 아름다운 유대인 여자가 나타나 적대적인 검은 눈으로 나를 살펴보았다.

"안에 아무도 없어요." 그녀가 말했다. "울프샴 씨는 시카고에 갔어요."

그건 분명 사실이 아니었다. 누군가가 안에서 음이 맞지 않게 묵주기도를 휘파람으로 불기 시작했기 때문이다.

"캐러웨이가 만나고 싶어 한다고 전해주세요."

"울프샴 씨를 시카고에서 데려올 수야 없잖아요. 그렇죠?"

바로 그때, 문 너머에서 울프샴임이 틀림없는 목소리가 "스텔라!" 하고 불렀다.

"책상 위에 이름을 남기세요." 그녀가 재빨리 말했다. "그가 돌아오면 전해드리죠."

"지금 안에 있는 거 다 압니다."

그녀는 내 쪽으로 한 걸음 다가오며 분개한 듯 손을 허리 위아래로 슬쩍 움직였다.

"당신은 젊은 남자들이 아무 때나 이 안으로 들어올 수 있다고 생각하는군요." 그녀가 꾸짖었다. "아주 지긋지긋해지고 있어요. 내가 그가 시카고에 있다고 말하면, 그는 시카고에 있는 거예요."

나는 개츠비를 언급했다.

"오…!" 그녀가 다시 나를 쳐다보았다. "잠깐만요… 이름이 뭐라고 하셨죠?"

그녀는 사라졌다. 곧, 마이어 울프샴이 엄숙하게 문간에 서서 두 손을 내밀었다. 그는 나를 사무실로 들였고 경건한 목소리로 모두에게 슬픈 시기라고 말하며 시가를 권했다.

"그를 처음 만났을 때가 생각나는군." 그가 말했다. "그는 군대에서 갓 전역한 젊은 소령이었고, 전쟁에서 받은 훈장으로 온몸이 덮여 있었지. 그는 정장을 살 수도 없이 너무 궁핍해서 계속 군복을 입고 다녀야 했어. 내가 그를 처음 본 건, 그가 43번가 와인브레너 당구장에 들어와 일자리를 구했을 때였다네. 그는 며칠 동안 아무것도 먹지 못했다고 했지. '자, 나랑 점심이나 같이합시다.' 하고 말했더니, 30분 만에 4달러어치보다 더 많이 먹더군."

"개츠비에게 일자리를 주신 건가요?" 내가 물었다.

"일자리? 내가 그를 거의 키운 거나 다름없지."

"아…."

"나는 그를 아무것도 없는 상태에서, 바로 시궁창에서 끌어올렸네. 처음부터 그는 외모도 좋고 신사다운 젊은이란 걸 알았지. 그가 옥스퍼드에 다녔다고 했을 때, 나는 그를 잘 활용할 수 있겠다고 생각했네. 나는 그를 미국 재향군인회에 가입시켰고, 그는 거기서도 높은 평가를 받았네. 바로 그때 그는 내 고객을 위해 올버니까지 일을 하러 갔지. 우리는 모든 일에서 이렇게 친했네…." 그가 두 개의 통통한 손가락을 들어 보였다. "…항상 함께였지."

나는 이 파트너십에 1919년 월드시리즈 조작 관련 거래도 포함되어 있었는지 궁금했다.

"이제 그는 죽었어요." 내가 잠시 후 말했다. "당신이 그의 가장 가까운 친구였으니, 오늘 오후 그의 장례식에 오고 싶을 거라 생각합니다."

"가고 싶지."

"그럼 오세요."

그의 콧수염이 약간 떨리고, 고개를 저을 때 눈에는 눈물이 고였다.

"나는 못하겠네. 이 일에 말려들고 싶지 않다고." 그가 말했다.

"말려들고 말고 할 것도 없어요. 이제 다 끝났습니다."

"사람이 죽은 일이라면 일단 나는 절대 끼어들고 싶지 않아. 거리를 두지. 젊었을 때는 나도 달랐다네. 친구가 죽으면, 어떤 식이든 나는 끝까지 함께했지. 당신은 그걸 감상적이라고 생각할지 모르지만, 나는 그랬어. 쓰디쓴 최후까지 말이야."

나는 그가 무슨 이유에서인지 장례식에 오지 않겠다고 결심한 것 같아, 자리에서 일어섰다.

"대학을 나왔나?" 그가 갑자기 물었다.

잠시 나는 그가 어떤 '연결'을 제안하려는 줄 알았지만, 그는 그냥 고개를 끄덕이고 내 손을 잡았다.

"우리는 사람이 살아 있을 때 우정을 보여주는 법을 배워야 해. 죽은 뒤가 아니라." 그가 제안했다. "그 후에는 내 방식대로, 모든 것을 그냥 두는 게 좋네."

내가 그의 사무실을 나왔을 때, 하늘은 어두워졌고 나는 이슬비 속에서 웨스트에그로 돌아왔다. 옷을 갈아입고 나서 옆집에 가보니, 개츠 씨가 흥분해서 홀 안을 오르내리고 있었다. 그는 아들에 대한, 그리고 아들의 소유물에 대한 자부심이 점점 커지고 있었고, 이제 나에게 무언가를 보여주려고 했다.

"지미가 이 사진을 보냈었네." 그는 떨리는 손가락으로 지갑을 꺼냈다. "이것 좀 보게."

사진은 집을 찍은 것이었는데, 모서리는 갈라지고 여러 손때로 더럽혀져 있었다. 그는 열심히 모든 부분을 가리키며 말했다. "이것 좀 보라고!" 그리고 내 눈에서 감탄을 얻으려 했다. 그가 그 사진을 너무 자주 보여주어서 이제 그에게는 실제 집보다 그 사진이 더 현실적으로 느껴지는 것 같았다.

"지미가 나에게 보낸 사진이라네. 아주 멋진 사진이지."

"멋져요. 최근에 아드님을 본 적이 있나요?"

"그 애가 2년 전에 나를 만나러 왔고, 내가 지금 사는 집을 사줬지. 물론 그 애가 집을 떠났을 때는 연락이 끊겼었지만, 이제 보니 그럴 이유가 있었어. 그 애의 앞날이 밝다는 걸 알고 있었지. 성공을 거둔 이후로는 나에게 매우 관대했고 말이야."

그는 사진을 치우는 것을 주저하는 듯 보였고, 내 눈앞에서 잠시 더 오래 쥐고 있었다. 그러고 나서 다시 지갑에 사진을 넣더니 주머니에서 낡고 해진 『호펄롱 캐시디』라는 책 한 권을 꺼냈다.

"이걸 좀 보게. 그 애가 어릴 때 가지고 있던 책이야. 이걸 보면 그 녀석을 잘 알 수 있을 테지."

그는 책 뒤표지를 열어 나에게 브여주었다. 빈 페이지에는 '일정'이라는 단어와 1906년 9월 12일이라는 날짜가 적혀 있었다. 그 아래에는 다음과 같은 일정이 있었다.

오전 6:00	·················	기상
오전 6:15-6:30	············	덤벨 운동 및 벽 오르기
오전 7:15-8:15	············	전기학 및 기타 공부
오후 8:30-4:30	·············	일

오후 4:30-5:00　…………　야구 및 스포츠
오후 5:00-6:00　…………　웅변 연습, 품위 유지 연습
오후 7:00-9:00　…………　발명에 필요한 공부

결심

새프터스나 ×××(알아볼 수 없었다)에서 시간 낭비하지 말 것

궐련이나 씹는 담배를 줄일 것

이틀에 한 번씩 목욕할 것

매주 자기 계발에 도움이 되는 책이나 잡지를 읽을 것

매주 3달러(5달러에서 수정했다)씩 절약할 것

부모님께 더 잘할 것

　"이 책은 우연히 발견했다네." 노인은 말했다. "이걸 보면 지미가 어떤 녀석이었는지 알 수 있지 않나?"

　"정말 그렇네요."

　"지미는 성공할 수밖에 없었어. 항상 이런 식의 결심이나 계획 같은 걸 갖고 있었거든. 자기 계발에 대해 뭘 적어놨는지 보이나? 항상 그 부분에 관심이 많았지. 한번은 내가 돼지처럼 먹는다고 했더니, 그걸 보고 혼내더라니까."

　그는 책을 덮기를 꺼리며, 항목 하나하나를 소리 내어 읽고 나서 나를 유심히 바라보았다. 아마 내가 이 목록을 받아 적어 나중에 활용하길 바란 것 같았다.

　오후 3시가 되기 조금 전에 플러싱에서 루터교 목사가 도착했고, 나는 무의식적으로 다른 차들이 오는지 창밖을 바라보기 시작했다. 개츠비의 아버지도 마찬가지였다. 시

간이 흐르고 하인들이 들어와 홀에서 기다리자, 그의 눈은 초조하게 깜박였고, 그는 비에 대해 걱정스러운 목소리로 말했다. 목사는 몇 번이나 시계를 흘끗 보았고, 나는 그를 따로 불러 30분만 기다려달라고 부탁했다. 하지만 소용없었다. 아무도 오지 않았다.

*

오후 5시쯤, 우리의 세 대의 차량 행렬은 묘지에 도착해 짙은 이슬비 속에 멈췄다. 먼저, 끔찍하게 검은, 비에 젖은 장의차가 있었고, 그다음에 개츠 씨와 목사, 그리고 내가 리무진에 탔다. 조금 뒤에는 네다섯 명의 하인과 웨스트에 그의 우체부가 개츠비의 스테이션왜건에 탔고, 모두 흠뻑 젖은 상태였다. 우리가 묘지 안으로 들어서자 차 한 대가 멈추고 질펙한 땅 위로 누군가 쫓아오는 소리가 들렸다. 둘러보니, 세 달 전 어느 밤 서재에서 개츠비의 책을 보고 놀라워하던 부엉이 눈 모양의 안경을 쓴 남자였다.

그때 이후로 그를 본 적이 없었다. 그가 장례식 소식을 어떻게 알았는지, 그의 이름이 무엇인지도 나는 몰랐다. 비가 그의 두꺼운 안경 위로 쏟아졌고, 그는 안경을 벗어 닦은 뒤, 개츠비의 무덤 위로 펼쳐진 보호용 천막을 살폈다.

나는 잠시 개츠비를 떠올리려 했지만, 그는 이미 너무 먼 곳에 있었고, 나는 단지 데이지가 메시지나 꽃조차 보내지 않았다는 사실만 아무런 원망 없이 기억할 수 있었다. 희미하게 누군가가 "비가 내리니 죽은 이에게 복이 있도다*."라고 중얼거리는 소리를 들었고, 부엉이 눈의 남자는 용기 있는 목소리로 "아멘."이라고 말했다.

우리는 비를 맞으며 급히 차가 있는 쪽으로 내려왔다. 부엉이 눈의 남자는 문 옆에서 나에게 말했다.

"집에는 가보지도 못했군요." 그가 말했다.

"다른 사람들도 아무도 오지 않았습니다."

"아니, 맙소사!" 그가 시작했다. "어떻게 그럴 수가! 사람들이 수백 명씩 거기에 가곤 했잖아요."

그는 안경을 벗어 다시 안팎으로 닦았다.

"불쌍한 놈⋯." 그가 말했다.

*

내 가장 생생한 기억 중 하나는 크리스마스 때 대학 예비학교에서, 나중에는 대학에서 서부로 돌아오던 길이다. 시카고보다 더 먼 곳으로 가는 사람들은 12월의 어느 날 저녁 6시, 낡고 어두운 유니언 역에 모여, 저마다 휴일의 흥겨움에 빠진 시카고 친구들과 함께 급히 작별 인사를 나누었다. 이런저런 여학교에서 돌아오는 여학생들의 털외투도 기억나고, 옛 친구들이 보이면 차디찬 입김을 뿜으며 떠들거나 머리 위로 손을 흔들어대던 일도 기억난다. "넌 오드웨이네 갈 거야? 허시네 집은? 슐츠네 집은?" 이렇게 물으며 서로

---

* 미국에서는 장례식 때 비가 내리면 죽은 이가 평안한 영면에 든다는 미신이 있다.

의 일정을 맞춰보던 일도 기억난다. 장갑 낀 손에 꽉 움켜 쥐었던 길쭉한 초록색 기차표도 아직 생생히 기억난다. 마지막으로 시카고-밀워키-세인트폴 철도 회사의 칙칙한 노란색 기차들이 출입문 옆 철로 위에 서 있는 모습도, 마치 크리스마스 그 자체인 것처럼 밝게 빛나던 것이 기억난다.

우리가 겨울밤 속으로 차를 몰고 들어가자 진짜 눈(雪)이 우리 곁으로 펼쳐지고 창문에 반짝였다(우리의 눈 말이다). 위스콘신의 작은 역들의 희미한 불빛이 스쳐 지나가고, 갑자기 날카롭고 거친 공기가 공중으로 스며들었다. 우리는 저녁을 먹고 객차 복도를 지나 걸어오면서 차가운 공기를 깊이 들이마셨다. 다시 구분 없이 그 공기 속으로 녹아들기 전 한동안 말로 다 할 수 없이 이 지방과 하나가 된 듯한 느낌을 받았다.

그곳이 바로 나의 중서부 지방이다. 밀밭도 대초원도 사라진 스웨덴 이민자들의 마을도 아니었다. 내 청춘 시절 돌아오던 설레는 기차들, 서리가 내린 어둠 속의 가로등과 썰매 방울 소리, 불 밝힌 창문이 눈 위에 드리운 호랑가시나무 화환의 그림자들이다. 그 지역의 일부인 나는, 그 길었던 겨울을 떠올리면 조금은 엄숙한 기분이 든다. 수십 년 동안 여전히 가문의 이름이 주소를 대신하는 도시에서 나는 캐러웨이 가문에서 자랐다는 것에 조금의 자부심도 느낀다. 이제 나는 깨달았다. 결국 이 이야기는 서부의 이야기였다는 것을. 톰과 개츠비, 데이지와 조던, 그리고 나까지, 우리 모두 서부 출신이었고, 어쩌면 동부 생활에 미묘하게 적응하지 못하게 하는 공통된 결핍을 가지고 있었는지도 모른다.

심지어 동부가 나를 가장 흥분시켰을 때조차, 동부 지방이 오하이오 강 너무 부풀어 오른 듯 볼품없이 뻗어 있는 그 지루한 도시들보다 우월하다는 것을 깨달았을 때조차(그 도시들에서는 아이들과 노인들만 빼고 모든 사람들이 끝없이 심문을 받고 있는 듯했다), 나에게 동부는 어딘가 모르게 뒤틀린 데가 있어 보였다. 특히 웨스트에그는 아직도 나의 기괴하고 환상적인 꿈속에 나타난다. 나에게 그곳은 엘 그레코가 그린 밤 풍경처럼 느껴진다. 전통적이면서도 기괴한 수백 채의 집들이 음울하게 드리운 하늘과 윤기 없는 달 아래 웅크리고 있다. 전경에는 흰 정장을 입은 엄숙한 사내 네 명이 흰 이브닝드레스를 입고 술에 취한 여자가 누운 들것을 들고 인도를 따라 걷고 있다. 들것 밖으로 축 늘어진 그녀의 손에는 보석들이 차갑게 반짝거린다. 사내들은 짐짓 심각하게 어떤 집에 들어가지만 잘못된 집이다. 그러나 아무도 그 여자의 이름을 알지 못하고, 아무도 신경 쓰디 않는다.

개츠비가 죽은 후, 동부는 내게 그런 모습으로 남아 있었고, 내 눈으로는 바로잡을 수 없을 정도로 왜곡되어 있었다. 그래서 부서지기 쉬운 낙엽에서 피어오르는 푸른 연기가 공중에 맴돌고, 바람이 젖은 빨랫감을 늘어선 줄 위에서 빳빳하게 날리던 날, 나는 고향으로 돌아가기로 결심했다.

떠나기 전에 해야 할 일이 하나 있었는데, 어색하고 불쾌한 일이어서 아마 그냥 내버려두는 편이 나았을 수도 있다. 하지만 나는 모든 일을 정리하고 싶었고, 친절하지만 무관심한 바다가 내 쓰레기를 그냥 휩쓸어 가도록 두고 싶지는 않았다. 나는 조던 베이커를 만나 우리가 함께 겪었던 일과 그 후 내게 일어났던 일을 주고받으며 이야기했는데, 그녀는 큰 의자에 완전히 가만히 누워 경청하고 있었다.

조던은 골프를 치러 가는 차림이었고, 나는 그녀가 참 멋진 그림처럼 보인다고 생각했다. 턱을 살짝 쳐들고, 머리칼은 가을 낙엽 색깔이었으며, 얼굴빛은 무릎 위 손가락 없는 골프 장갑과 같은 갈색으로 그을어 있었다. 내가 말을 마치자 그녀는 별다른 말 없이 자신이 다른 남자와 약혼했다고 말했다. 그 말을 믿지 않았지만 그녀가 머리만 한 번 끄덕이면 결혼할 수 있는 남자가 여럿 있었으므로, 나는 놀란 척했다. 잠시 나는 혹시 실수하는 게 아닌가 생각했지만 곧 다시 마음을 정리하고 작별 인사를 하러 일어섰다.

"하지만 결국 당신이 나를 차버렸잖아요." 조던이 갑자기 말했다. "전화로 나를 차버렸다고요. 이제 난 당신이 뭐가 됐든 상관 안 해요. 하지만 그건 내게 새로운 경험이었고, 잠시 어지러운 기분이 들더군요."

우리는 악수를 했다.

"아, 그리고 기억나요…?" 그녀가 덧붙였다. "예전에 운전에 대해 나눴던 대화 말이에요."

"아… 그럼요. 정확히는 기억 안 나지만."

"부주의한 운전자는 또 다른 부주의한 운전자를 만나기 전까지만 안전하다고 당신이 그랬죠? 그래요. 나는 또 다른 부주의한 운전자를 만났던 거예요. 그런 잘못된 추측을 하다니 나도 참 부주의했어요. 난 당신이 꽤 정직하고 솔직한 사람이라고 생각했거든요. 그게 당신의 비밀스러운 자부심인 줄 알았어요."

"난 이제 서른이에요." 내가 말했다. "스스로에게 거짓말을 하고 그것을 자랑스럽게 생각할 나이보다 다섯 살이나 더 먹었는걸요."

그녀는 대답하지 않았다. 화도 나고, 반쯤은 그녀를 사랑하고, 동시에 크게 미안한 마음에 나는 몸을 돌렸다.

*

10월의 어느 날 늦은 오후에 나는 톰 뷰캐넌을 만났다. 그는 앞서서 5번가를 따라 걷고 있었는데, 날카롭고 공격적인 걸음걸이였고, 방해를 막기라도 하듯 손을 몸에서 조금 떼고 있었으며, 안절부절 못하는 눈에 맞춰 머리를 이리저리 급격히 움직였다. 내가 그를 앞지르지 않으려고 속도를 늦추자, 그는 멈춰서 보석점 창문을 찡그린 채 바라보기 시작했다. 갑자기 나를 보고는 걸음을 되돌리며 손을 내밀었다.

"무슨 일이야, 닉? 나랑 악수하는 게 싫어?"

"그래. 내가 널 어떻게 생각하는지 알잖아."

"미쳤어, 닉." 그가 재빨리 말했다. "완전히 미친 놈이야. 자네에게 무슨 문제가 있는지 모르겠군."

"톰, 그날 오후에 윌슨에게 무슨 말을 한 거야?" 내가 물었다.

톰은 한마디도 하지 않고 나를 똑바로 바라보았다. 나는 그 잃어버린 시간에 대해 제대로 짐작했음을 알았다. 내가 돌아서려 하자 그가 한 걸음 다가와 내 팔을 잡았다.

"나는 그에게 사실을 말했어." 그가 말했다. "우리가 떠날 준비를 하고 있을 때 그자가 문으로 왔고, 집사가 아무도 없다고 전하자 위층으로 억지로 올라오려 했지. 내가 그 차의 주인이 누구인지 말하지 않았다면 그가 날 죽일 것처럼 미쳐 있었어. 집에 있는 내내 그의 손은 주머니 속 권총 위에 있었다고…." 그는 도전적으로 말을 끊었다. "말했어도 어쩔 수 없지. 그 녀석은 받아야 할 벌을 받았어. 너한테도, 데이지한테도 눈가림을 했지만 그는 강자였어. 머틀을 개처럼 치고도 차를 멈추지 않았지."

나는 단 한 가지 말할 수 없는 사실, 그게 사실이 아니라는 것 외에는 할 말이 없었다.

"그리고 내가 고통을 겪지 않았다고 생각한다면, 이봐, 내가 그 아파트를 넘기러 갔을 때, 저 빌어먹을 개 비스킷 상자가 사이드보드 위에 놓여 있는 걸 보고, 앉아서 아기처럼 울었어. 제길, 정말 끔찍했지…."

나는 그를 용서하거나 좋아할 수는 없었지만, 그가 한 일이 그에게는 완전히 정당화된 것임을 이해할 수 있었다. 모든 것이 매우 부주의하고 혼란스러웠다. 그들은 부주의한 사람들이었다. 톰과 데이지, 그들은 사물과 생명을 부수고 나서 자기들의 돈이나 방대한 무관심, 혹은 그들을 함께 묶어주는 무언가 속으로 숨어버리고, 자신들이 만든 혼란을 다른 사람들이 치우도록 내버려두었다….

나는 그의 손을 잡았다. 잡지 않는 것이 어리석게 느껴졌다. 갑자기 내가 어린아이와 이야기하는 듯한 기분이 들었기 때문이다. 그리고 그는 진주 목걸이를 사러, 아니면 커프스단추 한 쌍을 사러 보석 가게로 들어가면서 나의 촌스러운 결벽증에서 영원히 벗어났다.

*

내가 떠날 때도 개츠비의 집은 여전히 비어 있었다. 그의 잔디밭은 내 것만큼이나 길게 자라 있었다. 마을의 한 택시 운전사는 손님을 태우고 입구 문을 지나갈 때면 반드시 잠시 멈춰 안쪽을 가리켰다. 아마도 그 택시 운전사가 사고가 났던 밤 데이지와 개츠비를 이스트에그까지 태워준 사람이었을 수도 있고, 그 사건에 대해 자기 나름대로 이야기를 만들어냈을 수도 있다. 나는 그 이야기를 듣고 싶지 않아서 기차에서 내릴 때 그를 피했다.

나는 토요일 밤이면 뉴욕에서 시간을 보냈다. 그의 반짝이고 눈부신 파티들이 너무 생생해서, 그의 정원에서 울려 퍼지던 희미하고 끊임없는 음악과 웃음소리가 아직도 들리는 듯했고, 드라이브를 오르내리던 자동차 소리도 들리는 것 같았다. 어느 날 밤, 실제로 자동차 소리가 들리고 그 불빛이 집 앞 계단에 멈춘 것을 보았다. 하지만 나는 더 알아보지 않았다. 아마도 지구 반대편까지 갔다가 돌아온 마지막 손님 하나가 파티가 끝난 줄 몰랐던 것일 터였다.

마지막 날 밤, 짐을 다 싸고 차를 식료품점 주인에게 판 뒤에 나는 그 거대하고 뒤죽박죽인 실패작 같은 집을 한 번 더 바라보았다. 흰 계단 위에는 어떤 소년이 벽돌 조각으로 휘갈겨 쓴 외설스러운 단어가 달빛 속에서 또렷이 보였고, 나는 계단을 따라가며 구두로 문질러 그 낙서를 지웠다. 그런 다음 해변으로 내려가 모래 위에 드러누웠다.

이제 해안가의 큰 상점들도 대부분 문을 닫았고, 불빛도 거의 없었다. 해협 너머로 나룻배가 만들어내는 희미하고 움직이는 빛만이 존재했다. 달이 점점 높이 떠오르자, 실체도 없는 집들은 서서히 사라지기 시작했고, 나는 점차 이곳의 오래된 섬을 의식하게 되었다. 한때 네덜란드 선원들의 눈길을 사로잡았던 이 섬, 새롭고 푸른 신세계의 가슴 같은 섬이었다. 그곳에 있던 나무들, 즉 개츠비의 집을 위해 사라진 나무들은 한때 인간의 가장 위대하고 마지막 꿈에 속삭이듯 길들여진 적이 있었다. 일시적이지만 마법 같은 순간, 인간은 이 대륙 앞에서 숨을 멈추며, 이해하거나 원하지도 않았던 미적 성찰에 강제로 몰리며, 역사상 마지막으로 경이로움에 맞먹는 어떤 것과 마주했던 것이다.

그리고 나는 그곳에 앉아 오래된, 알려지지 않은 세상을 곱씹으며 개츠비가 처음 데이지의 부드 끝에서 초록색 불빛을 처음 발견했을 때의 경이로움을 떠올렸다. 그는 이 푸른 잔디밭까지 먼 길을 왔고, 그의 꿈은 너무 가까이 있는 것처럼 거의 손에 닿을 듯했다. 하지만 그는 그것이 이미 뒤에 있다는 것을 알지 못했다. 도시 저편의 거대한 어둠 속, 공화국의 어두운 들판이 밤 아래로 두루마리처럼 펼쳐진 도시 너머 그 어딘가에 이미 지나가버린 꿈이었다.

개츠비는 초록빛을, 해가 바뀔수록 우리 앞에서 점점 멀

어져가는 황홀한 미래를 믿었다. 그때 우리는 그것을 붙잡
지 못했지만 그건 괜찮다. 내일 우리는 더 빨리 달릴 것이
고, 팔을 더 멀리 뻗을 것이다…. 그리고 어느 날 좋은 아침
에….

그래서 우리는 흐름을 거슬러 나아가는 배처럼 끊임없이
과거 속으로 밀려나면서 계속 나아간다.

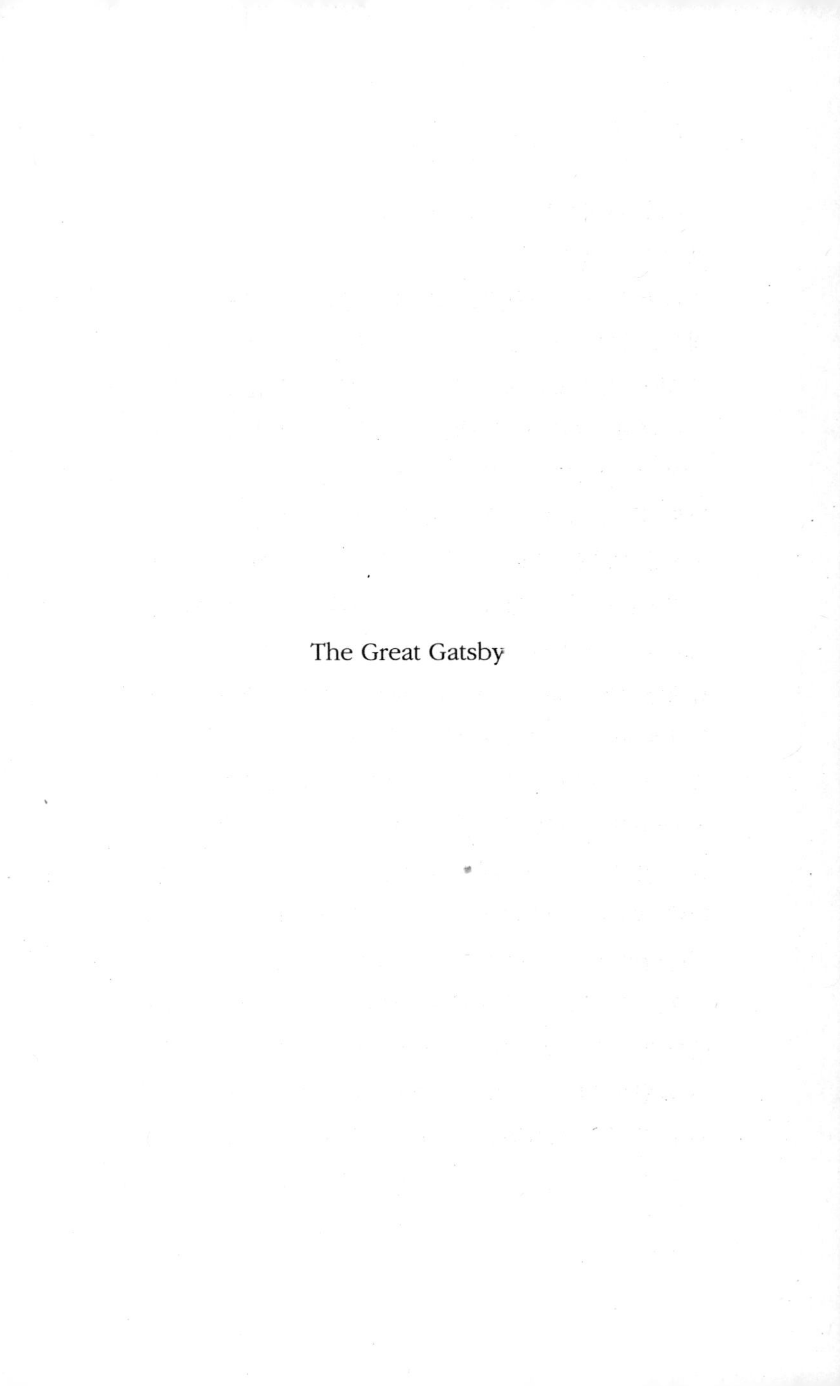

The Great Gatsby

작가 소개

F. 스콧 피츠제럴드 F. Scott Fitzgerald

F. 스콧 피츠제럴드는 1896년 9월 24일 미국 미네소타주의 세인트폴에서 태어났다. 어린 시절부터 문학적 감수성이 풍부했으며, 프린스턴 대학교에 진학해 문학 활동을 이어갔지만 군 입대를 위해 학교를 중퇴했다.

제1차 세계대전 기간 장교로 복무했으나 실제 전투에는 참여하지 못했고, 이 시기의 경험과 청춘의 열망이 피츠제럴드의 초기 작품 세계에 큰 영향을 미쳤다. 1920년 첫 장편소설 『낙원의 이쪽』을 출간하며 문학계에 데뷔했고, 이 작품의 성공으로 단숨에 당대 청년 문화를 대표하는 목소리로 자리 잡았다. 이어 소설을 꾸준히 출간하며 미국 '재즈 시대'를 상징하는 작가가 되었다.

그러나 화려한 시절 뒤에는 방황과 경제적 어려움, 아내의 정신적 고통 등 개인적 비극이 이어졌다. 말년에는 헐리우드에서 시나리오 작업을 하며 생계를 유지했으나 건강은 점점 악화되었다. 1940년 12월 21일, 44세의 나이에 심장마비로 생을 마감했다.

주요 작품으로는 『위대한 개츠비』 『아름답고도 저주받은 사람들(The Beautiful and Damned)』 『밤은 부드러워(Tender Is the Night)』 『벤자민 버튼의 시간은 거꾸로 간다(The Curious Case of Benjamin Button)』 등이 있다.

기획자 소개

김경일(인지심리학자·아주대학교 심리학과 교수)

우리나라의 대표적인 인지심리학자. 현재 아주대학교 심리학과 교수로 재직 중이다. 고려대학교 심리학과와 동 대학원을 졸업한 후 미국 텍사스 주립대학교 심리학과에서 박사 학위를 받았다. 인지심리학 분야의 세계적 석학인 아트 마크먼 교수의 지도하에 인간의 판단, 의사결정, 문제해결 그리고 창의성에 관해 연구했다. 수많은 기관과 기업에서 왕성하게 강연 활동을 하고 있으며, 〈어쩌다 어른〉〈세바시〉〈요즘책방:책 읽어드립니다〉 등 다수의 방송 프로그램에도 출연하고 있다. 유쾌하고 신선한 강의로 수많은 사람을 매혹시키고 있는 그는 세계적으로 유명한 학자들의 논문과 실험을 우리의 삶과 연결시켜 쉽게 전달하는 데 애쓰고 있다.

저서로는 『김경일의 지혜로운 인간생활』『적절한 좌절』(공저)『내향인 개인주의자 그리고 회사원』(공저)『마음의 지혜』『적정한 삶』 등이 있다.

위대한 개츠비

초판 1쇄 인쇄   2025년 12월 20일
초판 1쇄 발행   2025년 12월 30일

기   획   김경일
지   은   이   F. 스콧 피츠제럴드
옮   긴   이   저녁달 편집부
발   행   인   정수동
편 집 주 간   이남경
책 임 편 집   김유진

발   행   처   저녁달
출 판 등 록   2017년 1월 17일 제2017-000009호
주   소   경기도 파주시 문발로 203, 203호
전   화   02-599-0625
팩   스   02-6442-4625
이   메   일   book@mongsangso.com
인 스 타 그 램   @eveningmoon_book
유   튜   브   몽상소

I   S   B   N   979-11-89217-88-4   04800
I S B N(세트)   979-11-89217-31-0   04800